천국행 티켓

천국행 티켓

— 또 다른 시작

김창년 장편소설

도서출판 북인

추천의 말

벗 김창년 작가의 첫 장편소설 출간을 축하하며

김창년 작가는 내 오랜 벗이다. 대학동문이니 30년이 넘은 지기라 할 수 있다. 평소 그의 글재주를 알고 있기에 그의 장편소설 출간이 그리 놀라운 일만은 아니다. 하지만 그동안 얼마나 창작에 목말랐는지, 그의 내면이 얼마나 성숙했는지까지는 가늠하지 못했기에 이렇게 빨리 한 권의 책을 독자들에게 선보일 줄은 몰랐고 조금 놀라기까지 했다.

진심으로 고생했고 축하한다고 말하고 싶다. 각고의 고통이라고들 한다. 필자도 부끄럽게 여러 권의 범작을 내었지만, 책 한 권을 완성하기까지 작가가 감내해야 했을 고뇌와 성찰의 과정이 얼마나 힘든지를 알기에, 정말 고생했고 이제 좀 쉬며 축하받으라고 말해주고 싶다.

글을 쓴다는 것은, 어찌 보면 행복한 일이면서 고통스러운 일이다. 지식을 나열하는 백과사전 류를 멀리하고, 멋진 글귀만의 연애편지 류의 유혹을 떨쳐야 한다. 높은 수준의 담론이 아니어도 투박해도, 작가의 경험과 생각을 자기의 문체와 어투로 풀어야 한다. 김창년 작가의 이번 소설은 작가가 얼마나 이 두 가지에 충실했는지를 여실히 보여준다. 원고를 대하면서 작가의 솔직한 생각과 넋두리를 마음으로 공감하면서 읽어냈다. 참 행복한 시간이었다.

방대한 지식과 조금은 생소할 수도 있는 이야기이다. 어떻게 보면 삶의 전체를 철학적, 신화적, 과학적으로 세심히 들여다보아야 할 내용이다. 과하지 않게 복잡하지 않게 풀어내느라 힘들었을 거다. 치우치지 않게 중용을 걷기도 쉽지 않았을 거다. 평소 김 작가의 삶의 근원과 그 끝을 찾아가는 학문적 소양과 깊이를 알기에 그의 중심잡기에 박수를 보낸다.

멋진 소설의 첫 독자가 되었다. 너무 감사하다. 읽는 내내 놀라웠고, 존경했다. 필자에게도 많은 영감을 주는 책이다. 독자들도 필자와 같은 행복을 누렸으면 좋겠다. 김창년 작가의 다음 이야기가 궁금해진다. 그가 살아온 궤적과 앞으로 살아갈 삶을 들여다보고 싶다. 또 어떤 이야기로 우리에게 감동과 행복을 선사해줄 것인지 사뭇 기대된다. 멋진 글을 읽고 나면 행복하지만 부끄러워진다. 김 작가의 장편소설도 그런 책이다.

2023년 5월 서재에서

벗 강선중

Contents

천국행 티켓

1장
기묘한 이야기

'부엉, 부엉' 요란한 소리에 박 씨는 눈을 떴다. 깊은 산중도 아닌데 부엉이 소리가 이렇게 가까이 그리고 시끄럽게 들리는 것은 흔한 일은 아니다. 하지만 박 씨가 깨어난 것은 꼭 부엉이 소리 때문만은 아니었다. 저녁 무렵 이장님과 고작 말라비틀어진 총각김치 몇 개를 막걸리 안주 삼아 먹은 것이 끼니 전부였으니 허기가 져 눈을 뜰 만도 했다. 된장국에 밥 한술 달라고 투정부렸다가 형수님께 쫓겨나온 것이 저녁 7시가 조금 넘은 시간이었다. 허구한 날 술만 먹는다고 형수님께 늘 욕을 먹는 이장님을 생각하니 마누라 없이 사는 것도 괜찮다는 생각이 들었다.

하나 있는 딸년은 혼자 저녁을 먹고 들어와 제 방에서 뭘 하고 처박혀 있는지 아비가 저녁을 챙겨 먹었느냐고 묻지도 않는다. 박 씨는 머리맡 탁자 위에 엎어져 있는 네모진 탁상시계를 베개에서 머리를 떼지도 않고 엎드린 채 오른손으로 더듬어 일으켜 세웠다. 시곗바늘이 두꺼비처럼 빛을 내며 번쩍였다. 바늘은 정확하게 9시를 가리키고 있었다.

박 씨는 배가 고파 냉장고를 뒤져 먹을 것을 찾아볼 요량으로 천천히 몸을 일으켜 세웠다. 둘이 고작 막걸리 세 통을 먹은 게 전부였는데 머리가 깨질 듯이 아팠다. 방문을 열고 마루로 나왔다. 바닥에서 냉기가 올라와 발이 시렸다. 보일러 온도를 너무 낮게 설정해놓은 탓이었다. 보일러가 돌아가는 소리도 들리지 않으니 집 안은 조용했고 그러다보니 부엉이 소리가 더 요란하게 들린 것 같았다.

마당으로 내려가기 위해 마루의 문을 열었다. 차갑지만 매섭지는 않은 겨울 밤바람이 휭 하는 소리를 내며 코와 입으로 세차게 밀려들어왔다. 서너 평 남짓한 앞마당에는 설탕 가루를 뿌려놓은 듯 눈이 소복하게 쌓여 있었다. 자연스레 고개를 들어 하늘을 쳐다보았다. 소나기가 퍼부을 것 같은 검은 하늘이 품고 있던 먼지를 털어내듯 고운 흰 가루를 연신 토해내고 있었다.

산기슭에 자리한 동네에서도 박 씨의 집은 산꼭대기로부터 가장 가까운 곳에 있다. 이곳에서 산의 정상까지는 천천히 올라가도 한 시간이면 충분히 오를 수 있었다. 그러기에 박 씨의 집은 다른 집들보다 겨울이면 더 추웠다. 딸아이는 서울로 이사 가자고 졸라대곤 했지만 태어나고 자란 곳이 여기였고 이 집이었다. 비바람이 불면 부는 대로 눈이 오면 오는 대로 박 씨는 이곳이 좋았다.

그때 또 부엉이 소리가 들렸다. 이번에는 제법 컸다. 새끼를 잃은 듯 구슬펐다.

"아버지, 이게 웬 부엉이 소리에요?"

방구석에 처박혀 있던 딸아이도 부엉이 소리가 시끄러웠는지 엎드려서 일어나지도 않은 채 문밖으로 고개를 내밀며 말했다.

"글쎄다."

부엉이가 동네를 향해 자주 울면 생각지도 못한 초상이 난다는 얘기를 동네 어르신한테서 들었던 것이 생각났다. 박 씨는 왠지 마을에 예기치 않았던 변고가 생길지도 모른다는 불안한 생각이 들어 밖으로 나가보기로 했다.

박 씨는 요기하려고 일어났다는 사실도 잊어버리고 외투를 주섬주섬 챙겨 입고 마당으로 내려갔다. 그리고 광에 들어가 큰 삽을 하나 챙겨 들었다. 혹여 산길에 멧돼지라도 만나면 휘둘러볼 무기 하나쯤은 있어야 했다.

대문 앞 가로등이 트럭 한 대가 겨우 지나갈 만한 좁은 시멘트 길을 환히 비추고 있었다. 이곳에서 왼쪽으로 이십 분 정도만 오르면 정상까지 오를 수 있는 등산로가 시작된다.

늦은 시간에 혼자서 산을 오르는 것이 께름칙하긴 했지만 그래도 용기를 내어보기로 했다. 마을을 지키는 장승처럼 일어날지도 모르는 모든 불상사에 대해서는 먼저 알아야 하고 이를 막는 것이 자신의 임무라고 박 씨는 늘 생각했다.

산 쪽으로 오 분 정도를 걸어가니 가로등이 보였다. 거기까지만 가볼 참이었다. 불빛은 어둠을 갉아먹으며 주위를 비추고 있었다. 하지만 그 밑은 오히려 어둑어둑하여 가까이 가보아야 불빛이 품고 있는 암흑으로 깊숙이 들어갈 수 있었다.

무언가 웅크리고 있는 것이 보였다. 눈에 덮여 흰 빛을 띠고 있는 그 물체는 아무런 움직임이 없었다. 죽은 동물처럼 보였다. 고라니로 보기에는 몸집이 조금 작았고 토끼로 보기에는 몸집이 조금 컸다. 앞으로 다가간 박 씨는 가져간 삽으로 동물의 몸뚱이를 덮고 있는 눈을 조금씩 치웠다.

점차 동물의 정체가 드러나기 시작했다. 얼굴은 조그맣고 귀는 쫑긋하고 긴 꼬리가 있는 것이 영락없는 고양이였다. 흰 고양이. 그런데 박 씨는 동네를 어슬렁대는 길고양이 중에 흰 고양이는 본 적이 없었다.

자세히 고양이를 살펴본 박 씨가 너무 놀라 쥐고 있던 삽을 손에서 떨어뜨렸다. 털의 색깔로 인해 흰 고양이로 보였던 게 아니라 털이 하나도 없었기 때문에 흰 놈으로 보였던 것이다. 고양이라면 어느 놈이나 가지고 있어야 할 수염은 고사하고 몸뚱이 전체와 꼬리에 걸쳐 털이라고는 조금도 찾아볼 수가 없었다. 털이 없는 고양이가 부엉이에게 당하기 전에 눈 속에서 얼어죽는 것은 당연했다.

박 씨는 해괴한 모양을 하고 죽어 있는 이 짐승을 어떻게 처리해야 할지 고민스러웠다. 그대로 묻어버리면 자기의 얘기를 아무도 믿지 않을 것이다. 그렇지만 이대로 이 고양이를 두고 내려갔다가 내일 아침에 외지에서 온 등산객이 이 놈을 발견한다면 온 동네가 시끄러워질 수도 있다. 이런 고민을 해결해줄 사람은 한 사람밖에 없었다.

박 씨는 옆에 버려져 있던 비료 포대에 고양이를 넣고 포대를 질질 끌면서 마을 쪽으로 내려갔다. 거친 소리가 귀에 거슬렸지만 그렇다고 품 안에 고양이를 안고 가는 것은 왠지 찝찝했다. 흉한 물건을 가슴에 안으면 그 기운이 심장을 파고들 것만 같았다.

십 분 정도만 내려가면 이장님 집이었다. 아직 이장님이 잠자리에 들 시간은 아니었다. 이장님 집에 도착한 박 씨는 대문 틈 사이에 얼굴을 갖다대고 작은 소리로 이장님을 불러보았다. 박 씨의 목소리는 방 안까지 들릴 만큼 크지는 않았다. 하지만 밥을 먹고 있던 순덕이가 놀라기에는 충분할 만큼 컸다.

뉴스를 보다가 턱을 한 손으로 괸 채 모로 누워 꾸벅 졸고 있던 송 씨는 느닷없이 순덕이가 짖는 소리를 듣고 깜짝 놀라 잠에서 깨어났다.

"한밤중에 왜 짖고 난리야."

덩달아 잠이 깬 부인 최 씨가 눈도 뜨지 않은 채 발로 송 씨의 엉덩이를 툭툭 찼다. 나가서 무슨 일인지 확인해보라는 뜻이었다. 아내의 발길질에 기분이 잠시 상했지만 송 씨는 군말 없이 일어서서 외투를 입고 마당으로 나갔다. 개 소리에 사람 소리가 간간이 섞여 있는 것을 들었기 때문이다.

"누구 왔소?"

"이장님 전데요. 나와서 좀 보셔야 할 것 같아요."

조금 전까지 함께 술을 마셨던 박 씨였다. 이 시간에 자신을 다시 찾아왔다는 것은 무언가 좋지 않은 일이 생겼다는 뜻이다. 이장은 불안했다.

"산에서 이상한 걸 봐서 가져왔어요. 어떻게 처리해야 할지 몰라서."

마을의 중심이 되는 삼거리에 자리잡은 이장집 밖 작은 공터는 한밤중에도 마을에서 가장 밝은 곳이었다. 이장이 밖으로 나오자 박 씨는 그때까지도 오른손에 단단히 쥐고 있던 비료 포대를 툭툭 털어 안에 있던 물건을 바닥에 떨어뜨렸다. 물체는 쿵 하는 소리를 내며 바닥에 떨어져 두어 바퀴쯤 구른 뒤에야 멈춰 섰다.

"아니, 이게 뭐야?"

송 씨의 눈이 놀란 토끼처럼 커졌다. 송 씨는 신고 나온 슬리퍼로 물체를 툭툭 차보았다. 짐승은 한번의 발길질에도 여러 번 구를 만큼 작고 가벼웠다. 허리를 약간 구부려 짐승을 조금 더 자세히 쳐다보았다. 짐승의 피부는 털이 말끔히 제거된 후 정육점에 거꾸로 매달린 고기처럼 살색을 띠고 있었다. 어떤 부분은 고양이의 피부 깊숙이 감추어져 있는 혈관의 푸른 빛까지 그대로 노출되어 투명한 유리처럼 보였다.

"무슨 일 있어요?"

옆집에 사는 윤 씨가 일을 마치고 집으로 들어가던 길에 사람 몇이 모여 웅성거리는 것을 보자 구경거리가 생긴 것을 알아채고 판에 끼어들었다.

“엄마야, 이게 뭐래요?”

아낙네의 짧고 날카로운 비명이 조용한 동네의 정적을 깨뜨렸다.

“소리 좀 낮춰요. 사람들 다 몰려나오겠네.”

“어떻게 고양이가 털이 하나도 없을 수가 있을까요?”

“그러게, 괴상한 일이네.”

쫓아나온 이장 아내 최 씨도 한마디 거들었다.

“돌연변이 아닐까요? 세상에 하도 이상한 일이 많으니.”

발가락이 하나 더 달린 강아지를 키우는 박 씨는 불가능한 일은 아니라고 생각하는 듯했다.

“만일 돌연변이로 털이 없이 태어난 거라면 지금 이렇게 클 때까지 살아 있을 수가 없지. 그래도 태어난 지 몇 개월은 넘어보이는데. 이건 어떤 미친놈이 고양이 털을 면도날로 밀어버린 거라고. 연쇄 살인마 같은 정신병자들도 많은 세상 아닌가.”

송 씨가 혀를 끌끌 차며 중얼거렸다.

“그런데 여기 좀 보세요. 배 안쪽까지도 털이 하나도 없어요. 사람의 손으로는 이렇게 매끈하게 털을 밀 수 없어요. 그리고 만약 고양이가 살아 있는 상태에서 이렇게 털을 밀었다면 고양이가 가만히 있지 않았을 거예요. 아무리 묶어놓았다고 하더라도 꿈틀대기는 했을 테고 그러면 베인 상처가 있겠죠. 근데 보세요. 피부가 말끔하잖아요. 이건 이미 죽은 상태에서 밀었다고 봐야죠.”

수사 드라마를 자주 보는 윤 씨가 제법 그럴듯한 말을 했다.

"어떤 미친놈이 그랬을까요? 사이비종교 같은 거 아닐까요? 무슨 의식 같은 거 있잖아요. 아무튼 기분 좋은 일은 아니네요. 이걸 어쩌죠? 신고라도 해야 하나요?"

"신고는 무슨 신고. 고양이 한 마리 죽은 거 가지고. 동네에 경찰 들락거려서 좋을 일이 뭐가 있다고. 박 씨가 가져가서 깊은 산에 파묻어버리라고. 그리고 다른 주민들한테는 말하지 말고. 여기 있는 사람들은 내일 아침 일찍 우리 집 앞으로 오게. 산신제를 올려야겠어. 영 기분이 좋지 않네. "

산신제는 일 년에 한번씩 단오에 치르는 마을의 중요한 행사였다. 하지만 이런 경우처럼 마을에 안 좋은 일이 생기면 이장이 결정하여 마을의 대표자 몇 명이 모여 따로 제를 올리기도 했다.

네 사람은 다음날 아침 여섯 시 이장집 앞에서 만나 산에 올랐다. 마을에서 산으로 오르는 길은 처음 얼마간은 갈림길이 없는 외길이었다. 경사는 가파르지 않아 노인들도 천천히 등산할 겸 오를 수 있는 길이었다. 이십여 분쯤 산을 향해 걸으면 시멘트 포장도로가 끝이 나고 거기서부터 흙길을 따라 몇 발자국만 걸어가면 길은 두 갈래로 나뉘었다.

오른쪽으로 가면 신선대를 지나 산의 능선을 타고 다른 봉우리에 닿을 수 있는 등산로가 나왔고 그곳에서 아래로 방향을 틀면 마을로 내려올 수 있는 임도가 나왔다. 그리고 갈림길에서 왼쪽으로 가면 산의 정상에 오를 수 있는 등산로가 있었다.

정상으로 오르는 길은 꽤 가팔라서 등산을 많이 다니지 않은 사람이면 무척이나 고된 길이었다. 더군다나 이런 눈길에는 사고 위험도 있어서 등산로이긴 하지만 등산객의 왕래는 거의 없었다.

갈림길 입구에는 작은 정자가 하나 있었다. 시골의 어느 동네에서나 볼 수 있는 평범해보이는 정자였다. 하지만 정자가 마을 사람들에게 조금 더 특별했던 것은 맞은편에 우뚝 솟아 있는 회화나무 때문이었다.

나무는 생긴 모양이 조금 특이했다. 주위 나무보다 두 배는 더 컸으며 두 개의 뿌리가 두 개의 나무를 만들었는데 그것들이 사람 키 높이만큼에서 서로 합쳐져 한 그루가 되었다. 그러다보니 밑동 사이에 공간이 생겼고 그 공간은 어른 두 명이 동시에 건너갈 수 있을 만큼 컸다.

생긴 모양이 이렇다보니 부모의 반대로 짝을 이루지 못해 이 자리에서 자살한 남녀의 혼령이 나무에 깃들어 있다는 전설도 있었다. 그래서 밑동 사이를 사람이 지나가면 죽은 남녀가 자기들을 갈라놓으려고 하는 것으로 생각해 저주를 내어 지나간 사람이 사고를 당하거나 실종된다는 미신을 마을 사람들은 믿고 있었다. 그래서 밑동 사이에 새끼줄을 쳐 사람들이 지나가지 못하게 하고 '출입금지'라는 푯말까지 세워두었다.

5년 전 박 씨의 아홉 살 난 아들이 실종되어 지금껏 찾지 못한 사건이 있었다. 그런데 누군가 그 아이가 이 나무 근처에서 노는 걸 보았다는 것이다. 박 씨와 경찰은 나무 근처뿐 아니라, 온 산을 이 잡듯이 뒤졌지만, 아들을 결국 찾지 못했다. 그 이후로 사람들은 더욱 이 나무를 신성하게 여겼다.

제를 지낼 준비를 마치자 이장은 박 씨가 따라주는 맑은 술을 술잔에 가득 붓고 세 번에 나누어 회화나무 밑동에 뿌렸다. 그리고 모두 나무를 향해 두 번 절을 올렸다. 검붉은 태양이 서서히 떠오르면서 산의 이곳저곳을 비추기 시작하고 매서운 바람이 한 차례 불자 제사상에 피워두었던 향불이 바람을 타고 회화나무의 밑동 사이로 흘러들어갔다. 그러자 그 뒤편으로 어둑어둑하게 보이는 잡초들이 춤추듯 흔들렸다.

박 씨는 절을 하면서도 뭔가 중얼거리며 식은땀을 흘렸다. 지금이라도 아이를 돌아오게 해달라는 아비의 기원이 담긴 기도였다. 이장은 그런 그를 힐끔 쳐다보기만 했을 뿐 그에게 아무 말도 건네지 않았다. 상 위에 올려놓은 젓가락 한 쌍을 서쪽을 향해 새로 바꾸어 놓은 후에 축문을 읽기 시작했다. 마을에 불길한 일이 생기지 않도록 회화나무 신령님께 기원을 드리는 내용이었다.

산신제를 올린다고 해서 닥쳐올지도 모르는 횡액을 수호신이 지켜줄 거라고 온전히 믿는 건 아니었다. 그것은 사람의 영역이 아니다. 이장은 불안한 마음을 떨칠 수가 없었다.

그것은 윤 씨도 마찬가지였다. 어젯밤 윤 씨는 털 없는 고양이가 나타나는 꿈을 꾸었다. 고양이 옆에 딸 미숙이 서 있었다. 딸이 고양이를 어루만지자 고양이가 눈을 떴다. 딸이 고양이를 끌어안았다. 둘을 떼어놓으려고 애를 썼지만 둘은 꽉 붙어서 떨어지지 않았다.

고양이를 쳐다보았다. 그러자 고양이의 얼굴이 갑자기 남자로 변했다. 윤 씨는 깜짝 놀라 잠에서 깼다. 불길한 생각이 머리를 스치며 등에 식은땀이 흘렀다. 결국 윤 씨는 뜬눈으로 밤을 새웠다.

2장
기구한 운명의 시작

친구가 미워서 때린 건 아니었다. 자기 아버지의 말을 그대로 전한 것일 뿐 어떤 감정이 담겨 있지는 않다는 것을 은혜도 잘 알고 있었다. 하지만 은혜는 그 말을 듣고 참을 수가 없었다. 그리고 그 말이 사실일까봐 무서웠다. 그래서 머리통을 한 대 가볍게 친 것뿐인데 친구는 몇 대를 얻어터진 것처럼 소리내어 울기 시작했다.

당황스러웠다. 선생님이 우리를 노려보고 있는 것을 보았기 때문이다. 그래서 은혜도 따라 울었다. 이럴 때 울지 않고 멀치 대가리처럼 빳빳하게 목을 바짝 세우고 고양이처럼 날카로운 눈으로 상대를 쳐다보는 것이 잘못의 경중을 따질 때 자기에게 얼마나 불리한지 은혜는 경험으로 잘 알고 있었다.

3교시를 마치고 친구는 서울에서 아빠와 함께 찍은 사진을 자랑삼아 은혜에게 보여주며 말했다.

"여기가 남산타워라는 곳인데, 무지하게 높아. 여기 올라가면 높은 빌딩이랑 자동차랑 다 보인다. 부럽지?"

사진에는 회색빛 셔츠를 입고 금테 안경 위로 기름칠을 한 듯 반짝거리는 머리를 한쪽으로 넘긴 친구의 아빠와 파란 솜사탕을 한 손에 든 친구가 다정히 웃고 있는 모습이 찍혀 있었다. 친구의 뒤로 하늘을 찌를 듯이 높이 솟아 있는 탑이 보였다. 탑은 구름과 닿아 있었다. 이게 남산타워라는 건가. 은혜는 서울에 한번도 가본 적이 없었다. 그러니 남산타워란 걸 보았을 리도 없다.

"너희 아빠는 너 이런 곳에 데리고 간 적 없지?"

친구가 눈을 위쪽으로 치켜들며 입을 삐죽 내밀었다. 은혜가 가지고 있지 않은 것을 자랑할 때마다 늘 취하는 표정이었다. 대꾸할 말이 없었다. 친구의 입에서 아빠란 말이 튀어나올 때마다 은혜는 머릿속으로 아빠의 얼굴을 그려보려고 했다. 그런데 아무것도 생각나지 않았다.

"피, 우리 아빠는 서울보다 더 큰 미국에 살아. 아빠가 오시면 저런 데보다 더 높은 곳으로 데리고 가실 거라고. 너 미국에는 얼마나 높은 빌딩이 많은 줄 알아? 뭘 알지도 못하면서."

알지도 못하는 건 은혜도 마찬가지였지만 친구에게 기죽기는 싫었다. 그러다 문득 엄마가 해준 말이 기억나서 한마디 더 쏘아붙였다.

"우리 아빠는 달나라에도 가봤데. 아빠가 미국에서 오시면 엄마랑 나랑 데리고 우주여행을 시켜준다고 하셨데. 이게 어디서 까불고 있어."

미국 사람이 달에 도착해서 걸어다니는 모습을 티브이에서 봤던 것이 생각났다. 우주복을 입고 덩실덩실 춤을 추듯 느린 동작으로 걷던 사람. 그 사람이 혹시 아빠였을까?

손을 친구의 머리 위로 치켜들며 주먹을 쥐었다. 은혜는 또래보다 큰 편이라 그런 행동은 친구에게 분명 위협적이었다. 겁을 먹은 듯 친구의 목소리가 약간 떨렸다.

"이런 거짓말쟁이. 넌 아빠 없잖아. 우리 아빠가 그러는데 네 아빠는 오래 전에 너희 엄마 버리고 도망갔데. 알지도 못하면서. 이 바보야."

주먹을 쥐고 있던 은혜의 손이 부르르 떨렸다. 바보라니. 받아쓰기는 늘 육십 점도 안 되고 구구단도 제대로 외우지 못하는 친구가 늘 일등을 하는 자기에게 할 소리는 아니다. 은혜가 바보가 아니라는 사실은 친구도 잘 알고 있을 것이다.

바보라고 놀려서 때린 건 아니었다. 알지도 못한다는 친구의 말을 듣자 가슴이 먹먹해졌다. 그리고 칼에 찔린 것처럼 가슴이 아팠다. 어젯밤 우연히 동네 사람들이 하는 얘기를 들었기 때문이다.

엄마가 일 때문에 밖에 나가고 은혜는 옆집 최 씨 할머니 집에서 저녁을 먹고 난 후 마루와 붙어 있던 작은방에서 책을 보고 있었다. 방문을 꽉 닫고 있었지만, 마루에서 술을 마시며 어른들이 하는 얘기는 고스란히 은혜의 귀에 들렸다.

"미숙이 그년은 무슨 낯짝으로 여기 다시 온 거야?"

"말 좀 가려서 해. 다 큰 딸이 있는 엄마한테 그년이 뭐야?"

"딸년 친구한테 그렇게 부를 수도 있지. 하긴 야반도주하듯 동네를 떠난 게 벌써 십 년 전이니 이제 대접해줄 나이도 되긴 했네."

"근데 윤 씨는 어쩌다 먼저 세상을 떴데?"

"손녀 대학교 보낼 돈 번다고 이것저것 해서 돈을 좀 모았는데 그만 사기를 당했데요. 그 길로 뇌출혈이 생겨 못 일어났고."

"쯧쯧, 안 됐네, 그려. 고향에라도 와서 죽었으면 덜 억울했을 텐데."

"근데 형님은 십 년 전에 미숙이가 왜 그렇게 도망치듯이 고향을 떠났는지 아세요?"

"갑자기 병이 생겨 청주로 수술하러 가느라 그렇게 급히 떠난 거 아냐?"

"참, 형님도 답답하긴. 은혜 나이를 좀 보세요. 은혜 나이하고 이곳을 떠난 때가 딱 맞아떨어져요. 수술하러 간 게 아니라 애를 배서 아이를 낳으러 도시로 간 거라고요. 동네 창피하니까 낮에는 못 가고 밤에 몰래 떠난 거죠. 미숙이가 떠나기 전날 밤 그 집 앞에서 미숙이랑 윤 씨가 엉엉 우는 소리를 제가 들었어요. 얼마나 서럽게 모녀가 울던지. 집 밖에까지 다 들렸어요. 제 딸년도 미숙이랑 그렇게 친하게 지냈었는데 미숙이가 이 핑계, 저 핑계 대며 몇 달 동안이나 얼굴을 안 보여주더래요. 배부른 모습을 들키고 싶지 않았나보죠."

"그럼 애를 여기서 임신해서 청주로 가서 낳았다는 거야? 애 아빠는 누구고? 미숙이는 은혜 아빠가 미국에 있다고 했잖아?"

"참, 그게 아니라니까요. 미국은 무슨. 미국 사람이 뭐가 아쉽다고 그런 촌것을 데리고 산답디까? 사실은 제가 본 게 좀 있어요. 형님. 오래 전 그 일 기억나세요? 털 없이 죽은 고양이를 제가 발견해서 묻어주었던 거요."

"기억나지, 그 일로 산신제까지 지냈었잖아."

"근데 제가 그 일이 있고 나서 며칠 뒤에 산에서 좀 이상한 사람을 봤어요. 그것도 여러 번이나요. 회화나무 앞 정자에 낯선 남자가 서 있는 걸 봤는데 아무튼 좀 이상했어요."

"뭐가 이상했다는 거야?"

"한밤중이라 자세히 보지는 못했지만 검은 중절모에 검은 양복을 입은 젊은 남자였어요. 키도 훤칠하고 잘 생겼더군요. 근데 남자가 머리카락이 하나도 없는 대머리인 거 있죠?"

"대머리가 뭐 이상하다고. 그럴 수도 있지."

"그게 아니라니까요. 남자 피부가 눈처럼 하얗고 핏기가 하나도 없었어요. 드라큘라 영화 있죠? 꼭 거기서 나오는 흡혈귀 같았다니까요."

"무슨 말도 안 되는 소리를."

"어쨌거나 그 남자를 처음 딱 보았을 때 오싹한 기분이 들었어요. 그 털 없는 고양이를 보았을 때처럼."

"근데 그 남자하고 미숙이가 무슨 관계가 있는데?"

"제가 그 남자를 만나고 나서 몇 달쯤 지난 뒤였는데요. 미숙이가 새벽에 산에서 내려오는 걸 봤어요. 머리는 다 풀어헤치고 옷은 엉망인 채로 말이죠. 분명 그 대머리와 밤에 뭔가 딴짓을 한 게 분명해요. 제가 다음날 윤 씨에게 슬쩍 말했더니 펄쩍 뛰면서 저한테 화를 내는데 나중에 알고 보니 그날 밤 윤 씨는 청주에 가느라 집에 없었데요."

"그럼 자네는 겨우 그거 가지고 미숙이가 흡혈귀인지 대머리인지 하는 남자와 그 짓을 해서 은혜가 태어났다는 거야? 그래서 몰래 고향을 떠난 거고? 에이, 이 사람아. 괜히 쓸데없는 얘기 어디 가서 하지 말게. 정확한 내용은 하나도 없구만."

"분명 그 남자는 회화나무 귀신이에요. 우리 아들을 꾀어내서 잡아먹은 것처럼 애도 낳아보지 못하고 죽은 것이 억울해서 미숙이를 꼬드겨 애를 배게 만든 거라니까요. 그러니까 옆방에 있는 은혜는 사람의 자식이 아닐지도 몰라요."

"이 양반이 저녁 잘 얻어먹고 웬 헛소리를."

최 씨가 젓가락으로 김치를 집으려다 상에 탁하고 내리치며 화를 냈다. 아들을 잃어버린 심정이야 이해가 안 되는 것은 아니지만 박 씨가 동네에서 일어나는 일을 모두 회화나무 귀신과 엮어서 생각하는 것이 최 씨는 못마땅했다. 그리고 옆방에서 들었을지도 모르는 은혜를 위해서는 이런 식으로 마무리를 짓는 것이 좋겠다고 생각했다.

하지만 최 씨 역시 미숙이 고향을 떠날 때 임신 중이었다는 것을 눈치채고 있었다. 상대가 이 동네에 사는 남자는 분명 아니며 미숙이 따로 만나고 있는 남자가 없다는 것도 알고 있었다. 그러면 은혜의 아빠는 과연 누굴까? 최 씨도 사실 궁금했다.

혹시 친구의 말처럼 동네 사람들은 모두 알고 있는데 자기만 아빠가 누구인지 알지 못하는 것은 아닐까? 그렇다면 친구가 바보라고 하는 말이 맞을지도 모른다는 생각이 들었다. 은혜는 친구의 뒤통수를 향해 주먹을 날렸다. 친구를 향해 날릴 것이 아니라 자기의 가슴을 쳤어야 할 주먹이었다. 둔탁한 소리가 들렸다. 친구가 울자 은혜도 따라 울었다. 사람의 자식이 아닐지도 모른다는 할아버지의 말이 자꾸 떠올랐다.

은혜는 청주에 있는 학교에 다니다가 두 달 전, 그러니까 초등학교 2학년 여름방학을 지나자마자 엄마의 고향인 이 산골 동네로 전학을 왔다. 물론 이곳으로 이사를 오는데 자기의 의견 같은 것은 전혀 반영되지 않았다.

청주가 더 좋았다. 학교 앞에는 맛있는 떡볶이며 김밥 같은 것을 파는 식당도 많았고 백화점과 극장같이 놀 곳도 많았다. 예쁜 옷을 입은 아이도 많았고 자가용으로 학교에 오는 아이들도 있었다.

이곳에 처음 왔을 때부터 은혜는 모든 것이 마음에 들지 않았다. 아이들의 얼굴은 숯검정만큼 시커멓고 방을 닦다 구석에 처박아둔 걸레만큼 더러웠다. 말투는 촌스럽고 아이들은 멍청했다. 은혜는 아빠가 죽게 되면서 하루아침에 하녀로 전락하고 만 소공녀의 세라가 된 기분이었다. 세라는 아빠에 대한 추억이라도 간직하고 떠올리며 힘든 시간을 버티며 살았을 것이다. 하지만 은혜에게는 그런 추억이 없었다.

괴산에 온 이후 엄마와 자주 정자에 올랐다. 별을 보기 위해서였다. 엄마는 배낭에 커다란 망원경과 작은 돗자리 그리고 물 한 병을 넣었다. 엄마는 별을 보는 것을 좋아했다. 엄마는 아빠와도 별을 자주 보았다고 했다. 은혜는 이 동네의 모든 것이 싫었지만 별을 보는 것은 좋았다.

쟁반처럼 둥그런 달이 구름을 벗어나 산길을 비추자 주위가 온통 환해졌다.

"박 씨 할아버지가 그러는데 엄마가 이상한 남자랑 만나서 나를 낳은 거래. 아니지? 엄마?"

말하지 않으려고 했지만 궁금해서 견딜 수가 없었다. 다른 사람들은 몰라도 엄마는 정확히 알고 있을 것이다. 정자에는 작은 백열등이 매달려 있어 불을 켜면 안이 제법 환했다. 어른들은 늘 거짓말을 밥 먹듯이 한다는 것을 은혜는 알고 있었다. 엄마가 눈을 깜박였다. 양쪽 눈꺼풀이 파르르 떨렸다. 딸이 믿을 만한 거짓말을 꾸며대기 위해서 엄마의 머리가 팽이처럼 도는 중이라고 은혜는 생각했다.

"은혜야, 저쪽에 별들 보이지?"

엄마는 대답 대신 불을 끄고 돗자리에 누워 정자의 처마 밑에 모여 있는 별들을 손가락으로 가리켰다. 물고기자리라고 엄마는 말했다.

"저기 보이는 별들을 4자를 쓸 때처럼 하늘에 대고 이렇게 선을 그어봐."

은혜는 엄마가 시키는 대로 손가락을 허공에 대고 선을 그었다. 엄마 말대로 별들은 실에 꿰어지듯 일정한 선의 형태를 가지고 있었다.

"근데 하늘에 왜 물고기가 있어?"

"옛날에 엄마와 아이가 강에서 놀고 있었는데 무서운 괴물이 나타났데. 그래서 엄마와 아이가 강물 속으로 막 도망간 거야. 그러고는 물속에서 숨을 쉬기 위해서 엄마와 아이가 물고기로 변했데. 그리고 두 물고기는 헤어지지 않으려고 끈으로 서로를 묶어서는 하늘로 올라간 거지. 그래서 저걸 물고기자리라고 하는 거야. 위에는 엄마 물고기가 있고 아래에는 우리 은혜 물고기가 있지."

처음에는 억지스럽다고 느꼈지만 계속 보고 있으니 엄마의 말처럼 물고기 두 마리가 끈으로 연결되어 있는 것처럼 보였다.

"와. 신기하다. 그럼 아빠 물고기는 어디 있어?"

"응, 아빠 별자리는 물고기자리가 아니고 게자리야. 옆으로 기어다니는 게 알지? 아빠 자리는 보이지 않아. 한겨울이 돼야 보인단다. 하지만 안 보인다고 해서 없는 건 아니야. 이해할 수 있지?"

구름이 조금씩 밀려들자 별은 하나둘 사라졌다. 달의 절반이 구름 속으로 들어가자 짙은 어둠이 밀려 내려왔다.

"그리고, 아빠는 이상한 사람 아니야."

엄마의 목소리가 풀피리 소리처럼 가늘게 떨렸다.

다음날 저녁이었다. 은혜는 학교에 다녀와서 저녁을 먹기 전에 마루에 엎드려 일기를 썼다. 어제 정자에서 엄마와 보았던 별을 생각하며 일기에 넣을 그림을 그리고 있었다. 정자의 한가운데 누워 있는 엄마와 은혜 그리고 엄마의 머리 위에서 반짝이는 별 다섯 개를 그렸다. 그리고 그 옆에는 둥근 달을 그려 넣었다.

오른편에는 아무것도 그리지 않고 비워두었다. 하얀 여백이 제법 컸다. 은혜는 그곳에 별을 보고 있는 아빠를 그려넣고 싶었다. 하지만 아빠를 본 적이 없으니 아빠라는 사람의 얼굴을 상상해서 그려넣기가 무척 어려웠다.

은혜는 엎드린 채 발을 흔들며 고민했다. 엄마는 주방에서 도마 위에 무언가를 올려놓고 칼로 자른 뒤 끓고 있는 찌개에 그것을 넣었다. 너무도 익숙한 냄새였다. 은혜는 이 동네와 저 음식의 냄새가 잘 어울린다고 생각했다. 된장찌개였다.

엄마의 머리 위에는 하얀 머리핀이 꽂혀 있었다. 이곳에 온 이후로 엄마는 매일 저 머리핀을 꽂고 있다. 자기도 꽂아보고 싶다고 엄마한테 얘기했지만, 엄마는 들은 척도 하지 않았다. 은혜는 일기를 쓰다 말고 일어서서 엄마의 머리 위로 손을 뻗었다. 엄마가 잠깐씩 고개를 숙이기도 했지만 그래도 손은 닿지 않았다.

엄마의 뒤에 서서 깡충깡충 뛰고 있는데도 엄마는 별로 신경 쓰지 않았다. 마치 빨리 밥을 차려주고 어디를 가야 할 사람처럼 두부를 써는 손이 평소보다 빨랐다.

"엄마, 나 그 머리핀 한번 해보면 안 돼?"

엄마가 그제야 뒤에 은혜가 서 있다는 것을 알아챈 듯 뒤로 돌아 무릎을 구부리며 쪼그리고 앉았다.

"이게 그렇게 해보고 싶었어?"

은혜가 고개를 끄덕하자 엄마는 머리핀을 빼서 은혜의 손에 쥐어주었다. 은혜의 손바닥에 하얀 나비 한 마리가 살포시 앉았다. 손으로 나비를 문질러보았다. 차갑고 매끈했다. 알라딘의 마술램프를 다루듯 은혜는 계속 머리핀을 문질렀다. 아빠가 '뿅' 하고 나타나기를 바라면서.

그런데 그때 나비가 진짜 흔들렸다. 날개를 퍼덕이듯 나비는 은혜의 손바닥에서 떨어질 만큼 몸뚱이를 떨었다. 삐삐의 진동 같은 나비의 울림은 은혜의 뒤에서 음식을 준비하던 엄마에게도 들렸던 모양이었다. 엄마는 뒤로 돌아 은혜의 손바닥 위에 올려져 있던 나비를 낚아챘다. 마치 은혜의 손에 폭탄이라도 올려져 있어 없애려는 듯 재빠른 동작이었다.

엄마의 갑작스러운 행동에 은혜는 놀랐다. 자기가 머리핀을 너무 문질러서 머리핀이 고장난 게 아닌가 하는 생각이 들었다. 그게 아니면 진짜 머리핀 속에서 무언가 튀어나오는 것이 아닌가 하는 생각도 들었다. 지니가 나타나면 무슨 소원을 빌까 잠깐 생각했다.

하지만 엄마는 달랐다. 엄마는 이 물건의 정체에 대해서 분명히 알고 있는 듯 보였다. 위험한 물건이었다면 그리고 은혜가 만짐으로 인해 도사리고 있던 위험이 밖으로 튀어나올 우려가 있었다면 엄마는 머리핀을 밖으로 집어던졌겠지만, 엄마는 그렇게 하지 않았다. 오히려 엄마는 머리핀을 다시 머리에 꽂았다.

엄마는 제자리에서 뱅뱅 돌았다. 그리고 오른쪽 엄지손가락을 입에 문 채 손톱을 물어뜯기 시작했다. 엄마가 중요한 무언가를 선택해야 할 때 자주 나오던 버릇이었다. 두 달 전 청주를 떠나 이곳으로 오겠다고 말할 때도 엄마는 손톱을 물어뜯으며 제자리에서 방안을 뱅뱅 돌았었다.

된장찌개가 그릇에서 넘쳐흘렀지만, 엄마의 눈에는 안 보이는 모양이었다. 은혜가 대신 불을 껐다. 엄마는 제정신이 아닌 것처럼 보였다.

“엄마, 어디 아파?”

어린 은혜가 보기에도 엄마는 당장 병원에 가야 할 환자처럼 보였다.

"아니야. 아프지 않아. 괜찮아."

침착하려 애를 쓰는 것처럼 보였다. 하지만 엄마의 목소리는 겨울바람에 창호 문이 흔들리듯 심하게 떨렸다.

그때였다. 누군가 대문을 두드리는 소리가 들렸다. 벽에 걸려 있는 시계를 보았다. 아홉 시 반을 지나고 있었다. 은혜는 아홉 시가 넘은 시간에 누군가 찾아오는 걸 지금까지 보지 못했다. 마을 사람들 대부분 아침에 일찍 일어나 일해야 했기에 저녁 9시가 넘으면 동네에는 사람의 그림자가 없었다.

그때까지도 마루를 제자리에서 빙빙 돌던 엄마가 걸음을 멈췄다. 그리고 입에 물고 있던 손을 제자리로 내려놓았다.

엄마는 마당으로 내려가서 누구인지 확인해보아야 한다는 사실도 잊은 채 대문만 물끄러미 쳐다보고 있었다. 다시 문을 두드리는 소리가 들렸다. 그리고 이번에는 웬 남자의 목소리도 함께 들렸다.

"미숙아, 나야."

그때까지도 얼어붙은 듯 마루에 서서 꼼짝하지 않고 있던 엄마가 마당으로 뛰어내려갔다. 신발도 신지 않은 상태였다. 낮에 내린 비가 아직 마르지 않아 바닥은 축축했다. 엄마가 맨발로 마당을 디딜 때마다 물이 튀어 철퍼덕거리는 소리가 났다.

누구길래, 얼마나 반가웠으면 저렇게 맨발로 뛰어나갈까 하는 생각이 들자 은혜의 머릿속에 한 가지 단어가 떠올랐다. 그림일기의 여백을 차지하고 있던 사람. 바로 아빠였다.

은혜는 마루에 걸터앉아 대문을 바라보았다. 엄마가 손을 떨었다. 쇠로 된 문고리를 옆으로 밀면 되는 간단한 일이었는데도 엄마는 문고리를 정확히 잡지 못했다. 직접 내려가서 문을 열어주고 싶었다. 목구멍으로 침이 꿀꺽하며 넘어갔다.

그때 철문이 덜커덩 소리를 내며 열렸다. 키가 큰 아저씨가 문밖에 서 있었다. 모자를 쓴 아저씨의 머리가 대문 꼭대기에 닿을 듯했다. 엄마는 집 안으로 들어온 아저씨를 끌어안았다. 그리고 아저씨도 엄마를 끌어안았다. 뭐라고 둘이서 말하는 것 같았지만, 은혜의 귀에는 아무 말도 들리지 않았다. 엄마는 아빠가 키가 컸다고 했다. 그리고 박 씨 할아버지가 대머리 운운했을 때 엄마는 그것에 대해 아무런 대꾸도 하지 않았다.

아저씨의 머리를 쳐다보았다. 머리카락이 하나도 없었다. 아빠가 맞다.

"아빠!"

마당으로 내려가 아빠를 향해 뛰어갔다. 엄마를 끌어안고 있던 아빠는 다가오는 은혜를 보고 깜짝 놀라며 은혜를 안았다.

"우리 딸 은혜로구나."

아저씨가 분명 딸이라고 말하는 것을 은혜는 들었다. 눈물이 샘

솟듯 터져 뺨 위로 흘러내렸다. 아빠가 힘주어 안는 것이 느껴졌다. 은혜는 아빠의 가슴에 얼굴을 파묻었다. 아빠의 가슴은 학교 운동장만큼이나 넓었다.

"우리 딸 얼굴 좀 볼까?"

아빠가 은혜의 얼굴을 빤히 쳐다보았다. 그리고 아빠는 눈물로 범벅이 된 은혜의 볼과 턱을 손으로 쓰다듬었다. 아빠의 얼굴은 눈처럼 하얬다. 눈은 커다랗고 코가 컸다. 야수의 마법이 풀려 왕자님으로 변한 동화책 그림 속의 멋있는 남자와 닮았다고 은혜는 생각했다.

아빠가 은혜를 안아서 번쩍 들어올렸다. 달무리가 지자 밝고 투명한 달이 더욱 빛을 발하며 은혜의 머리 위에 새로 떠올랐다. 아빠가 은혜를 바닥에 내려놓고 손가락으로 달을 가리켰다. 희고 기다란 손가락이 마당을 밝히고 있는 백열등의 빛을 받아 더욱 하얗게 보였다.

"저기 달 옆에 반짝이는 거 보이지?"

정말 달 옆에는 반짝이는 별이 하나 있었다. 주위의 별들과는 다르게 그 별은 계속 깜박이며 자신의 존재를 드러내고 있었다.

"저 별이 반짝이면 그건 아빠가 우리 은혜를 생각하고 있다는 표시야. 은혜도 아빠를 생각하면 저 별은 더 반짝일걸."

"저 별은 이름이 뭐예요?"

"음. 은혜별이라고 이름 지을까? 그게 좋겠다."

은혜별. 너무도 듣기 좋았다. 엄마와 정자에 올라가서 본 어떤 별들보다도 예쁘고 밝았다. 엄마가 안으로 들어가자고 했다. 엄마는 끓이다가 만 된장찌개를 다시 끓이고 밥을 새로 해서 상을 차렸다. 은혜는 아빠에게 궁금한 것이 너무 많았다. 아빠는 양반다리를 하고 앉아 은혜를 그곳에 앉혔다. 그리고 사랑스러운 듯 은혜를 계속 쳐다보았다.

"아빠, 이제 우리랑 같이 사는 거예요? 미국에 안 가고?"

엄마가 마루에 펴놓은 둥그런 상에 찌개와 밥을 올려놓다가 손을 멈췄다. 그리고 아빠를 향해 고개를 돌렸다. 아빠는 잠시 아무 말도 하지 않았다. 엄마는 다시 냉장고로 가서 이런저런 반찬을 꺼내어 상에 올려놓고는 아빠에게로 들이밀었다. 상이 바닥에 끌리면서 끼익하는 소리를 냈다. 엄마는 아까처럼 웃고 있지 않았다.

갑자기 아빠의 눈썹이 입꼬리와 함께 찌그러졌다. 꾹 다문 입술이 어딘가 아픈 것 같았다.

"아빠, 어디 아파요?"

"아니야, 갑자기 머리가 좀 아파서."

잠시 후 일그러졌던 아빠의 얼굴에 다시 미소가 흘렀다.

"아무래도 지금 가봐야 할 거 같아. 그리고 미국에 조금 더 있어야 해. 문제가 좀 생겨서."

은혜에게 한 말이 아니었다.

"십 년 만에 돌아와서 고작 한다는 소리가 문제가 생겼다는 얘긴

가요? 내가 그동안 얼마나 고생했는지 알기나 하나요? 이제 또다시 떠난다는 거죠? 그럴 거면 뭐하러 나타난 건가요? 이제 더 이상 당신을 믿지 못하겠어요. 다시는 내 앞에 나타나지 마세요. 나는 은혜와 함께 잘 살고 있고 앞으로도 잘 살 거예요."

엄마가 저토록 무섭게 말하는 것을 은혜는 지금까지 본 적이 없었다. 덜컥 겁이 났다. 엄마는 지금 아빠에게 다시 미국으로 돌아가서 나타나지 말라고 얘기하는 것이다. 그럼 오늘이 지나고 나면 다시는 아빠를 볼 수 없다. 겨우 그쳤던 눈물이 다시 흘러내렸다.

"미안해. 당신과 은혜를 지키려면 내가 해야 할 일이 있어. 그 문제가 풀리지 않으면 우린 결코 행복하게 살 수 없을 거야. 조금 더 기다려줘. 전에 약속했잖아. 시간이 지나더라도 내 마음은 변함이 없을 거라고. 그리고 꼭 약속을 지킬 거라고."

아빠가 자리에서 일어났다. 밥그릇에 가득 담겨 있는 뜨거운 밥에서는 김이 모락모락 피어오르고 있었다. 은혜는 엄마가 미웠다. 엄마가 아빠한테 화를 내는 바람에 아빠도 화가 나서 다시 미국으로 돌아가려는 것이다.

아빠의 다리를 붙잡았다. 그리고 아빠를 쳐다보았다. 다행히 아빠는 화가 난 것처럼 보이지는 않았다. 아빠가 고개를 끄덕였다. 다시 올 거라고 약속하는 것 같았다. 다리를 잡고 있던 손을 놓았다. 그리고 엄마를 째려보았다. 엄마는 아무 말도 하지 않은 채 고개를 숙이고 바닥만 내려다보고 있었다.

드르륵 하며 마루의 문을 여는 소리와 함께 아빠는 마당으로 내려갔다. 은혜는 왜 엄마가 아빠를 붙잡지 않는지 이해할 수가 없었다. 엄마 대신 은혜가 마당으로 뛰어내려갔다.

그런데 아빠는 이미 마당에 없었다. 활짝 열린 대문을 통해 찬바람이 은혜의 집으로 쏟아져 들어왔다. 엄마의 머리칼이 바람에 흩날렸다. 침묵이 흘렀다. 은혜는 아무 말도 하지 않고 있는 엄마가 무서웠다. 그리고 잠깐 얼굴을 보여주고는 집을 떠난 아빠가 원망스러웠다.

십 분쯤 지났을까. 엄마가 자리에서 일어나더니 옷장으로 가서 두툼한 옷을 꺼내 입고 두꺼운 장갑을 꼈다. 은혜는 엄마가 아빠를 따라가려한다고 생각했다. 엄마도 은혜를 떠나 다시는 돌아오지 않을 것 같았다.

엄마는 은혜에게 곧 올 거라는 말만 남기고 집을 떠났다. 엄마의 말투에서 거역할 수 없는 무언가가 느껴졌다. 은혜는 엄마에게 빨리 오라는 말을 차마 할 수 없었다. 빨리 오라고 하는 자기의 말을 듣고 딸이 미워져서 일부러 천천히 올지도 모른다는 생각이 들었다.

그렇게 엄마도 집을 나갔다. 은혜는 텅 빈 집에 홀로 남았다. 바닥에 엎드려 그림일기의 비어 있는 공간을 채워나갔다. 엄마보다 어른의 머리만큼 더 큰 아빠를 그려넣기 시작했다. 아빠를 다 그릴 때까지 엄마는 돌아오지 않았다. 멀리서 부엉이 우는 소리가 희미하게 들렸다. 은혜는 더 이상 엄마를 기다리지 못하고 스르르 잠이 들었다.

다음날 아침 시끄러운 소리에 잠이 깼다. 일어나 엄마 방으로 갔다. 엄마는 방에 없었다. 이곳저곳을 뒤져봤지만 엄마의 흔적은 없었다. 다 말라버린 줄 알았던 눈물이 다시 흘러내렸다. 그렇지만 목에서는 아무런 소리도 나지 않았다. 울음을 계속 입으로 삼켰다. 목이 따가웠다.

"은혜, 집에 있니?"

밖에서 누군가 부르는 소리가 들렸다. 엄마 목소리는 아니었다. 최 씨 할머니가 문을 두드리며 자기를 부르는 소리였다. 은혜는 마당으로 내려가 문을 열었다. 은혜의 집 밖에 많은 사람이 모여 있었다. 동네 사람들이 모두 집에서 뛰쳐나와 은혜의 집 앞에 모인 것처럼 사람들이 가득했다. 그리고 그들 뒤로 구급차 두 대와 경찰차 한 대가 보였다.

구급차 앞에는 웬 여자가 앉아 머리를 풀어헤친 채 구슬피 울고 있었다. 그녀는 눈의 초점을 잃은 채 멍하니 하늘을 바라보고 있었고 신발도 신지 않고 바닥에 털퍼덕 주저앉아 있었다. 그녀는 엄마가 밤에 입고 나간 잠바와 바지를 입고 있었다. 얼굴은 엄마가 아닌 것처럼 보였지만 복장은 분명 엄마의 그것이었다.

집 밖으로 뛰어나갔다. 그리고 그 여인에게로 다가가 안겼다. 여인은 은혜를 꼭 안고 울기 시작했다. 그 여인은 엄마였다. 밤에 집을 나갔던 엄마가 왜 지금 여기서 울고 있을까? 그리고 이 많은 사람은 왜 우리 집 앞에 있을까? 주위를 둘러보았다. 그때 경찰복을 입은 한 아저씨가 엄마에게 다가왔다.

"임미숙 씨 맞으시죠? 변사체를 신고하신 최초 목격자이고."

변사체가 무슨 뜻일까? 은혜는 처음 들어보는 단어였다.

"사망하신 분이 이분 맞죠?"

경찰 아저씨가 엄마에게 신분증을 내밀었다. 엄마는 힐끔 신분증을 보더니 이를 드러내보이며 웃었다. 그런 엄마의 얼굴이 무서워 소름이 끼쳤다. 은혜도 경찰 아저씨가 내민 신분증을 쳐다보았다. 신분증 오른쪽에는 이름이 적혀 있었다. 김석훈이라는 이름이었다. 그리고 왼쪽에는 사진이 있었다.

깜짝 놀랐다. 분명 은혜가 아는 사람의 얼굴이다. 사진 속의 아저씨는 머리카락이 많았다. 대머리가 아니었다. 하지만 얼굴은 아빠와 똑같이 생겼다. 눈사람만큼 커다란 눈과 둘리처럼 큰 코는 분명 어젯밤 은혜가 동화책의 주인공처럼 생겼다고 생각한 아빠의 얼굴이었다. 이걸 왜 경찰관 아저씨가 엄마에게 보여주는 것일까. 아빠는 분명 어젯밤에 미국으로 떠난다고 했는데 어찌된 일일까.

"그러니까 임미숙 씨가 어젯밤 집을 떠나는 남편을 쫓아갔고 회화나무 뒤 숲을 지나 능선을 타고 가는 길에 한 움막을 발견했고 거기서 죽은 이 남성을 보았다는 거죠? 죽은 남자는 아주머니 남편이 분명하고요?"

더듬거리는 말투로 천천히 얘기하는 것 같았지만 은혜가 보기에 경찰 아저씨는 분명 엄마를 윽박지르고 있었다. 아빠가 우리 집을 나간 뒤에 죽었다는 말도 안 되는 얘기를 엄마보고 확인해달라고 닦달하고 있었다. 동네 사람들이 수군대는 소리가 들렸다.

"아이고 불쌍한 년. 십 년 만에 서방이 다시 찾아왔는데 돌아오자마자 죽어버렸으니 이를 어째."

"저 불쌍한 어린것은 아무것도 모를 텐데. 쯧쯧."

"근데 죽은 제 아비는 뭐하는 사람이래요?"

"미국에서 왔다던데."

"미국은 무슨. 산에서 도를 닦는 사람이래요. 그 왜 도사 흉내내고 다니는 사람 있잖아요? 산에서 뱀 같은 거 잡아먹고, 이상한 주문이나 외우고 다니고."

"그럼 십 년 전에 미숙이가 별 보러 다닌다고 촐싹거리며 산에 다닐 때 그놈한테 당한 거네. 그놈 애를 배서 고향을 뜬 거고."

"죽은 모습도 꼭 도사같이 생겼대요. 머리가 하얗고 도복 같은 걸 입었는데 앉은 채로 죽어 있더래요."

"동네 흉흉하게 별일이 다 있네. 근데 어떻게 죽었데요?"

"무슨 약초를 잘못 먹었다나봐요. 산에 이상한 독초가 많으니 그럴 수도 있겠죠."

사람들이 웅성대는 소리가 들렸지만, 은혜의 귀에는 하나도 들어오지 않았다. 도무지 이해할 수 없는 이야기뿐이었다. 하지만 분명한 건 아빠가 어젯밤에 죽었다는 것이다. 여기 있는 모든 사람이 한 입으로 그렇게 얘기하고 있었다.

"그 사람은 죽지 않았어요."

넋이 나가 있던 엄마가 큰소리로 동네 사람들에게 얘기했다. 너무 목소리가 커서 사람들이 엄마를 쳐다보았다.

"그 사람은 저렇게 죽을 사람이 아니라고요."

마지막 안간힘을 써서 발악하듯 그 말을 토해낸 엄마는 몸이 옆으로 기울더니 바닥으로 쓰러졌다. 은혜는 쓰러진 엄마를 한쪽 팔로 안으려고 했지만, 은혜의 팔로는 엄마의 무게를 감당할 수가 없었다. 쿵 하는 소리를 내며 엄마의 머리가 땅에 떨어졌다. 구급차에 있던 구조대원들이 엄마에게 달려왔다.

엄마의 눈에는 흰자위만 가득했다. 검은 눈동자는 눈꺼풀 뒤로 사라져 어디로 갔는지 보이지 않았다. 엄마의 팔과 다리가 움찔움찔하며 조금씩 흔들렸다. 그리고는 방아깨비처럼 엄마의 팔다리가 허공을 가르며 쉴 새 없이 위아래로 움직이기 시작했다.

일 분쯤 지났을까. 흔드는 것을 멈추더니 죽은 것처럼 엄마의 몸이 축 늘어졌다. 구급대원들은 엄마를 이동침대로 옮기고 구급차에 태웠다. 구급차는 시끄러운 사이렌 소리를 내며 좁은 산길을 따라 읍내 방향으로 내려갔다. 사람들은 엄마가 쓰러져 실려간 뒤에도 한참을 그 자리에 서서 각자 들은 얘기들을 토해내느라 정신이 없었다. 최 씨 할머니가 은혜에게 다가왔다. 그리고 은혜를 안았다.

은혜는 어른들만 보는 영화 한 편을 숨어서 본 거 같다는 생각이 들었다. 자기들끼리 말도 안 되는 내용을 서로 떠들어대는 기괴한 영화였다. 내일 아침이면 무서운 영화를 상영하고 있는 이 극장에서 빠져나와 예전처럼 엄마와 함께 다시 평화로운 날들을 보낼 수 있을 것이다. 은혜는 최 씨 할머니의 품에 안겨 그 안에서 잠이 들었다.

사람들이 모두 은혜의 집 앞을 떠난 뒤에도 그곳에 남아 있던 한 사내가 있었다. 사내는 긴 머리를 고무줄로 묶어서 뒤로 넘긴 상태였으며 흰 도복을 입고 있었고 발에는 흰 고무신을 신고 있었다. 한참을 운 것처럼 사내의 눈은 붉게 충혈되어 있었지만, 얼굴에는 편안한 미소가 가득했다. 그는 갑자기 변사체가 실린 구급차가 지나간 방향을 향해 바닥에 엎드려 절을 하기 시작했다. 돗자리도 없었고 향불도 없었다. 제단이라고 할 만한 것은 아무것도 없었지만, 꼭 제를 올리는 것처럼 보였다.

그의 시선은 하늘을 향하고 있었다. 뭉게구름이 해를 가리며 구름 속에 검은 그림자가 떠올랐다. 그는 구름 위에 과일이며 고기, 전, 생선들이 가득 놓인 제사상을 차려놓고 성대한 의식을 치르는 듯 엄숙한 얼굴을 하고 구름 위에 숨겨져 있을 하늘을 향해 절을 했다. 주위에는 아무도 없었다. 선선한 바람이 엎드려 절을 하는 사내의 머리 위에 가만히 내려앉았다. 사내가 바람이 무거웠는지 고개를 들었다. 그의 얼굴에 환한 미소가 가득했다.

3장

삶의 끝자락에 선 남자

검은 색 A만 나오면 된다. 앞에 쌓여 있는 돈다발을 보니 오백만 원은 족히 될 듯하다. A라면 학창 시절 내 성적표를 화려하게 장식하던 알파벳이다. 상대방 얼굴을 힐끔 쳐다보았다. 그가 뿜는 담배 연기가 내 시야를 가리고 있지만, 그의 여유만큼은 충분히 느낄 수 있다. 뻥카는 분명 아니다. 최소한 내 패가 에이스 석 장이라야 그를 이길 수 있을 것이다.

짙은 알코올 향이 코끝을 파고들었다. 얼음 서너 조각이 담긴 잔에 양주가 가득 차 있다. 잔을 들어 단숨에 마셨다. 이제 남은 카드 한 장을 정성껏 쪼는 일만 남았다. 벽에 걸린 시곗바늘이 새벽 두 시를 알려주고 있었다. 아마 이번 판이 마지막이 될 것이다.

나는 이런 순간을 늘 즐겼다. 마지막 카드의 정체를 조금씩 조금씩 더듬어 유추해보는 일은 마치 처녀의 남은 팬티 한 장을 서서히 벗기는 것처럼 짜릿했다. 그것은 내가 살아 있음을 느끼는 유일한 순간이었다.

"무슨 패를 쥐고 있기에 이렇게 뜸을 들이시나."

상대는 피부과를 운영하는 박 원장이다. 그가 자신의 패를 바닥에 엎어놓고는 팔짱을 낀 채로 빈정거렸다.

“사람 급하기는. 이것도 이제 막판이니. 신중하게 좀 쪼아봐야지.”

얼굴을 처박듯이 카드에 가까이 갖다대자 눈의 초점이 정확히 그곳에 맞추어져 다른 것은 아무것도 보이지 않았다. A라면 뾰족한 탑의 지지대가 직선으로 먼저 보여야 한다. 손가락에 땀이 배자 카드가 끈적해졌다. 숨이 턱하고 막혔다.

신은 나를 도와주지 않았다. 처음부터 선은 구부러지기 시작했다. 검은 색 ‘2’. 포커게임에서는 가장 시시한 숫자였으며 인생에서는 패배자들의 숫자였다. 그 잘못된 숫자 하나로 나는 오백만 원을 잃었다.

허탈해진 나는 박 원장이 개평이라며 호주머니에 넣어주는 십만 원을 받아들고 밖으로 나와 집에 가는 택시를 불렀다. 내일 일을 하려면 지금은 집에 가야 할 시간이었다.

일주일에 한번씩 벌이는 도박판이었다. 삼 년 전 동료 의사의 권유로 우연히 끼어들어간 포커게임이 이제는 나의 일상이 되어버렸다. 따는 날은 거의 없었지만 이걸 하고 있을 때면 모든 걱정이 사라졌다.

2란 숫자를 싫어하게 된 건 아버지가 둘이 되면서부터였다. 이제는 기억에도 남아 있지 않은 친아버지가 교통사고로 돌아가신 뒤 엄마는 1년 만에 재혼하셨다. 새 아버지에게는 아들이 하나 있었고 그는 나보다 세 살이 더 많았다. 친형은 아니었지만, 그래도 나는 그를 잘 따랐다.

그런데 2년 뒤 배다른 형은 사고로 죽고 말았다. 설상가상으로 그 후 얼마 안 있어 아버지는 사업에 실패했다. 형이 죽기 전까지 아버지는 나와 엄마에게 잘해주었다. 아버지의 사업 실패가 죽은 형을 잃은 괴로움 때문이었는지 아니면 운이 없어서였는지는 잘 모르겠지만 그때부터 아버지는 아무것도 하지 않고 술만 마셨다.

취하고 나면 우리 때문에 형이 죽었다는 말도 안 되는 궤변을 늘어놓기 시작했다. 그러고는 엄마를 때렸다. 분이 안 풀리면 나도 때렸다. 술 취한 사람의 손은 매섭고 아팠다. 나를 향하는 아버지의 발길질을 막으려다가 엄마의 갈비뼈에 금이 간 적도 있었다.

아버지가 가장 노릇을 포기하면서 엄마의 고통이 시작되었다. 식당 일, 파출부 일 등을 하면서 엄마는 나를 키웠다. 나는 그런 엄마를 어른이 되면 편하게 모시겠다는 생각으로 죽어라 공부했다. 아빠한테 맞을 때면 엄마가 왜 이런 남자와 재혼했는지 이해할 수가 없었다.

엄마는 늘 아들만을 위해 살아오셨다. 결혼 후에도 삼 년간이나 아이가 없어 외할머니가 사셨던 충북 단양에 가서 백일기도까지 하며 나를 낳으셨다고 했다. 태어난 아기는 상태가 좋지 않았다. 팔 개월 만에 태어난 2.2킬로그램의 저체중 아기. 그 당시의 의료

수준으로 그런 아기가 정상적으로 자란다는 것은 기적에 가까운 일이었다.

엄마를 병문안 왔던 큰어머니는 아기의 오른쪽 엉덩이에 있던 검은 반달점을 가리키며 저것 때문에 두 달을 못 참고 태어나 얼마 안 가서 죽을 거라고, 악담을 퍼부으셨다.

엄마는 그 얘기를 듣고 병원용 메스를 훔쳐 반달점을 완전히 도려내려다가 간호사에게 들켜 그만뒀다고 했다. 나는 아직도 귀퉁이가 잘려나간 반달점을 가지고 있다. 엄마의 정성 덕분이었는지 하늘이 도와서였는지 나는 죽지 않고 살아남았다. 초등학교에 들어가기 전까지는 다른 아이들보다 체구가 작았지만, 학교에 들어가고 나서는 성장이 빨라져 또래들보다도 키가 컸다.

초등학교 4학년 때였다. 고교 야구가 한창 인기 있던 시절 나는 야구를 좋아했다. 초등학교 앞 야구연습장에서 날아오는 공을 향해 있는 힘껏 배트를 휘두르다가 어쩌다 한번씩 공이 잘 맞아 날아가는 것을 보면 그렇게 기분이 좋을 수가 없었다. 연식공과 나무 배트로 동네 아이들과 야구를 하다가 연습장에서 알루미늄 배트로 붉은 실밥이 가지런히 박힌 진짜 야구공을 때리는 것이 너무나 재미있었다. 진짜 배트와 공을 사달라고 엄마에게 조르고 싶었지만 겨우 먹고 사는 가정형편을 아는지라 차마 말을 꺼내지는 못했다.

그날도 평소와 다름없이 하교하는 길에 나는 야구연습장에 갔다. 오십 원짜리 동전 한 개를 넣으면 열 개의 공이 기계로부터 튀어나왔다. 그날 따라 공이 잘 맞아 나는 기분이 좋았다. 그렇게 공을 다 치고 나올 무렵 마지막으로 친 공이 그물을 맞고 내 발 아래로 떨어졌다.

깨끗한 진짜 야구공 한 개. 그것은 마치 아무도 없는 한밤중 골목에 떨어져 있는 천 원짜리 지폐와도 같았다. 나는 고개를 돌려 주위를 한 바퀴 둘러보고 아무도 나를 주시하지 않고 있다는 사실을 확인한 후 오른손으로 그 공을 주워 호주머니에 넣었다. 자연스러운 행동에 스스로 놀랐지만 따지고 보면 그때가 처음은 아니었다. 야구공같이 크고 비싼 것은 아니었지만 슈퍼에서 사탕을 살 때도 한두 개씩 주머니에 더 넣곤 했었다.

그 공이 주머니로 들어가는 순간 뒤에서 커다란 손이 날아와 내 뒤통수를 갈겼다. 그리고 연달아 오른손이 내 뺨을 향해 날아왔다. 야구장 주인이었다.

"요즘 공이 왜 자주 없어지나 했더니 바로 네놈 짓이구나."

"이번이 처음이에요."

"몇 학년 몇 반 누구 이름 적고 부모님 전화번호 대."

눈물이 비 오듯 쏟아져 부어오르기 시작한 왼쪽 뺨을 적셨다. 말하지 않아도 나의 정체가 노출되는 건 어쩔 수 없었다. 책가방 속의 노트에 그 정도의 신상 정보는 기록되어 있었다. 하지만 그곳에 집 전화번호는 적혀 있지 않았다.

학교에 이런 사실이 알려지는 것은 어쩔 수 없었지만, 아버지가 아시게 되면 이번에는 오른쪽 뺨이 성치 않으리라는 건 불을 보듯 뻔했다. 더 무서웠던 건 엄마가 느낄 아들에 대한 실망이었다.

야구장 주인은 무릎을 꿇고 두 손을 올린 채 앉아 있으라고 했다. 지나가는 아이들이 키득대며 나를 힐끔힐끔 쳐다보았다. 나는 고개를 숙인 채 바닥만 내려다보고 있었다.

그렇게 한 시간가량 벌을 받은 후에야 나는 야구장에서 나올 수 있었다. 집까지는 걸어서 이십 분 거리밖에 되지 않았지만, 눈물이 앞을 가려 몇 번을 쉰 후에야 나는 겨우 집에 도착했다. 엄마는 외출해서 아직 돌아오시지 않은 상태였다. 책상에 엎드려 하염없이 흐르는 눈물을 손등으로 훔쳤다. 이제 내일 야구장 주인이 학교에 연락할 테고 그러면 경찰이 학교에 와서 나를 잡아갈 것이다.

그때 어느새 외출했다가 돌아온 엄마가 등 뒤에서 훌쩍이는 나를 지켜보고 있었다. 엄마가 다가와 울지 말고 고개를 들라고 했다. 엄마는 보채는 강아지를 어루만지듯 부어오른 내 뺨을 쓰다듬어주었다. 친구랑 싸웠는지 아니면 선생님에게 맞았는지 다그칠 줄 알았던 엄마가 생각과 다른 반응을 보이자 맥이 빠졌다. 엄마는 아무것도 묻지 않았다.

할 말을 잃어버린 나와 해야 할 말을 하지 않는 엄마 사이에서 맴도는 침묵이 오히려 무서웠다. 그리고 묻지 않는 경찰관에게 자백하고 싶어 환장한 범인처럼 나는 불안했다. 물건을 훔쳤고 그래서 주인에게 맞아서 생긴 상처라는 사실을 엄마에게 털어놓는다면 엄마는 어떤 반응을 보일까?

결국 나는 있었던 일을 모두 얘기했다. 고개를 숙인 채 얘기하다가 야구장 주인이 자기를 얼마나 아프게 때렸는지를 설명하는 대목에 가서는 고개를 들어 엄마의 눈치를 살폈다. 엄마는 얘기를 다 듣고 나서 아무 말 없이 함께 야구장에 가자고 하셨다. 야구장으로 가는 동안에도 엄마는 아무 말씀도 하지 않으셨다. 자상하긴 하지만 엄격했던 엄마는 죄를 지었으니 분명 경찰서에 나를 넘길지도 모른다는 생각이 들었다.

그런데 야구장에 도착한 엄마는 야구장 주인을 나오라고 하더니 그에게 소리를 지르기 시작했다. 한번도 남에게 소리를 지르지 않던 분이셨다. 애가 잠깐 실수한 걸 가지고 남의 자식을 저렇게 때릴 수가 있느냐, 야구장에서 그동안 잃어버린 공값을 다 변상해주겠다, 학교에 이 사실을 알린다면 아동폭행죄로 경찰에 신고하겠다는 그런 말이었다.

엄마의 악다구니에 기가 죽은 야구장 주인은 오히려 머리를 조아렸다. 대신해서 싸워주는 엄마를 보고 나는 너무나 통쾌했다. 잘한 것은 없지만 억울한 것은 억울한 것이었다. 엄마만 있으면 세상에 무서운 건 하나도 없을 거라는 생각이 들었다. 엄마는 야구장에서 나와 야구용품점으로 나를 데리고 갔다. 거기서 그렇게도 갖고 싶어했던 알루미늄 배트와 야구공을 사주고 조용히 얼굴에

연고를 발라주셨다.

내가 실수로 사람을 죽인다고 해도, 세상 사람들이 나를 향해 나쁜 놈이라며 손가락질한다고 해도 엄마는 다 용서해주실 것만 같았다. 엄마는 나를 지켜주는 든든한 버팀목이었다. 그런 엄마가 다시는 나에 대해 실망하게 하지는 않겠다고 나는 결심했다.

이후로 나는 더 이상 남의 물건에 손을 대지 않았고 특별한 말썽을 부리지도 않았다. 엄마는 공부하란 말씀도 하지 않으셨다. 하지만 일등 성적표를 가지고 온 날 엄마가 활짝 웃으시던 모습이 너무 좋아 나는 더욱 열심히 공부했다. 엄마는 아들이 의사가 되기를 원했다. 그 정도쯤은 엄마를 위해 해줄 수 있다고 생각했다. 그래서 의사가 되었다. 그런데 그런 엄마가 이제 내 곁에 없다.

"엄마가 죽었어."

힐튼호텔에서 있었던 '심근경색의 발병 원인과 발생 빈도'에 관한 연수 강좌를 듣고 점심을 먹은 뒤 산책 겸 남산을 오르던 중이었다. 날이 갑자기 흐려지며 가는 비가 한두 방울 떨어질 때쯤 아버지가 대뜸 전화기 너머로 내던진 말이었다.

하늘을 쳐다보았다. 혹시 빗방울이 굵어지면서 바닥에 떨어지는 소리가 너무 커 아버지가 하는 말을 잘못 들은 것이 아닌가해서였다. 갈비를 재어놓았으니 주말에 집에 오라고 엄마의 전화를 받은 것이 며칠 전이었다. 그런데 특별한 지병도 없던 엄마가 며칠 만에 죽었다는 건 믿기 어려웠다.

조금 전에 들었던 심근경색에 관한 강의 내용이 떠올랐다. 극심한 스트레스를 받으면 아무런 증상도 없던 사람이 관상동맥이 막혀 급사할 수 있는 질병. 파르르 떨다가 멈춰버리고 만 엄마의 심장이 머릿속에 그려졌다. 아버지는 엄마가 죽었다는 말을 반복했다. 아버지의 목소리가 가늘게 떨렸다.

"엄마가 산에 갔다가 떨어졌데. 내가 같이 갔었어야 했는데."

엄마는 산을 자주 다니신데다 워낙 조심성이 많아 사고를 당하실 분이 아니었다. 아버지는 늘그막에 엄마에게 구박받을까봐 걱정되었는지, 예전보다는 분명 화를 내는 일이 줄어들었다. 그리고 엄마를 손찌검하는 일은 없었다. 하지만 쌓였던 감정이 세월이 지난다고 완전히 없어지는 것은 아니었다.

아버지가 같이 가자고 해도 엄마는 혼자서 산에 다니는 것이 편하다며 함께 가지 않으셨다. 십 년 전 처음 등산을 시작할 때만 해도 나지막한 산을 산책 삼아 다녀오는 것이 전부였다. 하지만 점차 산행에 익숙해지면서 엄마는 험한 산도 혼자 오르곤 하셨다. 사고가 난 곳도 서울 근교에 있는 산이긴 하지만 산세가 험해 등산객이 별로 없는 곳이었다.

은평구 일대가 한눈에 내려다보이는 바위 위에서 빈 막걸리 한 통이 발견되었다. 그리고 바위 아래로 떨어진 엄마의 배낭에서 같은 상표의 빈 막걸리 한 통이 더 발견되었다. 경찰은 현장에 도착한 지 십 분도 안 되어 음주산행으로 인한 실족사라고 단정지어버렸다.

부검을 원하면 해도 된다고 하는 경찰의 말에 나는 잠시 머뭇거렸다. 엄마는 이미 막걸리 한 병을 먹은 상태로 그곳에 올랐고 그곳에 앉아 술을 마시다가 떨어진 것으로 보였다.

엄마는 무슨 생각을 하며 그곳에서 술을 마신 것일까? 혹 뛰어내리기라도 한 걸까? 나는 혹시나 엄마의 몸에 아버지가 저지른 다른 흔적이 나올까 두려웠다. 손찌검 같은 건 이제 안 한다고 했던 건 엄마의 말일 뿐이었다. 두 분이 사시는 집에서 그동안 무슨 일이 벌어졌는지 자세한 내막은 아들인 나도 알 길이 없었다. 결국 부검을 하지 않기로 했다. 무언가를 더 자세히 안다고 해서 결과가 달라질 것은 없었다.

나는 장례식장에서 아무것도 먹지 않고 삼 일 내내 울었다. 아버지는 문상하러온 손님들과 이런저런 얘기를 나누며 또 술을 마셨다. 엄마가 안 계신 이상 피 한 방울 섞이지 않은 아버지는 그저 어릴 때 나를 학대했던 한 남자일 뿐이었다. 나에게 이제 가족은 아무도 없다.

아침은 어김없이 다시 찾아왔다. 미친 망아지처럼 여섯 시 정각에 울려대는 침대 옆 알람시계를 손으로 내리쳐 깨버리고 싶었지만 그래도 일하려면 지금은 일어나야 한다. 지각이 잦다고 병원장님께 여러 번 경고도 받은 터라 늦는다고 병원에 전화할 수는 없었다.

머리가 빠개질 듯 아팠다. 물기에 흠뻑 젖은 수건을 쥐어짜듯 뇌를 끄집어내어 뇌세포 사이를 적시고 있는 알코올을 짜내고 싶었다. 빈속에 타이레놀 두 알을 입에 털어넣었지만 아무런 효과도 없었다.

씻는 둥 마는 둥 대충 닦고 전날 입었던 와이셔츠를 그대로 입고 택시를 탔다. 옷장을 열면 와이셔츠 수십 벌이 깔끔이 다려져 있는 걸 한번씩 상상해보곤 하지만, 집에 여자가 없으니 가능하지 않은 일이었다.

서둘렀지만 평소보다 30분이나 늦게 병원에 도착했다. 아침도 먹지 못한 채 빠른 걸음으로 대충 회진을 돌고 나니 그래도 근무 시작 시간인 8시 30분에 외래를 열 수 있었다. 오늘도 늦었으면 점심은 병원장님과 단둘이 먹으며 훈시를 들을 뻔했다.

나는 혼자서 지내는 걸 좋아한다. 동거했던 여자가 두 명이나 있었지만, 그들과는 얼마 살지 못하고 헤어졌다. 그녀들에게 특별한 문제가 있었던 건 아니었다. 당시에는 서로 사랑했었다고 지금도 믿는다.

원활하게 가정을 꾸릴 수 없었던 건, 남을 배려할 줄 모르는 나의 이기적인 성격 때문이었다. 게다가 우연한 기회에 시작하게 된 도박은 여자와의 정상적인 생활을 더욱 어렵게 만들었다. 도박중

독은 어머니의 죽음 이후로 더욱 심해졌다.

아버지는 뜬금없이 나에게 전화했다. 그리고 잘 지내냐는 안부를 묻기도 했다. 그러나 아버지와의 통화는 대개 그것으로만 끝나지 않았다. 전화를 끊으려고 하면 아버지는 쭈뼛거리며 늘 돈 얘기를 꺼냈다. 아버지가 원하는 액수는 고작 수십만 원이었다.

고정 수입이 없었던 아버지가 엄마의 죽음으로 받게 된 삼억 원의 사망 보험금은 노년의 풍요로운 생활을 보장받은 로또 당첨과 같은 것이었다. 그 큰돈을 가지고 있으면서도 왜 아버지가 돈을 달라고 하는지 나는 이해할 수 없었다. 결국 몇 번은 돈을 보내드리긴 했지만, 이후로는 돈을 보내지 않았다. 그리고 전화가 와도 잘 받지 않았다.

철저히 나만의 행복을 위해서 살기로 결심했다. 나에게 행복이란 하루살이처럼 인생의 전부를 하루에 거는 것이다. 도박이든 술이든 섹스든 간에 나는 그날 내가 하고 싶은 일이 생기면 다음날을 생각하지 않고 바로 실행에 옮겼다. 다행히 의사로서 받는 월급은 그런 생활을 즐기기에 충분했다.

하지만 어제 잃은 돈은 그런 나에게도 큰돈이었다. 월급의 절반을 한순간 날려버렸다. 환자를 보면서도 그 광경이 자꾸 떠올랐다. 아니 일부러 그 장면을 머릿속에서 끄집어내기도 했다. 오늘 밤의 복수전을 위해서는 꼭 필요한 바둑의 복기 같은 것이었다.

아프다고 호소하는 환자들의 아우성은 내 오른쪽 귀를 통해 들어와 뇌세포가 미처 해석도 하지 않은 상태로 왼쪽 귀로 흘러나가 버렸다. 환자가 금방 무슨 말을 했는데도 기억이 나지 않아 환자에게 다시 묻는 나를 김 간호사가 한심하다는 듯 쳐다보았다.

"과장님, 내시경 하러 가셔야 하는데요."

오래 전부터 함께 일했던 김 간호사의 안색이 좋지 않았다. 마스크를 썼지만 어쩔 수 없이 풍겨나오는 진한 술 냄새 때문일 것이다. 그녀는 내 상태를 눈치채고 내가 해야 할 내시경을 다른 과장님에게 넘기느라 분주했을 것이다. 그녀에게 조금 미안했다. 그리고 다른 동료 의사들에게도 미안했다. 하지만 그런 감정도 밤이 되면 늘 연기처럼 사라져버린다. 그리고 아침이 되면 다시 나를 찾아온다.

내시경실은 진료실의 바로 맞은편에 있었다. 나는 김 간호사의 안내를 받아 내시경실로 들어갔다. 진료실 절반만 한 크기의 내시경실 침대에는 삼십대 정도로 보이는 한 남자가 옆으로 누워 있었다. 긴장한 눈빛의 마른 남자는 얼굴에 가득한 주름 때문인지 나이보다 서너 살은 많아 보였고 툭 튀어나온 광대뼈 밑으로 볼이 움푹 들어가 있었다.

갑작스레 체중이 빠졌음을 보여주는 신호였으므로 내과의사라면 그냥 지나쳐서는 안 되는 얼굴이었다. 평소의 나였다면 환자의 얼굴만 보고도 숨어 있을지 모르는 질병을 찾느라 위내시경을 좀 더 꼼꼼히 시행하였을 것이다. 하지만 지금의 나는 정상이 아니다.

사내와 얼굴을 가까이하기 전에 김 간호사가 수면유도제를 주사했다. 만약 그가 수면유도제 주사를 미리 맞지 않았다면 바짝 긴장해 있을 그의 후각세포는 나에게서 풍겨나오는 술 냄새를 바로 알아차렸을 것이다. 그랬더라면 그는 입에 물고 있던 마우스피스를 내던지고 나를 욕하며 내시경실 침대에서 내려왔을는지도 모른다.

왼손으로 방향키를 잡고 오른손으로는 내시경 관을 잡고 식도를 지나 위를 향해 내시경 관을 삽입하기 시작했다. 늘 하던 내시경이 특별히 오늘 따라 어려울 건 없었지만 그의 위가 깨끗한 상태가 아니라는 것이 문제였다. 정체를 알 수 없는 음식 일부가 위액과 뒤섞여 고약한 냄새를 풍기며 위벽에 달라붙어 있었다. 흔히 겪는 일이었다. 그저 실린지에 물을 조금 담아 내시경 구멍을 통해 물을 뿌려 찌꺼기를 씻은 뒤 관찰하면 그만이었다.

"물."

김 간호사에게 씻어낼 물을 실린지에 담아 건네달라는 간단한 지시였다. 하지만 이 말은 입 밖으로 튀어나오지 못했다. 음식물 찌꺼기를 보는 순간 구역질이 났다. 이를 악물었다. 그것이 효과가 있었는지 다행히도 대형 참사는 일어나지 않았다. 하지만 더 이상 자세하게 검사를 진행하기는 어려웠다. 내일 다시 검사하자고 얘기할까 하다가 그것은 마치 대낮에 단속 경찰에게 스스로 음주했음을 고백하는 것과 같다는 생각이 들어 말하지 않기로 했다.

사정을 알 길이 없는 환자는 아직도 정신을 차리지 못하고 누워 있었고 나는 그렇게 대충 검사를 마쳤다. 너무도 성의 없게 검사를 끝내고 마는 나를 보자 김 간호사의 얼굴이 더욱 일그러졌다.

혹시 음식물 뒤에 숨겨진 병을 내가 발견하지 못하고 검사를 끝내는 것이 아닐까 하는 걱정이 밀려왔다. 조금 쪽팔리더라도 다시 검사하자고 할까? 설마 무슨 병이 있지는 않겠지. 여러 생각이 들었지만, 오랫동안 이 문제를 생각할 만큼 나의 뇌는 신선하지 않았다. 그렇게 검사를 끝내고 나는 내시경실에서 나왔다.

환자가 내시경 검사를 받는 장면을 설치된 모니터로 실시간으로 볼 수 있는 내시경실 밖 복도 의자에는 한 젊은 여인이 유심히 내시경 검사 과정을 지켜보고 있었다. 내시경실 복도를 지나며 나는 그녀가 환자 보호자임을 직감했다.

뭔가 불안해보이는 슬픈 눈빛. 바늘에 찔린 것처럼 가슴이 따끔거렸다. 하지만 내시경을 하는 의사가 아니라면 검사 과정에 문제가 있었다는 걸 알지 못할 것이다. 그녀가 고개를 들어 걱정 어린 눈빛으로 나를 쳐다보았다. 왠지 모를 불안감에 가슴 한구석이 싸늘했다.

그로부터 6개월이 지나갔다. 나의 생활은 달라진 것이 없었다. 해고를 의미하는 병원장의 경고가 여러 차례 있었지만, 몸에 밴 습성은 달라지지 않았다. 병원도 의사를 구하기 어려웠고 나 역시 해고된다고 하더라도 다른 병원으로 가버리면 그만이었다. 나 정도의 경력이면 사실 더 좋은 병원을 구하는 것은 일도 아니라는 이유 있는 자만심 속으로 빨려들어가 나는 그 속에서 나오려고 하지 않았다. 어서 하루가 끝나고 어둠이 찾아오길 기다릴 따름이다.

그날도 특별할 게 없는 오후 진료 시간이었다.

"과장님, 다음 환자 부를까요?"

날씬한 이 간호사가 의자를 뒤로 젖힌 채 잠깐 졸고 있던 나를 깨웠다. 전에 근무하던 김 간호사는 병원장에게 나의 불성실한 태도를 고자질한 것이 마음에 걸렸는지 다른 부서로 자원해서 옮겨 갔다. 지금 나와 함께 일하게 된 이 간호사 역시 나를 마음에 들어 하지 않는다는 걸 잘 알고 있다. 하긴 이 병원의 직원 중 나를 좋아하는 직원이 있다는 사실은 들어본 적이 없다.

나는 Y병원에서 십 년째 일하고 있는 소화기내과 과장으로 위암, 간암, 췌장암, 담도암 등을 진단하고 치료하는 일을 맡고 있다. 환자는 대부분 노인이었지만, 간혹 삼사십대 젊은 환자를 암으로 진단하고 치료하는 때도 있었다. 암이 자라는 속도는 나이와 연관이 있어 젊은 사람의 경우에는 진단받고 나서 수개월 내에 사망하는 예도 많았다.

그 사람이 그랬다. 이 간호사가 부른 다음 사람은 환자가 아니었다. 누군가의 보호자였다. 초췌한 얼굴에 눈두덩이가 부어 있어 오랜 시간 운 것처럼 보였지만, 눈동자만큼은 또렷했다. 삼십 후반쯤 되었을까. 검정 치마에 검정 블라우스를 입은 그녀의 머리 오른편에는 흰 머리핀이 꽂혀 있었다. 상중인 것으로 보였다. 상중의 여자가 보호자로 왔다면 항의하러 온 것이 분명했다.

가슴이 콩닥콩닥 뛰기 시작했다. 아드레날린이 증기기관차의 연기처럼 뇌 속을 가득 메우기 시작했다. 그녀를 분명 전에 보았다. 언제일까. 나는 그녀의 말문이 열리기만을 초조히 기다리며 고개를 숙이고 있어 잘 보이지도 않는 그녀의 입술을 가만히 쳐다보았다.

"저 기억 안 나세요? 6개월 전에 과장님이 내시경을 했던 젊은 남자의 부인이에요. 과장님이 별 문제 없다고 하던 제 남편은 계속 배가 아프다고 해서 제가 다른 병원에서 다시 내시경을 받아보자고 했지만, 남편은 과장님을 믿는다며 약을 먹으면서 기다려보겠다고 했어요. 그런데 계속 증상은 심해지고. 두 달 전 결국 다시 내시경을 했는데 위암이 많이 퍼져서 손을 쓸 수 없는 상태였어요. 결국, 제 남편은 그저께 하늘나라로 갔습니다."

그녀는 친구에게 드라마 줄거리를 얘기해주듯 아무런 감정이 섞이지 않은 말투로 담담하게 얘기했다. 그래서 나도 여자가 얘기하는 과장이 내가 아니라 어느 드라마의 주인공인 것으로 잠깐 착각하며 그녀의 얘기를 들었다. 그러던 그녀가 돌연 나를 향해 눈을 치켜뜨며 말했다.

"별 이상이 없다면서요?"

그날을 기억하지 못할 리가 없다. 내시경을 하고 나오면서 복도에서 마주쳤던 그녀의 눈빛이 떠올랐다. 좀 더 성의껏 그 환자를 검사했더라면 발견할 수도 있었을 것이다. 암의 진행이 아무리 빠르다 하더라도 삼 개월 만에 말기 암으로 진행될 수는 없다. 무슨 핑계를 대야 그녀를 이해시킬 수 있을까 궁리했지만 궁색할 수밖에 없는 변명이 입 밖으로 튀어나오고야 말았다.

"글쎄요. 젊은 사람의 경우에는 암이란 게 워낙 빨리 자라서 그런 경우도 간혹 있습니다만. 그리고 제가 기억하기에 그분의 위는 검사를 받기에 그리 깨끗이 비어 있는 편이 아니었습니다."

음식물 찌꺼기가 덕지덕지 붙어 있던 그의 위점막 모양이 에펠탑 아래에서 찍었던 한 장의 스냅 사진처럼 머릿속에 떠올랐다. 사실은 말도 안 되는 핑계였다. 하지만 이런 경우에 잘못했다는 말을 환자 보호자에게 하는 것은 법적 다툼으로 갔을 때 자기의 잘못을 시인한 게 돼 불리하게 작용할 수도 있다는 것을 나는 잘 알고 있었다.

"그날 내시경 하러 들어가시는 과장님한테 술 냄새가 났어요. 불안한 생각이 들었는데 마침 내시경 장면이 실시간으로 보이더군요. 그래서 혹시나 해서 핸드폰으로 동영상을 찍어놓았지요. 이걸 다른 의사한테 보였더니 제대로 된 검사가 아니라고 하더군요. 더군다나 술이 덜 깬 상태에서 검사한 거라면 소송을 걸어도 이길 수 있을 거라고 변호사도 얘기했고요."

분명 불충분한 검사였다. 내시경을 하는 의사라면 어느 의사가 보더라도 알 수 있는 엉터리 검사였다. 그것이 동영상으로 존재한다는 사실은 법정으로 갔을 경우 나에게는 치명적이다.

나는 지금까지 두 번의 의료사고를 경험했다. 한번은 치료 과정에서 약물 부작용으로 췌장암 환자가 사망한 경우였으며 또 한번은 담도암 환자의 진단을 놓친 경우였다. 하지만 두 경우 모두 칠십 이상의 노인 환자였고 어차피 치료에도 불구하고 곧 사망할 환자들이었으며 병원 측에서 약간의 보상금을 주고 특별한 문제가 생기지 않도록 처리했다.

하지만 이 젊은 여인은 예전 의료사고를 겪은 환자의 보호자들과는 달랐다. 그것이 나를 더욱 불안하게 만들었다.

대개 보호자라고 찾아오는 사람들은 죽은 자의 억울함을 풀어주기 위해서 온 것이 아니라 남겨진 자신들을 위해 돈푼이라도 뜯어낼 목적으로 오는 경우가 많았다. 그런 경우 대부분 그들은 고함과 욕지거리를 지껄이며 진료실로 들어온다.

하지만 이렇게 점잖다고 느껴질 정도로 보호자가 차분하게 얘기하는 경우는 대개 법적인 소송으로 진행되는 경우가 많다고 나는 전해 들었다. 이런 정도의 의료사고라면 소송에서 지는 건 물론이고 자칫 잘못하면 의사 면허까지 물거품처럼 사라질 수도 있다.

진단을 놓친 것은 둘째 문제이고 술이 깨지 않은 상태에서 진료한 것은 의사의 명예를 실추시키는 일이라 의사협회에서도 도와줄 수 없을 것이다. 그를 검사하던 순간 내가 술이 덜 깬 상태였다고 증언해줄 사람은 이 병원에 차고 넘쳤다.

“제가 돈 때문에 여기까지 온 것은 아니에요. 그저 과장님의 진심어린 사과가 듣고 싶은 것뿐입니다. 천국에 가 있을 남편도 그 말 한마디면 만족할 거예요.”

그녀에게 죄송하다고 사과하고 싶었다. 무릎이라도 꿇고 용서를 구해서 이 모든 일들로부터 나의 잘못이 없어질 수 있다면 백번이라도 할 수 있었다. 하지만 나의 이성적인 두뇌는 그것을 허락하지 않았다. 동영상까지 찍은 그녀가 나의 사과를 녹음하리라는 것은 충분히 예상 가능한 일이고 그것은 법정에서 내 목을 조이는 올가미가 될 것이다.

“저는 늘 환자를 진료하는 일에 최선을 다했다고 자부하고 있습니다. 법적인 소송을 하던 일인시위를 하던 그건 보호자 분이 알아서 하실 일이고 다른 행정적인 문제는 병원에서 처리해줄 겁니다. 진료 방해는 그만하고 이제 돌아가시면 좋겠습니다.”

“그렇다면 할 수 없군요. 법정에서 결론을 낼 수밖에.”

무서운 뒷모습을 내 머릿속에 남긴 채 그녀는 진료실에서 나갔다. 이제 내가 해야 하는 일은 나에게 불리할 수도 있는 병원 직원들의 기억을 지우는 것이었다. 그러려면 병원장님의 도움이 절대적으로 필요했다. 내가 연락하기도 전에 이미 이 간호사로부터 상황을 전달받은 병원장이 나에게 전화를 걸어왔다.

“닥터 김, 얘기는 전해 들었네.”

늘 나의 불성실한 근무태도를 꾸짖었던 병원장이었지만 병원에 해가 될 중요한 일이 발생했을 때는 자신이 친밀한 의사 선배임을 일깨워주는 단어가 바로 김 과장이 아닌 닥터 김이었다. 순간 마음이 놓였다. 닥터라는 호칭은 나의 모든 허물을 덮어주고 구렁텅이에서 나를 꺼내줄 동아줄 같은 단어였다.

"심려를 끼쳐 죄송합니다."

"심려는 무슨. 병원에서 다 알아서 할 거니까. 자네는 진료에만 신경을 써주게."

나를 지켜줄 수호신은 따로 있었다. 그녀에게 느꼈던 나의 죄의식은 눈 녹듯이 사라졌다. 그리고 병원을 위해 더욱 열심히 일해야겠다는 사명감마저 불타올랐다.

"감사합니다. 앞으로 이런 문제가 생기지 않도록 열심히 일하겠습니다."

"그렇게 해주면 고맙고."

턱 밑으로 살집이 잔뜩 붙어 삼국지의 동탁을 닮았다고 술자리에서 다른 과장들에게 병원장의 흉을 봤던 내가 부끄러웠다. 내 잘못으로 인해 고인이 된 환자에게 사죄하고 싶다는 생각은 의사로서의 직업윤리에 너무 충실했던 탓이라고 나는 애써 부정했다. 불과 한 시간밖에 남지 않은 근무를 마치고 나면 나는 다시금 위스키를 홀짝홀짝 마시며 카드를 쪼고 있을 것이다.

소송으로 간다면 일 년 이상의 지루한 법정다툼이 될 것이고 그것에 지친 미망인은 소송을 포기할 게 분명하다. 음주진료 사실은 병원장님이 충분히 막아줄 것이고 그깟 동영상은 환자의 잘못으로 위가 깨끗한 상태가 아니어서 발견을 못한 것이라고 진술하면 그만이다.

다음날 진료를 모두 마치고 손을 씻으며 세면대 거울 앞에 비친 내 모습을 보았다. 얼굴이 나이보다 더 늙게 보인다는 생각이 들었다. 그러고 보니 최근에 눈에 띄게 체중이 빠지고 있었다. 여러 가지 일로 바쁘다 보니 미처 제대로 검사를 받지 못했다. 그 여자의 남편과 같은 암덩어리가 의사의 몸이라고 해서 피해간다는 보장은 없었다.

통증을 느끼기 시작한 지 한 달이 지났지만, 검사를 받아야겠다는 생각을 실천으로 옮기기는 쉽지 않았다. 그러던 어느 날 바늘로 명치 부위를 찌르는 날카로운 통증이 찾아왔다. 증상이 예사롭지 않았다. 나는 진료실의 작은 진찰용 침대에 가만히 누웠다. 그리고 배꼽 위부터 가슴 쪽으로 천천히 배를 만져보았다.

손가락이 오목 가슴 쪽으로 거의 향했을 무렵 뭔가 단단한 것이 만져졌다. 말랑말랑한 지방이 있어 풍선처럼 느껴져야 하는 부위이다. 그런데 분명 그곳에 무언가 잡히는 느낌이 있었다. 두 개의 손가락으로 감싸고도 남을 만한 크기의 그 단단한 덩어리는 계속 눌러볼수록 선명하게 윤곽을 느낄 수 있었다. 이 부위에서 이 정도로 단단하고 큰 것이 만져진다면 쓸개 아니면 췌장 쪽이다. 암이다. 손끝이 떨렸다.

정확한 진단을 위해서는 CT 촬영이 필요했다. 저녁 6시. 빠른 걸음으로 CT실로 향했다. CT실은 지하 2층에 있었다. 엘리베이터를 기다리지도 않고 옆에 있는 계단으로 내려갔다. 불 꺼진 계단을 홀로 비추고 있는 비상구 표시등이 고장났는지 깜박거렸다. 지하 동굴로 내려가는 것처럼 어둡고 음침했다.

"제가 CT 검사를 좀 받아봤으면 하는데요."

막 나가려는 방사선사의 앞을 가로막았다.

"죄송합니다. 퇴근하셔야 하는데, 제가 방해했네요. 제가 사진을 좀 찍고 싶어서요. 다른 날은 시간이 안 돼서. 찍어만 주고 가면 제가 사진을 보겠습니다."

방사선사의 불쾌한 기색이 역력했으나 과장의 부탁을 거절하지는 않았다.

그렇게 나는 서둘러 검사를 받았다. 그리고 모니터로 병원 컴퓨터 서버에 올리기 전 CT 사진을 살펴보기 시작했다. 날카로운 정육점 칼에 썰린 고기처럼 내장 사진이 한 컷씩 모니터에 나타나기 시작했다. 떨리는 손가락으로 스크롤바를 내리는 순간 회색빛을 띤 커다란 덩어리가 췌장의 머리 쪽부터 시작해서 담도와 쓸개까지 침범한 사진이 보였다. 그리고 영상의 좌측에 보이는 간에도 검은 동그라미 음영이 군데군데 보였다. 췌장암에 간 전이, 쓸개 전이.

이런 사진의 주인공은 고작 육 개월 정도밖에 더 살지 못한다. 수술을 받는 것이 불가능한 것은 물론이려니와 저 정도의 암덩어리를 치료할 항암제는 아직 개발되지 않았다. 저런 암이 있는 환자에게 치료를 한번 해보자고 하는 것은 폭풍 치는 바다에 빠진 사내에게 나무토막 하나 던져주며 살아서 나오라고 하는 것과 다름없다.

머릿속이 하얘졌다. 떨리는 손가락으로 삭제 버튼을 눌렀다. 사진만 지우면 병도 같이 없어질 것 같았다. CT실 서버에 올려 있는 내 사진을 내일 아침 출근할 방사선사들이 본다면 점심시간도 되기 전에 내 상태가 온 병원에 퍼질 것이고 대부분의 병원 직원들은 겉으로는 안 됐다고 말하면서도 속으로는 고소하다고 생각할 것이다. 이런 식으로 내 병이 알려져 술 안줏거리로 내 몸이 난도질당하는 것은 참을 수 없었다.

불 꺼진 진료실로 돌아와 불도 켜지 않은 채 소파에 털썩 주저앉았다. 환자들에게 내렸던 사형선고를 스스로 내린 셈이었다. 책상 서랍에 숨겨두었던 담배를 한 개비 꺼내어 물었다. 엄마의 장례식 때 피고는 한번도 손에 들지 않았던 담배였다. 이제 무엇을 어떻게 해야 할지 결정해야 한다. 주위에 병을 알리고 이름만 치료제인 항암제에 목을 매달 것인지 아니면 이대로 숨긴 채 아무 일도 없었던 것처럼 살아가야 하는지.

어떤 선택을 하건 나에게 일어날 결과는 같다. 말기암 환자가 병원에서 겪는 죽음의 과정이 얼마나 허망한지 나는 너무도 잘 알고 있다. 함께 의논할 사람도, 병간호해줄 사람도, 죽음을 애도해줄 사람도 없다. 인연을 끊은 아버지에게 당신보다도 먼저 이 더러운 세상을 하직할 것 같다는 낭보를 알리기는 싫었다.

엄마가 생각났다. 엄마가 옆에 있었다면 야구장 주인의 손아귀에서 구해주었던 것처럼 억센 손으로 암덩어리를 없애줄 수도 있을 것 같았다. 하지만 엄마는 옆에 없다. 아니 아무도 없다.

4장
아빠의 흔적

평일이라 그런지 터미널은 한산했다. 그러나 서울로 가는 버스 표를 사려고 기다리는 사람들은 제법 많아 매표소 앞 기다란 의자에는 앉을 자리가 없었다. 은혜는 차례가 오자 창구 구멍에 얼굴을 가까이 대고 물었다.

"옆 좌석이 비어 있는 표가 있을까요?"

창구 여직원이 은혜를 한번 힐끔 쳐다보더니 퉁명스럽게 얘기했다.

"그러려면 삼십 분은 기다리셔야 되는데 그걸로 끊어드려요?"

은혜는 그렇게 해달라고 얘기하고 사람이 없는 곳에 가서 앉았다. 좁은 공간에 누군가와 함께 있는 것이 싫었다. 그래서 극장에도 잘 가지 않았다. 여자라면 괜찮지만 긴 시간 동안 남자 옆에 앉아 가는 것은 견디기 힘들었다. 분명 정상은 아니다. 병에 걸린 것이라고 은혜는 생각했다.

지난 번 버스를 탔을 때 옆에 앉았던 덩치 큰 사내와 몸을 스친 뒤에도 그랬다. 안쪽 좌석으로 들어가려는 그의 허벅지와 자신의 종아리가 살짝 닿았을 뿐인데도 바퀴벌레가 지나가는 것 같은 느낌을 받았다. 그러자 온몸이 가려우면서 따끔거리기 시작했다. 티셔츠 속으로 손을 넣어 온몸을 벅벅 긁고 싶었다.

고등학교 3학년 여름방학이 며칠 남지 않았던 어느 날이었다. 짝꿍인 다희가 책상에 엎드려서 울고 있었다. 평소 소심한 아이라 툭하면 울곤 했지만, 그날따라 친구의 울음소리가 너무 구슬프게 들렸다. 무슨 일이 있느냐고 캐물었지만 잘 말하려 하지 않았다.

유복한 가정에서 태어나 별다른 사고를 일으키지 않고 조용히 학교생활을 충실히 하는 친구가 저토록 서럽게 울 만한 일은 그것밖에 없었다. 이건 친구 개인의 문제가 아닌 우리 반 전체의 문제였다. 은혜는 반장으로서 가만히 있을 수 없었다.

다희를 옥상으로 데리고 갔다. 교실 안에서는 말하기 어려운 일일 거라 짐작해서였다. 예상이 맞았다. 다희를 울게 만든 건 우리 학교의 윤리 선생이었다. 이사장 친척이란 배경을 가져서 그런지 그는 일반적인 선발 과정을 거치지 않고 갑자기 우리 학교로 부임해왔다. 교원 자격증도 갖고 있지 않다는 소문까지 돌았다. 그는 한마디로 윤리와는 관계가 먼 윤리 선생이었다.

신체적으로는 성인과 다름없으면서도 정신적으로는 성인이라고 할 수 없는 여고생들이 가득한 학교는 그에게 놀이터나 다름없었다. 그는 여학생들에게 변태적인 농담을 일삼고 아무 데나 툭툭 건드리고 만지곤 했다. 우리는 그를 모두 쓰레기라고 불렀다. 수

업한답시고 책을 들고 교실을 이리저리 서성이다가 얇은 교복의 등에 비친 브래지어 끈을 한번씩 당기는 행위를 그는 그저 단순한 장난 정도로 생각하는 것 같았다. 하지만 쓰레기가 다희에게 행한 일은 분명 장난을 넘어선 범죄였다.

그는 트집을 잡아 다희를 교단 앞으로 불러내어 손을 들고 서 있게 하고는 뒤로 돌아 다희의 엉덩이를 주물렀다.

넓적한 얼굴에 몇 가닥 안 되는 머리카락을 기름칠해서 간신히 옆으로 넘긴 채 처진 눈으로 우리를 째려보는 쓰레기의 모습은 사실 좀 우스웠다. 그의 또 다른 별명은 만화영화 개구리 왕눈이에 나오는 심술쟁이 투투였다.

우리는 그가 복도를 지나갈 때마다 그를 그렇게 부르고 도망가곤 했다. 그는 그럴 때마다 누가 자신을 그렇게 불렀는지 꼭 잡아냈다. 잡아내지 못하면 반 아이들을 모두 일으켜 세워 벌을 주었다. 하지만 그것은 선생으로서의 체벌이 아니라 여학생들을 대상으로 자신의 성적 호기심을 충족하기 위한 놀이행위였다.

그는 입으로 뭐라 떠들면서 옆으로 다가와서 여학생의 팔 안쪽을 꼬집었다. 꼬집는 손등이 가슴을 툭툭 건드릴 때도 있었다. 음흉하게 웃는 그를 볼 때마다 은혜는 구역질이 올라왔다.

그렇게 반 전체 여학생의 속살을 만지고 나야 놀이는 끝이 났다. 그런데 그 손이 이제는 엉덩이로 내려간 것이다. 다음은 어느 곳이 될지 알 수 없었다. 은혜는 반장으로서 그 인간을 응징해야겠다고 생각했다.

다음날 학교에 일찍 도착해서 연필을 깎았다. 집에서 연필깎기로 쉽게 연필을 깎아서 가지고 올 수도 있었지만, 일부러 학교에서 칼로 연필을 깎았다. 사냥을 나가기 전 돌에 칼을 갈듯이 비장한 손놀림으로 최대한 끝이 뾰족하게 깎았다. 사냥감을 단번에 제압하기 위한 도구였다.

그날도 어김없이 우리는 벌을 받기 위해 일어섰다. 그는 늘 하던 대로 모든 것이 반장의 책임이라고 투덜대며 맨 먼저 은혜에게로 다가왔다. 키가 컸던 은혜의 눈 아래로 그 인간의 머리통이 적나라하게 보였다. 머리통에 간신히 붙어 있는 몇 가닥의 머리카락이 안쓰러워 보였다.

그가 괴상한 숨을 내쉬며 은혜의 오른팔을 어루만졌다. 그러더니 그의 왼쪽 손가락 두 개가 팔 안쪽을 점령한 듯 제 마음대로 움직이기 시작했다. 꼬집으려는 듯 엄지와 검지를 오므리자 그의 손등이 은혜의 오른쪽 가슴에 닿았다.

순간 온몸이 화끈거리며 따갑기 시작했다. 그러면서 온몸이 가려웠다. 가슴 깊은 곳에서 불꽃이 일기 시작했다. 불꽃은 혈관이 지나가는 길을 따라 점점 타올랐다. 고개를 숙여 그를 쳐다보았다. 만약 그 순간 그의 입꼬리가 그렇게 치켜올라가면서 광대 같은 웃음을 띠고 있지 않았더라면 얌전한 반장으로 돌아갔을는지도 모른다.

머릿속이 하얘졌다. 이미 필통에서 꺼낸 뾰족하게 날이 선 연필이 왼손에 들려 있었다. 오히려 아무런 생각을 하지 않으려 했다. 그러고 나니 마음이 편해졌다.

연필을 쥔 손을 힘껏 들어올려 그 쓰레기의 팔에 꽂았다. 높은 곳에서 빠른 속도로 내려와 그의 살을 파고든 연필은 꼬챙이나 마찬가지였다. 외마디 비명이 그의 입에서 터져나왔고 연필이 꽂힌 그의 살에서 붉은 피가 흘렀다.

쓰레기는 아무 말도 하지 못한 채 그대로 얼음처럼 자리에 서 있었고 갑작스러운 반장의 행동에 반 아이들은 놀라 입을 다물지 못했다. 팔에서 흐른 피가 바닥으로 떨어지자 몇몇 아이들은 비명을 질렀다. 쓰레기는 그제야 정신을 차렸는지 손으로 박혀 있는 연필을 뽑아 은혜의 얼굴에 던졌다. 피가 은혜의 얼굴과 교복에 튀었다.

"이런 미친년이."

쓰레기는 피가 나오는 부분을 막고 있던 오른손을 들어 은혜의 얼굴을 때렸다. 은혜는 바닥에 쓰러졌다. 자빠진 은혜에게 가해진 쓰레기의 발길질에 은혜는 속수무책으로 당할 수밖에 없었다. 최대한 몸을 오그리고 두 팔과 다리로 얼굴과 배를 보호한 채 시간이 지나기만을 기다렸다. 흥분이 극에 달해 내두르는 발길질은 균형이 흐트러진 탓인지 그리 아프지는 않았다.

시끄러운 소리를 들은 옆 반 선생님이 온 뒤에야 상황이 정리됐다. 하지만 마무리는 이제부터였다. 은혜를 어떻게 처리할 것인가에 대해 학교 측도 고민하는 것 같았다. 사안만 놓고 본다면 학생이 선생을 흉기로 찌른 것은 당장 경찰을 부를 일이었고 은혜는 곧바로 구속될 수도 있었다. 하지만 원인 제공을 한 건 윤리 선생이라는 걸 학교 측도 알고 있었다. 이 일이 밖으로 새어나가면 학교 측에서도 좋을 건 없었다.

은혜는 그날 이후 윤리 선생이 벌인 성추행에 대한 학생들의 피해사례를 모았다. 은혜에게도 뭔가 대책이 있어야 했다. 쉬쉬하던 친구들도 은혜의 용기 덕분에 모든 것을 털어놓았다. 두 달 동안의 사례를 적었는데도 오십 건이 넘었다. 아이들은 그곳에 자신의 이름을 분명히 적었다.

은혜는 이걸 교육청에 신고할 생각이었다. 그에 따라 교육청에서 그 선생을 자를지 아니면 무시하고 지나갈지는 알 수 없었다. 그러나 신고했다는 사실만으로도 그 선생에게는 타격이 될 수 있을 거란 생각이 들었다.

며칠 뒤 이사장이 은혜를 불렀다.

"너 참 대단한 애구나. 선생을 연필로 찔러?"

이사장은 은혜에게 일장 연설을 하기 시작했다. 당장 경찰에 신고해야 하는데 학교 측에서 학생을 배려해서 그렇게 하지 않은 거라는 둥 그 선생님도 반성하고 있으니 가서 정중히 사과하라는 둥 그리고 교육청에 신고해봐야 소용없다는 둥 한 시간에 걸친 훈계가 계속되었다. 은혜는 맞은편 소파에 앉아 고개를 숙인 채 아무 말도 하지 않고 듣고만 있었다. 은혜의 그런 태도가 이사장에게는 건방지게 보인 모양이었다.

“내가 네 고향에 있는 지인한테 들었는데 말이야. 네 아비가 도사 흉내를 내는 비렁뱅이였다지? 네 엄마가 산속에서 하룻밤 붙어먹고 널 낳았고. 친구들이 그런 거 알면 재미있어하겠는데.”

은혜는 고개를 들어 빈정거리며 웃는 이사장의 얼굴을 쳐다보았다. 아비라는 말이 낯설었다. 아빠? 아빠를 떠올려보았다. 아무런 생각도 나지 않았다. 그리고 이어서 윤리 선생이 자기 팔을 쓰다듬는 장면이 환영처럼 떠올랐다. 기억조차 희미한 아빠에 관한 얘기를 그가 다시 들먹였을 뿐인데 왜 윤리 선생의 손이 떠올랐을까? 은혜의 가슴에서 다시 작은 불꽃이 일었다.

“그러지 말고 좋게 해결하자고. 공부도 잘하고 얼굴도 예쁘게 생겼는데 학교 잘 마치고 좋은 대학 가야지.”

이사장은 누런 금장식을 한 담배 케이스에서 담배를 하나 꺼내어 불을 붙인 뒤 한 모금을 깊숙이 들이마셨다. 능글맞은 얼굴이 잠깐 구겨지는 것처럼 보였다. 그의 흉측한 입으로 들어갔던 담배 연기는 다시 입과 코를 통해 몸 밖으로 뿜어져나왔고 그 연기는 바로 앞에 앉아 있던 은혜의 눈동자로 파고들었다.

눈이 쓰려 흰자위의 껍질이 벗겨질 것 같았다. 탁자 위에 놓인 재떨이에는 담배꽁초 몇 개가 뒹굴고 있었고 그 중 한두 개는 아직도 완전히 꺼지지 않은 채 연기를 슬금슬금 피우고 있었다. 저 꽁초를 빨리 꺼야겠다는 생각이 들었다.

보리차라도 끓이려는지 이사장실 한가운데 있는 난로 위에서 모락모락 김을 뱉어내고 있는 누런 주전자가 보였다. 은혜는 자리에서 일어나 그 주전자를 들고 와서 뜨거운 물을 재떨이에 붓기 시작했다. 물에 적셔진 꽁초는 생명을 다했는지 더 이상 연기를 피워대지 않았지만, 재떨이에 가득 찬 뜨거운 물에서는 김이 계속 피어오르고 있었다.

은혜는 물을 계속 부었다. 재떨이에서 넘친 물은 탁자 위를 흥건하게 적시고 나서 바닥으로 떨어지기 시작했다. 그리고 그 물은 슬리퍼를 신고 있던 이사장의 양말 속까지 파고들었다. 이사장은 놀라 주전자를 뺏고 은혜의 머리통을 손바닥으로 쥐어박았다.

"이런 미친년이."

이사장의 입에서 튀어나온 말은 윤리 선생의 그것과 똑같았다.

"학생 앞에서는 담배 피지 마세요."

문을 세차게 닫으며 은혜는 이사장실에서 빠져나왔다. 뒤통수에 대고 이사장이 계속 욕설을 퍼붓는 소리가 들렸지만, 개의치 않았다. 다음날 학교에 자퇴 원서를 내고 은혜는 학교를 그만두었다. 그리고 반 아이들의 민원을 담은 서류를 교육청에 접수했다. 졸업을 6개월 남긴 때였다. 엄마가 학교를 찾아가 이사장을 만나 빌고 또 빌었다. 하지만 엄마는 학생이 스스로 자퇴하는 것이라 다른 방법이 없다는 얘기만 들었다고 했다.

그날 밤 엄마의 병이 다시 도졌다. 이모와 함께 저녁을 먹던 중이었다. 엄마는 앞으로 어떻게 할 건지 따지듯이 물었다. 고등학교도 졸업하지 못한 여자가 사회에서 어떤 대접을 받게 되는지를 엄마는 장황하게 늘어놓았다. 검정고시를 봐서 대학에 갈 거라고 얘기하는 은혜의 말에 엄마는 귀를 기울이지 않았다. 이모도 엄마를 거들어 이제라도 학교에 찾아가서 잘못을 빌어보라고 했다.

엄마의 언성이 점점 높아졌다. 은혜가 선생을 흉기로 찌른 일은 자기 탓이며 은혜의 성격이 공격적인 성향으로 변한 건 분명 그 사건과 무관하지 않을 것이라고 엄마는 생각하는 것 같았다.

어릴 때 있었던 그 끔찍한 사건을 은혜는 제대로 기억하지 못한다. 너무 어렸었다. 구급차에서 본 하얀 천을 덮어쓴 사람. 보지는 않았지만, 그 사람이 아빠라고 짐작했었다.

경찰은 죽은 아빠의 이름이 김석훈이라고 했다. 얼굴은 기억나지 않지만, 경찰이 내밀었던 신분증에는 분명 그렇게 쓰여 있었다. 그런데 엄마는 중학교 때 제출한 가정환경 조사서에 아빠의 이름을 김상훈이라고 썼다. 그래서 은혜는 검은 펜으로 덧칠하듯 '상'을 '석'으로 고쳤다.

하지만 고등학교에 가면서 제출한 호적등본에 아빠의 이름은 없었다. 김상훈도 김석훈도. 그때부터 아빠의 이름 따위는 다시 떠올리지 않기로 했다. 얼굴도 기억나지 않았고 단 몇 시간을 함께 보낸 사람이었다. 은혜는 이후로 아빠에 대한 기억을 모두 지우려고 노력했다. 그런데 그 인간이 기억의 깊은 곳에 넣어두고 단단히 자물쇠로 잠가두었던 아빠의 존재를 억지로 끄집어낸 것이다.

한참 은혜를 나무라던 엄마가 갑자기 손에 쥐고 있던 숟가락을 툭 하고 떨어뜨렸다. 숟가락에 묻어 있던 밥알이 바닥에 튀었다. 엄마를 쳐다보았다. 눈의 검은 동자가 위로 치켜올라가 흰자위밖에 보이지 않았다. 엄마는 신들린 무당이 주문을 외우듯 입을 쉴 새 없이 오물거렸다.

분명 입안에 들어있는 밥을 씹기 위한 행동은 아니었다. 엄마는 무언가를 반복적으로 말하고 있었다. 카세트테이프가 늘어져 음악이 툭툭 끊기며 제자리를 맴도는 것처럼 엄마가 하는 말은 분명히 알아듣기가 어려웠다. 은혜가 엄마에게 가까이 다가가 엄마의 입에 귀를 갖다댔다. 무어라 말하는지 듣고 싶었다.

"그 사람은 안 죽었어."

은혜가 겨우 알아들은 말이었다. 이모가 갑자기 다가와 엄마를 왼손으로 비스듬히 끌어안고 오른손으로 엄마의 뺨을 때렸다. 세게 때리지는 않았지만, 이모의 손바닥이 거칠었는지 금방 엄마의 뺨이 벌겋게 부풀어올랐다. 일 분쯤 지났을까? 엄마는 한숨을 길게 내쉬더니 정신을 차린 듯 제대로 일어나 앉았다.

"너 요즘에 약 안 먹은 거야?"

안쓰럽게 엄마를 쳐다보던 이모가 다그치듯 물었다.

"불쌍한 것."

이모는 엄마를 끌어안고 소리내어 울기 시작했다.

엄마는 평소에는 건강한 중년 여성과 다르지 않았다. 하지만 때때로 한번씩 정신줄을 놓았다. 짧을 때는 일이 분이었지만 길 때는 십 분이 넘을 때도 있었다. 허공을 바라본 채 뭔가 중얼거리다가 다시 제정신으로 돌아오곤 했는데 제정신으로 돌아온 뒤에는 자신이 무엇을 했는지 전혀 기억하지 못했다. 초등학교 4학년 때 처음 본 엄마의 발작에 겁에 질린 은혜는 이모 뒤에 숨었었다.

그런데 나중에 생각해보니 그것이 처음은 아니었다. 아홉 살 그 일이 일어났을 때 분명 은혜는 엄마의 발작을 보았다.

이모는 엄마를 데리고 병원으로 가서 머리 MRI도 찍고 다양한 검사도 받게 했다. 병명은 간질이었다. 신경과의사는 이모에게 엄마의 병에 관해 설명해주었다.

"간질은 뇌의 신경세포에 갑자기 심한 전기적 흥분이 발생하면서 발작이 반복되는 질환입니다. 환자는 심하게 전신에 발작이 일어날 때도 있지만 때로는 가벼운 발작만 일어날 때도 있을 겁니다. 예를 들면 초점 없는 눈으로 멍하니 한곳을 쳐다본다든가, 뭔가를 중얼거린다든가, 주변을 배회한다든가 하는 거죠. 환자는 이 상황을 전혀 기억할 수 없습니다. 여기 임미숙 씨의 머리 MRI 사진에 있는 이 동전만 한 하얀 음영 보이죠? 이것 때문에 발작이 일어나는 것 같습니다. 일종의 뇌종양인 셈이죠. 그런데 이 부위에 생기는 종양은 제거가 어려울 뿐 아니라 제거하려고 무리하게 수술하다보면 후유증이 만만치 않게 생길 수 있습니다. 약만 잘 드시면 발작은 일어나지 않을 겁니다. 하지만 극도의 스트레스를 받게 되면 다시 발작이 일어날 수 있으니 조심하셔야 할 거 같습니다."

의사의 권유에 따라 엄마는 꾸준히 약을 먹었고 이모는 엄마가 스트레스를 받지 않도록 세심히 배려해주었다.

그런데 은혜의 자퇴 소식을 듣고 다시 엄마의 병이 도진 것이다.

은혜는 청주를 떠나 서울로 가겠다고 엄마에게 말했다. 엄마와 이모는 청주에 있는 검정고시학원에 다녀 대학에 합격한 후에 서울로 가라고 했지만, 은혜는 고집을 꺾지 않았다.

은혜는 고등학교도 마치지 못한 채 서울에 가서 혼자 자취생활을 하기 시작했다. 아르바이트해서 생활비를 벌며 대입 공부를 하는 것은 쉽지 않았다. 고등학교 때 하던 것처럼 공부하면 상위권에 있는 대학에 무난히 갈 수 있을 거라고 생각했지만, 막상 서울에 와서 다른 아이들과 경쟁해보니 자신의 실력은 그리 뛰어난 것이 아니었다. 서울에 올라온 지 삼 년이 지나서야 서울 외곽에 있는 어느 대학교의 물리학과에 입학할 수 있었다.

엄마를 만나고 온 지 며칠이 지났다. 하루에도 몇 건의 아르바이트를 하다보니 은혜는 늘 잠이 부족했다. 꾸벅 졸다가 눈을 떠보니 어느새 내려야 할 정류장이었다. 서둘러 자리에서 일어나 간신히 버스에서 내렸다. 오늘 따라 손님들이 많아 카페에서 한번 앉지도 못하고 일만 하느라 피곤했던 모양이었다.

은혜는 편의점에 들러 유통기한이 임박한 도시락을 사서 가방에 넣고 집으로 향했다. 여기서도 집까지는 이십 분 정도 더 걸어 들어가야 했다. 버스 정류소에서 가까울수록 월세가 높아 어쩔 수 없이 조금 더 구석진 곳에 방을 얻었다. 조금 멀어지면 옥탑방이라도 구할 수 있을 줄 알았는데 자기 능력으로는 그것도 사치였다.

전에 살던 곳에서 보증금을 올려달라고 해서 어쩔 수 없이 이사해야 했지만 오백만 원의 보증금으로 갈 만한 곳은 반지하밖에 없었다. 늦은 밤이라 그런지 버스 정류소가 있는 대로변으로부터 조금씩 멀어지자 골목에는 사람이 아무도 없었다. 아직 불이 켜진 슈퍼마켓 앞 가로등이 수명을 다했는지 깜박거렸다. 편의점들 때문에 장사가 안 돼서 곧 문을 닫을 거라는 슈퍼 주인의 말이 생각났다. 이 가게의 불빛이라도 없으면 골목은 암흑천지로 변할 것이다.

'또각또각'. 은혜의 구둣발 소리는 조용한 밤에 무척이나 시끄러웠다. 차 한 대가 겨우 지나갈 만한 좁은 골목은 바람이 지나가는 길인지 간간이 쌀쌀한 기운이 돌았다. 적막한 어둠이 갑자기 무서워진 은혜가 발걸음에 속력을 냈다. 목까지 감싸는 하얀 스웨터에 점퍼까지 걸쳐서인지 몸에 땀이 흥건하게 배어들었지만 시원한 바람 탓에 견딜 만했다.

그런데 조금 전부터 자신의 발소리 이외에 자기를 따라오는 듯

한 사람의 발소리가 들렸다. 이곳은 사람이 많이 다니는 길이 아니었다. 덜컥 겁이 났다. 잠깐 멈춰 뒤를 돌아보았지만, 눈에 보이는 것은 아무것도 없었다.

조금씩 소리가 가까워졌다. 쿵쿵거리며 바닥을 딛는 소리는 어느 정도 무게가 나가는 사람의 발소리였다. 분명 남자였다.

순간 소리가 빨라졌다. 은혜는 뛰기 시작했다. 하지만 그의 속도가 은혜보다 훨씬 빨랐다. 두툼한 손이 뒤에서 은혜의 허리를 껴안았다. 그리고 또 하나의 손은 은혜의 입을 막았다. 그는 담벼락으로 은혜를 밀어붙였다.

사내는 자신의 두 다리를 약간 벌리고 은혜의 다리가 버둥거리지 않도록 하체를 밀착시켰다. 사내의 힘이 워낙 세기도 했고 너무 순식간에 일어난 일이라 은혜는 반항하기 힘들었다. 무릎으로 사내의 사타구니라도 가격하려 했지만 육중한 사내의 하체는 그것을 허락하지 않았다. 사내가 여자를 제압하는 솜씨는 어설픈 아마추어의 그것이 아니었다. 눈을 감았다. 범죄자의 얼굴을 보면 안 된다고 하던 어느 경찰의 말이 생각나서였다.

온몸에 비 오듯 땀이 흐르고 숨이 차올랐다. 살려달라는 말이 목구멍까지 차올랐지만 사내가 손으로 입을 막고 있는 탓에 소리는 입 밖으로 새어나오지 못했다. 코를 벌름거리며 사내의 손가락 틈 사이로 간간이 들어오는 공기를 들여마셨다. 사내는 그런 은혜를 보면서 씩 웃었다. 온몸이 따끔거리면서 가려웠다. 다시 알러지

증상이 생기기 시작했다.

거친 숨소리와 함께 사내의 입이 은혜의 오른쪽 귀에 닿았다. 날카로운 칼로 난도질당하듯 오른쪽 얼굴에 극심한 통증이 느껴졌다.

"얌전히 가만히 있어. 죽고 싶지 않으면."

사내가 입을 벌리자 술 내음이 진하게 느껴졌다. 사내의 소리는 조금 떨렸다. 어른 흉내를 내며 장난 전화를 거는 아이처럼 말투가 부자연스러웠다. 재빠른 행동으로 보아 여러 번 이런 짓을 해 본 놈이라고 생각했는데 사내는 긴장을 하고 있었다. 술을 마시고 충동적으로 벌이는 행동인 듯 보였다.

조금은 안심이 됐다. 사내의 손에서 칼 같은 것만 튀어나오지 않는다면 어떻게 하던 이 상황에서 벗어날 수 있으리라는 자신감도 생겼다. 역시 사내는 자기 하체를 여자의 몸에 조금 비벼보는 것 외에는 더 이상의 행동을 하지는 못했다. 무엇을 어찌해야 하는지 모르는 것 같았다.

그러자 사내에게 틈이 생겼다. 사내의 다리에 힘이 잠깐 빠진 틈을 노려 은혜는 무릎으로 사내의 급소를 가격했다. 사내의 허리가 활처럼 구부러졌다. 꽤 충격이 있었던 모양이었다. 은혜의 입을 막고 있던 손이 자기 사타구니로 옮겨갔다.

은혜는 소리를 질렀다. 누가 나타나지 않더라도 사내가 소리에 겁을 먹고 도망칠 거라고 생각했다. 하지만 그것은 오산이었다. 바로 정신을 차린 사내는 화가 난 듯 은혜의 긴 머리칼을 휘어잡았다. 비명이 골목에 울려퍼졌지만, 골목은 아무런 반응을 보이지 않았다.

골목의 양쪽으로 빽빽이 들어서 있는 3층짜리 빌라에는 불이 켜진 집도 많이 있었지만 나와 보는 사람은 없었고 창문을 열어보는 사람만 한둘 있을 뿐이었다. 하지만 그들 역시 이내 창문을 닫아버렸다. 당혹스러웠다. 이대로 험한 꼴을 당해야 하나. 바닥에 무기가 될 만한 것이 혹시 떨어져 있는지 살폈다. 사내가 덮칠 기세로 무섭게 은혜에게 다가왔다.

그런데 그때 호루라기 소리가 요란하게 들렸다. 사내는 당황했는지 은혜의 머리칼을 잡고 있던 손을 놓으며 반대편으로 냅다 도망을 쳤다. 경찰이 달려오는 소리로 생각했던 모양이었다. 살았다는 생각에 긴장이 풀려 바닥에 털썩 주저앉았다.

때마침 순찰하는 경찰이 있어 다행이다 싶었다. 이윽고 호루라기의 주인공이 은혜 앞에 나타났다. 슬리퍼를 신은 채 위아래로 하늘색 운동복을 입고 있는 남자였다. 경찰이 아니었다.

"괜찮으세요?"

손을 내미는 그를 은혜가 쳐다보았다. 자신의 또래쯤 돼보이는 젊은 남자였다. 그는 경찰이 아니라 경찰 시험을 준비하고 있는 수험생이라고 했다. 호루라기는 경찰이 됐을 때 사용하려고 미리 사둔 것이었고 고시원에서 공부하는데 여자의 비명이 들려 튀어나왔다고 했다. 그 남자 덕분에 은혜는 화를 면했다.

"이 골목이 어둡고 음침해서 여자 혼자 다니기는 좀 위험해요."

배시시 웃으면서 말하는 남자의 얼굴이 귀여웠다. 둥근 얼굴에 곱슬머리인지 파마를 한 머리인지 분간할 수 없는 꼬불꼬불하고 수북한 머리가 만화 주인공을 닮았다고 생각했다.

"고마워요. 댁이 아니었으면 큰일날 뻔했어요."

남자는 이윤호라고 자기를 소개했다. 은혜는 밥을 한번 사겠다며 그에게 자신의 핸드폰 번호를 알려주었다.

은혜는 따로 남자를 만나본 적은 없었다. 쫓아다니는 학교 남학생들은 많았지만, 은혜는 그들의 속내가 늘 의심스러웠다. 자리에 꽃을 두거나 간단한 선물을 하는 남학생도 있었고 학교 수업을 마치고 아르바이트를 하러 가는 자신을 졸졸 쫓아오던 선배도 있었다. 친구들의 성화에 못이겨 미팅 자리에도 서너 번 나갔었다.

은혜는 남자들이 자기를 보고 농담하며 시시덕거리는 모습을 볼 때마다 윤리 선생의 얼굴이 떠올랐다. 느물거리며 그가 내 허리를 더듬는 것 같았다. 친구들은 이런 자신을 보고 안타까워하는 척했지만, 사실은 뒤에서 수군덕거린다는 것을 은혜도 알고 있었다.

은혜도 좋은 사람을 만나고 싶었다. 그와 같이 밥도 먹고 영화도 보고 여행도 가고 남들처럼 그렇게 살고 싶었다. 어려운 일이 있으면 함께 의논도 하고 좋은 일이 있으면 같이 기뻐하고도 싶었다. 하지만 남자들의 시선과 손길이 은혜에게는 날카로운 바늘 같았다.

5장

천국행 티켓

병원을 나와 지하철역을 향해 터벅터벅 걸어갔다. 도로에는 차들이 가득했고 지하철역 주변에는 막차를 놓치지 않기 위해 뛰어가는 사람도 있었다. 하루 일을 마치고 기다리고 있는 가족에게 돌아가는 사람, 반가운 친구를 만나러 가는 사람, 사랑하는 연인을 만나러 그녀의 집으로 가는 사람. 분명 그들에게는 목적이 있을 것이다.

나에게도 분명 계획이 있었다. 내년에 지금 다니고 있는 병원을 퇴직하고 바닷가 근처 작은 도시에 개업해서 낚시를 즐기며 여생을 보내는 삶. 내가 바라던 미래였다. 그런데 그것이 단 하루 만에 사라져버렸다. 이제 막 반환점을 돌았을 뿐이다. 더 달려야 할 21 킬로미터의 거리가 어제까지는 남아 있었다. 그런데 벌써 완주를 알리는 흰 결승선이 보인다.

"제기랄."

무의식적으로 욕이 입에서 튀어나왔다. 같은 단어를 계속 중얼거리며 발길 닿는 대로 걸었다. 지하철을 타고 종점까지 가려다가 계단을 내려가는 것이 귀찮아졌다. 그래서 인도를 따라 그냥 걸었다.

눈앞에 휘청거리며 택시를 잡으려는 취객이 보였다. 저 사람의 계획은 무엇일까? 비슷한 연배로 보였다. 지나는 택시를 향해 손을 흔들어 보았지만, 택시들은 그를 무시하고 내빼기 일쑤였다. 그는 몇 번 허공에 손을 흔들다가 포기했는지 자리에 주저앉았다. 뒤에서 그를 지켜보던 나는 저 취객한테라도 하소연해볼까 하는 어처구니없는 생각을 했다.

'내가 암에 걸려서 곧 죽을 거예요. 불쌍하죠?'

이런 말을 듣는다면 저 취객은 어떤 반응을 보일까? 술은 분명 사람의 밑바닥에 감추어진 '동정'이란 감정을 최대한 끌어올리게 만드는 묘약이다. 그런 묘약에 흠뻑 취해 있는 저 사람은 분명 진심으로 나를 위로해주고 안타까워해줄지도 모른다. 그리고 최소한 저 사람은 어떤 등신이 자신이 죽을 거라고 위로해달라고 떼를 쓰는 코미디 같은 상황을 내일 아침에는 분명히 기억할 수 없을 테니 나에게도 크게 손해나는 일은 아닐 듯싶었다.

취객에게 다가갔다. 그를 일으켜 세워 편의점 간의 테이블 좌석에 앉게 한 뒤 시원한 캔 맥주와 새우깡을 사서 그와 건배할 작정이다. 그리고 머리를 꾸벅거리며 다시 잠들 그에게 내 인생이 얼마나 억울한지를 말할 계획이다. 하지만 이런 사소한 바람도 나에게는 사치였다. 그 취객은 내가 다가가 말을 걸기 직전 도착한 택시를 타고는 시야에서 사라져버렸다.

짝사랑하던 여인이 멀리 떠나간 것처럼 아쉬워하는 나에게 뒤

따라오던 택시 한 대가 경적을 울렸다. 앞차가 다른 승객을 태우고 떠났으니 그곳에 서 있는 내가 다음 승객으로 보이는 것은 당연했다. 도착한 택시의 조수석 유리창이 열리며 기사가 나에게 택시를 탈 것인지 물었다. 나는 아무 생각 없이 불쑥 택시의 뒷좌석에 올라탔다.

"어디로 모실까요?"

"정동진이요."

말을 내뱉고 나서 흠칫 놀랐다. 왜 정동진이었을까. 취객 대신에 나의 넋두리를 택시기사가 들어준다면 두세 시간이 걸릴 수도 있다. 그러려면 멀리까지 가야만 했다.

순간 생각난 곳이 정동진이였다. 붉은 해가 힘차게 바다에서 솟구쳐오르며 온 세상이 밝아지는 순간 흡혈귀의 몸뚱이가 타들어가듯 그 빛이 암덩어리를 말려 죽일 수 있을 거라는 희망 때문이었을까.

택시가 출발하자 백미러를 통해 기사가 나를 힐끗 쳐다보는 것이 보였다. 나도 그의 눈을 피하지 않고 응시했다. 저 사람이 나의 얘기를 끝까지 들어줄 수 있는 사람인가를 살폈다. 하긴 이 밀폐된 공간에서 내 입술과 혀가 계속 움직여 말이란 걸 뱉어낸다면 닫고 싶어도 닫을 수 없는 그의 귀는 들을 수밖에 없을 것이다. 그가 지겨워서 택시를 갑자기 세우고 뛰어내리지만 않는다면 말이다.

"무슨 일이 있으신가봐요?"

기사가 물었다. 목소리에 웃음기를 빼려고 애를 쓰는 것 같았지만 나에게는 비아냥거리는 소리로 들렸다.

"그냥 바다가 보고 싶어서요."

딱히 대답할 말이 없었고 사실 그곳에 꼭 가야 할 이유란 건 없었다.

"손님. 근데 이런 장거리는 미리 요금을 받는데요. 괜찮으시겠습니까?"

미터를 켜지 않은 상태로 차는 이미 고속도로에 들어선 뒤였다. 내가 미리 요금을 내지는 않겠다고 화를 내며 내릴 수 있는 곳이 아니었다. 그가 자주 써먹는 수법인 것처럼 보였다.

이십만 원을 달라고 했다. 바가지가 분명했다. 십만 원은 적을 것 같고 십 오만 원이 적당할 것 같았다. 하지만 저 기사가 내 얘기를 들어준다면 오만 원을 더 주어도 내가 손해보는 장사는 아닌 듯 싶었다. 나는 지갑에서 오만 원 지폐 네 장을 꺼내어 운전석 옆에 올려놓았다. 그가 흰자위를 희번덕거리며 웃었다. 파충류의 눈처럼 보였다.

택시가 동해를 향해 내달리는 동안 그에게 말을 건네고 싶은 충동이 사라져 나는 한마디의 말도 하지 않았다. 그리고 순간 잠이 들었다.

"손님, 정동진에 도착했습니다."

새벽 한 시, 칠흑 같은 어둠 속에서도 눈앞에 검은 바다가 출렁

대고 있음이 느껴졌다. 창문은 열지 않았지만, 바다 냄새가 코로 이미 스며들고 있었다.

가을에 접어들면서 인적이 끊긴 정동진 해수욕장의 모래사장을 터벅터벅 걷기 시작했다. 때늦은 휴가를 즐기려는 듯 연인으로 보이는 몇 커플이 군데군데 보였다. 발 닿는 대로 걸으면서도 그들 곁으로 가지 않으려 애썼다. 서로 고개를 기댄 채 앉아 있는 커플도 있었고 날이 제법 쌀쌀한데도 잠바 하나를 이불 삼아 덮고는 돗자리에 누워 부둥켜안고 있는 커플도 보였다.

바다를 향해 걸었다. 달빛 하나 없는 컴컴한 하늘 아래 바다는 거대한 짐승 같았다. 더 많은 먹잇감이 필요한 듯 배가 출렁이며 으르렁거리는 소리를 냈다. 이대로 계속 걸으면 나도 저 뱃속으로 들어가겠지. 그 배 속에서 한 방울의 물로 거품처럼 사라질 수 있다면 그것도 나쁘지 않을 것 같았다.

얼마를 걸었을까. 파도 소리가 점점 더 가까워지자 구두 사이로 축축하고 차가운 바닷물이 스며들어왔다. 발가락에서 느껴진 한기가 정강이와 엉덩이를 지나 척추 전체로 퍼져나갔다. 하지만 그것은 단지 차가워서만은 아니었다. 눈 앞에 펼쳐진 검은 바다는 나를 집어삼킬 듯 더욱 요란하게 소리를 냈고 발아래에서 부서지는 흰 발톱은 날카로움으로 나의 발목을 휘감아 자신의 몸통 쪽으로 잡아당기는 것 같았다.

저 속에는 무엇이 있을까. 그것은 분명 소금을 머금은 수소와 산소의 결합 덩어리 이상의 오싹한 공포심을 가지게 만들고 있다. 매서운 바람이 한 차례 불었다. 공포에 바람이 더해지자 이가 달그락거리며 제 마음대로 부딪히기 시작했다. 저 가운데에는 필시 불구덩이가 있으리라. 파묻히면 기약 없는 고통을 체험하게 될 지옥의 입구가 꼭 저런 모습일 거라는 생각이 들었다.

나는 죽으면 어떻게 될 것인지에 대해서는 한번도 생각해본 적이 없었다. 의사로서 사후세계라는 건 아예 존재하지 않는다고 늘 생각하며 살았다.

하지만 바다에서 지옥이 보였다. 과학으로 설명되지 않는 것은 거짓이라고 단정지을 수 있을까?

죽었다가 살아난 후 사후세계에 관해 얘기하는 사람들. 귀신을 직접 본 경험담을 얘기하는 사람들. 지금도 일어나고 있을 이해되지 않는 세상의 미스터리한 일들. 이런 것들이 모두 인간이 상상력으로 만들어낸 허구의 얘기라고만 치부할 수 있을까. 혼란스러웠다.

새벽 두 시를 지나가는 시간인데도 불이 환하게 켜져 있는 포장마차가 눈에 들어왔다. 포장마차를 덮고 있는 주황색 비닐 문이 반쯤 열려 있어 주인으로 보이는 한 아주머니가 열심히 칼질하는 것이 보였다. 보이지는 않았지만, 앞에 손님이 앉아 있는 듯했다.

늘 보던 고만고만한 크기의 포장마차였다. 모둠회, 파전, 낙지볶음 등의 다양한 메뉴가 흰 종이에 적혀 아슬아슬하게 천막 밖에 매달려 있었다. 갑자기 소주가 먹고 싶다는 생각이 들었다. 소주 한 잔에 하루씩 남은 삶이 줄어든다면 하루만큼의 고통을 없애기 위해서라도 지금은 술을 먹고 싶었다.

"어서 오세요."

칼질을 잠시 멈추고 나를 힐끔 쳐다보던 오십대 가량의 아주머니가 의미 없는 웃음을 지어보였다.

"몇 시까지 영업하세요?"

먹던 손님을 내보낼 만큼 아주머니의 얼굴이 야박해보이지는 않았지만 그래도 확인해두는 것이 나을 듯했다. 그러고 보니 며칠째 술을 먹지 않았다. 술을 먹고 싶은 생각도 별로 없었고 먹을 시간도 없었다.

"손님이 그만 드실 때까지 영업하지요. 뭘 드시려고요?"

기다란 나무 의자에 엉덩이를 붙이자마자 사람 좋게 웃어보이며 아주머니가 반겼다.

"회 한 접시하고 소주 한 병 주세요."

아주머니는 좁은 수족관 안에서 평화로운 시간을 보내고 있던 이름 모를 생선 한 마리를 건져냈다. 생선은 그제야 자기에게 닥친 위기를 짐작한 듯 퍼덕거렸다. 아주머니는 솜씨 좋게 회칼의 뭉툭한 손잡이로 생선의 머리를 내려쳤다. 기절한 듯 생선은 잠시 버둥거림을 멈췄지만 자기의 뱃속으로 칼날이 파고들어오자 마지막 안간힘을 쓰며 온몸을 뒤틀었다. 그러고는 이내 움직임을 멈추고 입만 뻐금거렸다.

저 아주머니라면 내 배를 갈라 암덩어리를 손쉽게 꺼낼 수 있을 것 같다는 생각이 들었다. 도마 위에 누운 채 생선처럼 배가 갈라져 입만 뻐금거리고 있는 내 얼굴이 떠올랐다.

토막난 하얀 속살이 가지런하게 담긴 접시가 앞에 놓였다. 나는 회 한 점을 피보다 붉은 초고추장에 찍어 젓가락으로 입에 집어넣고 첫 번째, 두 번째 소주잔을 연달아 입에 털어넣었다. 급하게 들어간 술이라 그런지 겨우 두 잔이 들어갔을 뿐인데도 취기가 돌면서 속이 편안해졌다. 비어 있던 위장으로 들어간 알코올에 의해 뇌세포가 살짝 마비되자 포장마차 안의 풍경이 눈에 들어왔다.

서너 평 남짓한 포장마차에는 내가 앉은 긴 의자 외에도 간이의자 서너 개가 딸린 원형 테이블이 세 개가 더 있었다. 그 중 한 테이블에 여자가 혼자 앉아 술을 마시고 있었다.

"혼자 오셨나봐요. 이 늦은 시간에. 저 손님처럼."

그제야 안줏거리를 다 마련하고 할 일이 없어진 아주머니가 농을 하고 싶은지 나에게 말을 걸어왔다. 이 시간에 혼자 술을 마시는 손님은 대개 사연 한 가지씩은 가지고 있을 테고 그런 얘기를 재미 삼아 듣는 게 아주머니의 큰 즐거움일 것이다. 아주머니는 반쯤 남겨진 소주병을 바닥에서 꺼내더니 한 잔을 따라 마시고는 나에게 좀 보라고 하는 듯 여자 쪽을 향해 의미심장한 미소를 지었다.

서른 살 정도 돼보이는 여자는 서구적인 미인형의 얼굴을 가지고 있었다. 누가 보아도 성형을 한 듯한 그런 얼굴이었다. 하지만 몸매는 분명 매력적이었다. 흰 블라우스 밑으로 적당히 튀어나온 가슴과 날씬한 허리선의 윤곽이 붉은색 치마로 이어져 고혹적으로 보였고 허벅지 밑으로 드러난 하얀 다리는 종아리 부분에서 살집이 약간 붙어 운동에 꽤 신경쓰는 여자라는 생각이 들었다. 그 여자 앞에는 비어 있는 안주 접시 한 개와 빈 소주병 한 개 그리고 반쯤 담겨 있는 소주 한 병이 놓여 있었다.

"아주머니, 파전 하나 주세요."

술을 마신 거로는 보이지 않을 정도로 또렷한 발음의 서울 말씨였다. 낯선 남자의 시선을 느끼고는 자신이 취하지 않았으니 치근대지 말라는 뉘앙스를 억지로 풍기려고 하는 것 같았다. 저 여자는 왜 이 시간에 혼자 이곳에서 술을 마시고 있을까. 오지랖인 건 알았지만 궁금했다. 뚱뚱하고 못생긴 나이든 여자였다면 궁금했을까? 이런 생각을 하는 내가 한심스러웠다.

"무슨 일이 있으신가봐요?"

그녀를 향해 한마디 툭 던졌다.

"그러는 아저씨는 무슨 일이세요? 먼저 얘기해주면 저도 얘기할까 말까 한번 생각해볼게요."

그녀의 말에 장난기가 묻어 있었다. 마치 룸살롱에서 술을 마시고 2차를 갈까 말까 흥정하는 아가씨의 말투라고 나는 생각했다. 그녀도 이런 시간에 낯선 곳에서 동네 건달이 아니라 서울 말씨를 쓰는 중년 사내를 만난 것이 싫지는 않은 눈치였다.

"특별한 일은 아니고요. 사업차 왔다가 일이 좀 늦어졌네요. 잠도 안 오고 해서."

입에서 자연스럽게 거짓말이 튀어나왔다.

"에이, 재미없어."

여자가 실망한 듯 안주도 없이 소주 한 잔을 더 들이켰다.

"남친이 바다 보여준다고 해서 놀러왔는데 지가 혼자 성질을 확 부리더니 나만 남겨놓고 가버렸어요. 나쁜 자식."

그 남자를 떠올리자 다시 화가 나는 모양인지 그녀는 소주 한 잔을 더 들이켰다. 고개를 젖히며 술을 삼키느라 적나라하게 드러난 그녀의 목덜미가 유난히 하얘보였다. 그녀의 술병은 이제 텅 비었고 나도 따라서 술을 한 잔 더 마셨다.

"남친에게 다시 전화해서 데리고 가라고 하세요. 이 시간에 여자 혼자 위험해요."

"자기 마누라한테 갔어요. 삼 개월이나 우리 가게에 매일 오다시피 해서 정을 조금 주려고 했더니만."

예상이 맞았다. 하긴 누구라도 이런 곳에서는 어울리지 않는 그녀의 화려한 옷과 진한 화장을 보았다면 그녀의 직업을 유추해내는 것은 그리 어려운 일은 아니었을 것이다.

"내가 술집 다닌다고 해서 껄떡거릴 생각은 하지 마세요."

하지만 말과는 다르게 그녀는 빈 술잔을 든 손을 허공으로 올리며 건배하는 자세를 취하더니 곧이어 나를 향해 배시시 웃음을 지었다. 혀가 약간은 꼬부라진 그래서 더 매력적으로 들리는 여자의 목소리가 귓전을 파고들었다.

큰 눈망울 밑으로 오뚝하면서도 도톰한 코가 성형미인인 걸 고려하더라도 어지간한 남자라면 반할 만한 얼굴이었다. 하지만 나는 어지간한 남자가 아니었다. 남자라면 당연히 이런 상황에서 꿈틀대야 할 성적 욕구는 비 맞은 장작불처럼 꺼져 있는 상태였다.

원래부터 여자에 큰 관심이 없던 데다가 커다란 짐을 가슴에 안고 살다보니 도무지 욕정이란 것이 고개를 들지 않는다. 혹 이 여자라면 다를 수도 있지 않을까? 가능하기만 하다면 이 여자와 장작불에 기름을 부어가며 욕정을 함께 활활 태우는 것도 나쁠 것 같지는 않았다. 그리고 운이 좋다면 거사를 치르기 전에 맥주라도 한잔 기울이면서 택시기사에게 하지 못했던 넋두리를 이 여자는 들어줄 수도 있을 것 같았다.

하지만 같이 밤을 보내자고 해서 순순히 수락할 여자로 보이지는 않았다. 남자로서의 육체적인 매력은 전혀 없다는 것을 나도 잘 알고 있다. 하지만 나에게는 여인이 탐낼 만한 무기가 있었다. 나는 오른손을 바지 주머니에 넣어 두툼한 지갑을 확인했다.

"백만 원이면 될까요? 하룻밤을 같이 보내는 조건으로."

느닷없이 튀어나온 내 말에 오히려 포장마차 아주머니의 눈이 휘둥그레해졌다.

"그렇게나 많이? 아가씨는 땡잡았네. 내가 열 살만 젊었어도."

희죽대면서 이를 드러내 보이고 웃는 아주머니의 눈매가 초승달처럼 가늘어졌다. 여자는 고개를 숙인 채 아무 말도 하지 않았다. 당장 수락하는 것은 자존심이 상하는 일이라고 생각하는 모양이었다.

하지만 그렇다고 해서 쉽게 거절할 만한 금액은 아니다. 자신에게 매달렸던 어떤 남자도 하룻밤에 백만 원을 내겠다고 한 사람은 없었던 걸 여자는 기억해내려는 것 같았다. 서른이 넘어보이는 저 여자에게 그 정도의 몸값이라면 큰 금액일 것이다. 어차피 잘 데도 없어 주위를 두리번거릴 게 뻔하다.

"생각해보고요."

말은 그렇게 했지만, 여자는 이미 자리에서 일어나 내 쪽으로 걸음을 옮기고 있었다. 약간 비틀거리는 것이 더는 마시기도 어려워 보였다. 나도 함께 자리에서 일어나 여자와 함께 포장마차를 나왔다.

관광지답게 몇 걸음 가지 않아도 되는 거리에 이름도 이상한 모텔들이 즐비하게 늘어서 있었다. 여자는 내 팔짱을 끼더니 혀가 꼬부라진 소리로 계속 중얼거렸다.

"제가 꼭 돈을 준다고 해서 아저씨랑 같이 가는 건 아니고요. 아저씨가 착해보여서 그러는 거예요. 슬퍼보이기도 하고."

술기운을 이기지 못하고 고개를 떨어뜨린 채 힘든 발걸음을 떼며 한 그녀의 말이 틀린 건 아니었다. 쌀쌀한 가을바람을 얼굴에 고스란히 맞으며 길거리를 헤매다가 우리는 제일 가까운 모텔로 들어갔다.

"아저씨 먼저 씻을래요? 아니면 제가 먼저 씻을까요?"

많이 들어보았던 대사였다. 작은 불씨가 겨우 일어나기 시작한 장작불이 꺼져버렸다. 그녀에게 잠깐이라도 기대고 싶었던 나의 작은 바람은 그녀의 직업적인 말투에 물거품처럼 사라졌고 동시에 욕망도 사그라졌다.

그녀가 옷을 벗는 모습과 샤워하는 모습이 희뿌연 욕실의 유리창 너머로 희미하게 보였다. 커다란 가슴과 잘록한 허리의 윤곽이 실루엣처럼 보였다. 바닥에 떨어지는 물소리가 점점 잦아들자 샤워가 끝난 후 밖으로 나올 여인의 눈부신 나체가 머릿속에 그려졌다. 하지만 이미 사그라진 내 욕정은 다시 불타오르지 않았고 남성은 쪼그라들어버렸다.

낯선 여자에게 위로받고 싶었다. 맥주라도 서너 잔 더 들이키면 그녀가 엄마처럼 안아줄 수도 있을지 모른다고 생각했다. 그러면 다시금 욕정이 샘솟을지도 모르겠다고 생각했다. 그리고 이어지는 격렬한 정사를 통해 순간이라도 고통에서 벗어나고 싶었다. 하지만 그것은 과분한 욕심이었다.

나는 지갑에서 오만 원 지폐 스무 장을 꺼내어 탁자 위에 올려놓고는 그대로 방을 나왔다. 돈이 아깝다는 생각이 잠시 들었지만, 섹스하기도 싫었고 또 억지로 한다고 하더라도 뒤에 따라올 허탈

감은 그 이상일 거라는 생각이 들었다. 닫힌 문틈으로 어디 가느냐고 물어보는 그녀의 목소리가 새어나왔지만, 대꾸도 하지 않고 나는 모텔을 빠져나왔다.

해변을 무작정 걸었다. 그러다가 갑자기 졸음이 쏟아져 다른 모텔에 다시 들어가 낮이 다 될 때까지 잠을 자고 일어나서 또 걸었다. 앉아 있으려니 답답했고 그렇다고 뛸 수는 없으니 걷는 것밖에는 특별하게 할 일이 없었다. 무엇을 먹었는지 무엇을 보았는지 아무것도 생각나지 않았다. 그렇게 저녁 무렵까지 멍하니 여기저기 쏘다니다가 날이 완전히 어두워진 뒤 나는 택시를 타고 기차역으로 갔다.

내일은 일요일이었지만 당직을 서기 위해 병원에 출근해야 했다. 나의 근무 태도를 두고 병원 사람들이 또 수군대는 것은 싫었다. 나는 그렇게 서울로 가는 기차에 몸을 실었다.

기차에 타서 자리에 앉자마자 깊은 잠에 빠져들었다. 문득 잠을 깨니 기차는 원주역에 잠깐 정차한 뒤에 서울로 막 출발하려는 참이었다. 휴일이라 그런지 객차 안에는 사람들로 꽉 차 있었다. 주위를 둘러보니 사람들은 대부분 손에 핸드폰을 쥔 채 뭔가 열심히 보고 있었다. 저들은 무엇을 저렇게 열심히 보고 있을까? 연예, 정치, 스포츠, 드라마 그런 것들이겠지.

살아 있을 시간이 몇 달밖에 남지 않았다는 것을 알고 있다면 사람들은 저런 쓸데없는 것들을 보느라 하루의 시간을 낭비할까? 앞으로 무엇을 해야 하는가? 계속 생각해보았지만 뾰족한 답이 없었다.

모든 것을 그만두고 죽는 날까지 여행이라도 다니다가 어느 이름 모를 섬에서 생을 마감할까? 하지만 여행을 다니는 것이 지금의 나에게 적합하지 않은 일임은 어제와 오늘 충분히 느꼈다. 이대로 내일의 해가 떠오르면 아픈 배를 움켜쥐고 또다시 일만 하다가 죽게 될까봐 나는 두렵다. 하지만 사형 집행을 앞둔 죄수처럼 달리 무엇을 할 것이 없었다.

기차가 어느덧 청량리역에 도착했다. 주섬주섬 짐을 챙겨 내리는 사람들 틈 사이에서 아무것도 가진 것 없는 나는 사람들에게 이리저리 밀리며 역사에서 빠져나왔다. 청량리역 밖은 늦은 시간인데도 사람들로 북적였다. 택시를 타려다가 아무 생각 없이 사람들을 따라 지하철역으로 내려가는 계단 입구로 들어섰다.

그때 발에 무언가 밟히는 것이 느껴졌다. 딱딱한 느낌이 들었지만, 돌멩이의 그것은 아니었다. 황급히 발을 빼며 아래를 내려다보았다. 웬 남자의 발을 밟은 것이었다. 그런데 자세히 그 사내와 내 발의 위치를 보니 그가 고의로 나에게 발을 밟힌 것 같다는 생각이 들었다.

"아야, 눈깔은 어디에다 두고 다니는 거야?"

사내가 한 손으로 땅을 짚으며 천천히 일어섰다. 갑작스러운 상황에 너무 놀라 나는 넙죽 인사를 하며 사과했다

"죄송합니다. 제가 다른 데 정신이 팔려있다가보니 그만."

그는 쩔뚝거리며 내 주위를 빙빙 돌았다. 때가 껴 검은 빛이 나는 회색 잠바를 입은 사내가 한 바퀴를 돌 때마다 엉겨붙은 머리카락에서 나는 쉰 냄새가 진동하여 참을 수가 없었다.

"병원이라도 갈까요? 제가 어떻게 하면 되겠습니까?"

주변 사람들은 노숙자의 괜한 시비에 낭패당할 나를 힐끔거리며 쳐다보았지만 아무도 상관하려 하지 않았다. 지금 이곳을 오가는 수많은 사람 중에 유독 내가 이런 꼴을 당하고 있다는 사실에 나는 너무도 화가 났다. 그 노숙자의 얼굴을 한 대 갈기고 싶은 생각이 들자 오른손 주먹이 저절로 쥐어졌다.

"뭐 병원까지는 갈 거 없고 진통제 사먹을 돈만 조금 주쇼."

진통제가 아니라 그에게 필요한 것은 소주 한 병과 새우깡 한 봉지일 것이다. 고작 소주 한 병 사먹을 돈을 구하기 위해 이런 자작극을 벌이는 그가 한심하다는 생각도 들었고 사람들을 속여 돈을 뜯어내는 파렴치한 행위를 벌주고 싶었다. 하지만 이런 큰길에서 그를 주먹으로 어찌할 수는 없었고 설사 분풀이한다고 해도 결국은 그 일로 인해 더 큰 비용을 내고야 말 것이라는 사실은 불을 보듯 뻔한 일이었다.

그때 머릿속에 재미있을 만한 일이 떠올랐다. 백만 원에 자신을

따라왔던 여자보다도 이 사내는 돈에 더 약할 것이라는 생각이 불현듯 들었다.

"돈 벌어보지 않겠습니까?"

엉뚱한 나의 제안에 어둠 속에서도 남자의 놀라는 표정이 느껴졌다. 하지만 곧 의심하는 눈치였다.

"명의 빌려달라는 거면 말도 꺼내지 마쇼."

노숙자들이 브로커에게 대포폰의 명의를 빌려줘서 경찰서 신세를 많이 진다는 얘기를 들은 적이 있다. 사내는 그걸 염려하고 있는 것 같았다. 하지만 돈 얘기를 들은 사내의 말투는 한결 부드러워졌다.

"당신이 돈을 뜯어내려고 일부러 나에게 발을 밟힌 거라는 걸 잘 알고 있어. 이 많은 사람 중에 내가 재수 없이 걸려든 거고. 내가 지금 기분이 많이 안 좋은 상태거든. 그래서 당신을 한 대 패주고 싶은데 말이야. 하지만 그랬다가는 나를 폭행죄로 고소할 테지."

오십은 족히 돼보이는 사내는 갑작스러운 내 반말에도 불구하고 동작을 멈추고 자리에 선 채 묵묵히 얘기를 듣고만 있었다.

"나한테 주먹으로 세 대만 맞아주면 백만 원을 주지. 어때? 몇 달치 소줏값은 될 거 같은데. 그러면 아저씨도 엄한 사람 누명쓰게 할 일 없고. 나도 속이 좀 풀릴 거 같고."

어릴 때부터 키는 컸지만 허약한 탓에 같은 반 아이들에게 얻어맞기 일쑤였던 나는 사춘기를 겪으면서 영화에 나오는 싸움꾼을

동경하기도 했었다. 주먹을 단단히 쥐고 얼굴을 때리는 순간의 쾌감이 어떨까 하는 것이 늘 궁금했다.

하지만 성인이 되어서 누구를 그렇게 때려볼 수는 없었다. 가슴에서 뭔가 모를 작은 기대감이 피어올랐다. 남자는 누구나 숨겨진 폭력성을 지니고 산다는 어느 정신과의사의 강의가 불현듯 떠올랐다. 살아 있음이 느껴졌다.

어릴 적 손바닥으로 자신을 때렸던 야구장 주인과 몽둥이로 자신을 때리던 아버지의 얼굴이 떠올랐다. 어릴적 어머니를 따라 몇 번 갔었던 교회 목사님의 말처럼 나는 늘 사탄과 함께하고 있었다. 물건을 훔치고 싶은 사탄의 유혹은 어머니에 의해 봉인되었다. 대신 폭력을 행사해보고 싶은 유혹이 성인이 된 지금 슬금슬금 기어올라오고 있다.

하긴 도박해서 남의 돈을 따는 것도 따지고 보면 일종의 폭력인 셈이다. 그러고 보면 나는 폭력을 행사하는 것도 폭력에 당하는 것도 익숙한 사람이었다. 누군가를 때리는 진짜 폭력을 상대방에게 가하는 것이 어떤 형태의 쾌감을 줄 수 있을지 상상하는 것만으로도 가슴은 쿵쾅거리기 시작했다.

사내는 나를 청량리역 뒤 어두운 골목으로 안내했다. 맞은 뒤 폭행죄로 고소당하지 않으려면 CCTV가 없는 곳이어야 했다. 사내는 전에도 이런 경험이 있었던 듯 나를 그런 곳으로 데리고 갔다. 창고를 지으려다 만 듯한 공터였다. 주위를 둘러보니 CCTV는 물론이고 가로등도 없어 가까이 봐야 겨우 얼굴을 식별할 수 있을 정도로 그곳은 컴컴했다.

"먼저 선금 오십만 원을 드리죠. 세 번째 주먹 후에는 나머지 오십을 드리고요."

그가 오십만 원을 받은 뒤 나의 가는 팔과 연약한 주먹을 힐끔 쳐다보는 것이 느껴졌다. 그리고 고개를 들어 그는 가소롭다는 듯 내 눈을 빤히 쳐다보았다. 기분이 나빴다. 초원의 사자 앞에서 꽁무니를 빼는 하이에나처럼 사내의 당당함에 나는 오히려 기가 죽었다. 상처받은 자존심을 스스로 극복이라도 하려는 듯 나는 주먹을 더 힘껏 쥐었다.

"그럼 시작하겠습니다."

나는 사내를 벽에 몰아넣고 오른 주먹을 쥔 채 팔꿈치를 길게 뒤로 뺐다. 이제 팔을 쭉 뻗으면 그의 얼굴에 내 주먹이 꽂힐 것이다. 어스름한 밤의 희미한 빛은 사내의 얼굴이 얼마나 초라한지를 고스란히 보여주고 있었다.

눈발 같은 머리털이 어미 돼지의 뻣뻣한 그것처럼 뒤엉켜 있었고 이마를 가로지르는 주름은 골이 깊고 숯불에 그슬린 듯 검었다. 턱과 코 밑은 제대로 깎지 않은 수염이 수북해 가늘게 내쉬는 입김만으로도 펄럭였다.

이 사내는 어떻게 살았기에 이 나이에 이런 꼴이 되어 있을까. 아버지가 다시 집에 돌아오기를 기다리는 자식들이 있을는지도 모른다. 그 자식이 이런 꼴을 본다면 돈을 받고 맞으려고 하는 아버지와 돈을 무기삼아 사람을 때리려고 하는 나를 얼마나 한심하게 볼까. 구부러진 팔은 부들부들 떨기만 한 채 좀처럼 펴지지 않았다.

"주저하지 말고 한 대 갈기시오. 샌드백이라고 생각하고."

사내가 눈을 감은 채 태연히 말했다. 나는 다시 오른 어깨를 뒤로 길게 빼고는 주먹을 굳게 쥐고 팔을 쭉 뻗었다.

주위가 조용했던 탓인지 비교적 요란한 소리가 공터에 울려퍼졌다. 하지만 이 소리는 내 주먹이 남자의 얼굴을 가격하는 소리가 아니었다. 내 주먹은 남자의 왼쪽 귀 옆을 지나 기대고 서 있는 뒷벽을 가격했다. 주먹이 깨질 만큼은 아니었지만 그래도 힘이 제법 가해졌는지 오래 전 회칠을 한 담벼락의 시멘트 가루가 날려 주변으로 흩어졌다. 그리고 그 사이로 피 냄새 가득한 붉은 액체가 조금씩 흘러내렸다.

사내는 눈을 감은 채 눈알이 쑥 들어가도록 힘을 주었다가 나의 손이 자기 얼굴로 향하지 않은 것을 알고는 이내 눈을 떴다.

"뭐하는 겁니까?"

짜증이 섞인 목소리였다. 남은 오십만 원에 대한 아쉬움 탓일 것이다.

"때린 거로 해둡시다."

출발할 때의 주먹은 분명 그의 얼굴을 향해 있었다. 그런데 내 오른 귀를 지나면서 자석의 힘에 의해 끌리듯 주먹의 방향이 틀어지기 시작했다. 어떤 힘이었을까. 혼란스러웠다. 천사와 악마의 줄다리기 같은 것인가. 소리 없는 웃음이 새어나왔다.

"폭행 미수였으니 약속했던 나머지 오십만 원은 드리겠습니다. 그런데 대신 부탁이 하나 있습니다."

남자는 내가 건네는 오만 원짜리 열 장을 세어보고 딱딱하지만 공손한 말투로 대답했다.

"어려운 일이 아니면 들어드리지요. 오늘은 재수가 좋은 날이니."

"6개월 뒤에 저를 생각하면서 이곳에 소주나 몇 잔 뿌려주십시오."

그때쯤이면 분명히 나는 이 세상에 없을 것이다. 왜 이 사내에게 이런 부탁을 하고 있는지 나는 이해할 수가 없었다. 결국, 내가 죽을 거라는 걸 처음으로 이 사내에게 알리는 꼴이 되었다. 사내는 처음에는 무슨 말인지 모르겠다는 표정을 하고 잠시 머뭇거리다가 나의 진지한 얼굴을 보고는 사정을 짐작하는 듯했다.

"안 됐네요. 개똥밭에 굴러도 이승이 좋다는데. 좋습니다. 내 상에 과일도 몇 개 놓고 고기도 좀 올려서 술 한 잔 올리리다. 돈값은 해야지. 내 또래 정도로밖에 안 보이는데 안 됐네."

내가 나머지 오십만 원을 건네자 사내는 그렇게 나를 위로하고 자리를 떴다. 헛웃음이 나왔다. 고작 거리의 부랑자에게 내 제사상을 차려달라고 부탁한 꼴이 우스워 견딜 수가 없었다. 그리고 그동안 살아왔던 나의 행적이 너무도 부끄러웠다.

또 한 달이 흘렀다. 삶의 목표가 사라진 시간은 아우토반을 달리는 스포츠카처럼 무서운 속도로 빠르게 지나갔다. 휴게소를 들를 사이도 없이 죽음의 결승선을 향한 계속되는 질주로 인해 나는 늘 속이 아프고 메스꺼웠다. 속도를 늦추어보고자 하는 시도는 포기한 지 오래였다. 최근 들어 통증은 점차 심해졌고 특히 밤에는 견딜 수가 없었다. 진통제를 하루에 열 알씩 먹었지만, 이제는 그것도 제대로 듣지 않았다.

나는 조금 달라졌다. 정확한 시간에 출근하였으며 아침에 술 냄새를 풍기지도 않았다. 주사를 맞아도 새벽이면 약효가 떨어져 통증이 심해 일찍 일어나게 되었고 술은 마실 수가 없었다. 하지만 직원들이 그런 나의 사정까지 알 턱이 없었다. 병원장님도 달라진 나의 태도에 대한 직원들의 얘기를 듣고 매우 흡족해했다.

변한 것은 출근 시간과 출근할 때의 상태뿐만이 아니었다. 나는 잘 모르겠지만 병원 직원들은 내가 환자를 대하는 태도가 전과 달라졌다고 했다. 환자에게 건네는 말이나 행동이 부드러워졌고 그들의 말을 진지하게 들어준다는 얘기도 했다.

의도한 건 아니었다. 하지만 내가 그들과 비슷한 고통을 겪고 있다는 사실이 나도 모르게 나와 그들을 우리라는 관계로 묶어버렸는지도 모르겠다는 생각은 들었다. 자기의 말을 잘 들어주는 것에 대해 환자들은 고마워하였으며 일부 환자들은 자기의 병에 관한 나의 설명을 듣고 울먹이기도 했다.

"과장님, 그분이 오셨는데요."

따뜻한 볕이 진료실 책상을 가득 채우고 있던 어느 날 오후, 이 간호사가 난처한 표정을 지으며 나에게 말했다.

"그분? 누구?"

그분이라고 칭하는 것을 보면 환자는 아닌 듯했고 표정으로 보아서는 반갑지 않은 사람이란 걸 눈치챌 수 있었다.

"저 기억하시죠?"

이미 진료실 안으로 불쑥 들어온 여인은 한 달 전 자기 남편이 의료사고로 죽어 소송을 걸겠다고 찾아왔던 그 여자였다. 한 달이나 지났는데도 아무런 연락이 없어 나도 잊어버리고 있었다. 소송이 시작되면 최소한 6개월은 넘어야 1차 결론이 날 것이다. 그때가 되면 나는 이곳에 없을 것이다. 나는 그녀에게 진심이 담긴 사과를 하고 싶어졌다. 왜 이제야 왔는지 따져 묻고도 싶었다.

"그동안 생각을 많이 해봤어요. 변호사 말대로 소송을 할까 했지만 제가 다니는 교회 목사님이 하나님의 뜻대로 모든 것을 용서하는 게 어떻겠냐고 하셔서 소송을 포기하기로 했습니다. 하늘로 간 제 남편도 주님의 곁에서 평화스러운 나날을 보내고 있을 거라고.

남편도 선생님을 이미 용서했을 거라고 하셨어요. 그래도 저는 미워하는 마음이 계속 들었지만 한 달간 하나님께 기도를 올린 뒤에야 선생님을 진심으로 용서하게 됐어요. 앞으로는 제 남편과 같은 일을 만들지 말아주세요."

그녀는 처음 왔을 때처럼 쉬지도 않고 차분한 목소리로 고개를 숙인 채 이야기했다.

"죄송합니다. 진심으로 사과드립니다. 모두 제 잘못입니다."

나의 그런 대답을 예상하지 못했는지 그녀는 깜짝 놀라며 고개를 들고 말했다.

"대신 한 가지 부탁이 있어요. 이곳이 제가 남편과 함께 다녔던 교회에요. 교인이 아니시더라도 여기로 와서 남편을 위해 기도를 한번만 해주세요. 그럼 제 마음이 한결 더 편해질 거 같아요."

그녀는 책상에 명함 한 장을 올려놓은 뒤 내 대답도 듣지 않고 방에서 나갔다. 나는 오른손으로 명함을 들고 그것을 빤히 쳐다보았다. 연두색 바탕의 명함에는 흐릿한 교회 배경 사진 위에 '사랑의 교회'라는 교회 이름과 주소, 전화번호 그리고 목사의 이름이 선명하게 새겨져 있었다.

교회에 가서 몇 번 예배에 참석한 사람까지 교인이라고 한다면 나도 그것에 해당이 되기는 했다. 하지만 나에게 소위 믿음이란 건 없었다.

어머니 장례식 때 교회 분들이 오셔서 돌아가신 어머니를 위해

진심으로 기도하는 모습을 보고 감동해 얼마간은 매주 교회에 다녀보기도 했었다. 어머니가 주님의 품에서 편안히 지내고 계실 거라는 목사님의 말을 들을 때면 내 마음도 한결 편안해지는 것 같았다. 미션스쿨을 다녔던 탓에 기본적인 교리와 성경에 대해서는 알고 있었다.

하지만 나는 기독교의 배타적이고 직선적인 종교관을 좋아하지 않았다. 특히 태어나면서부터 모든 사람은 죄인이라는 기독교의 교리에는 수긍할 수가 없었다. 술과 도박을 좋아했던 나는 결코 죄인의 굴레를 벗어날 수 없음을 깨달으면서 더욱 교회에 가기 싫었다. 그리고 그런 생각이 드는 날에는 여지없이 큰돈을 잃었다. 그래서 나는 교회를 더욱 멀리해왔다.

'교회'. 그동안 잊고 있던 곳이었다. 명함에 새겨진 교회의 십자가가 진료실 형광등 불빛을 받아 더 번쩍였다. 한 줄기 빛이 시신경을 타고 뇌의 깊숙한 곳까지 파고들었다. 그러자 엄마의 자궁 안으로 다시 들어간 듯 마음이 편안해졌다. 현재 나에게 가장 필요한 것은 바로 이 빛이었음을 순간 나는 깨달았다.

마음이 급해졌다. 바로 그분께 달려가 무릎을 꿇고 나의 죄를 사해달라고 빌고 싶었다. 그분의 곁으로 곧 가게 될 이제야 그분이 생각난 내가 한심스러웠다. 망자를 위해 기도해달라는 부탁을 받은 뒤에야 이런 생각이 들었으니 그분이 내리는 불벼락을 받더라도 억울한 것이 없다는 생각이 들었다.

통증이 날이 갈수록 심해지면서 나는 일반적으로 사용하는 진통제만으로는 잠을 잘 수가 없었다. 통증의학과 선생님이 헤타민이라는 주사를 5cc 정도 맞으면 통증을 잊어버린 채 편히 잘 수 있을 거라고 했다. 그 이상 맞으면 여러 가지 부작용에 시달릴 수도 있고 10cc가 넘어가면 죽을 수도 있다는 말도 했다.

자기 팔에 바늘을 찌르는 것은 의사인 나도 쉽지 않았다. 하지만 얼마 안 가서 나는 마약중독자들처럼 쉽게 약물을 주입할 수 있었다. 2cc의 헤타민 주사만 맞아도 통증 없이 편안히 잠들 수 있었다.

새벽 한 시였다. 시계 소리가 한번 울리고 말았다. 소리가 어찌나 큰지 눈이 번쩍 떠졌다. 그리고 정적이 감돌았다. 지금 깨어나면 다시 잠들기 쉽지 않겠다는 생각이 들자 걱정이 되었다. 통증이 시작되면 꼼짝없이 뜬눈으로 밤을 지새워야 하기 때문이다. 그런데 집에는 분명 저런 소리를 내는 시계가 없다는 것이 생각났다.

어디서 나는 소리일까. 화장실에 가려고 몸을 일으켰다. 그런데 몸을 일으킬 수가 없었다. 강력한 접착제에 의해 몸이 바닥에 붙어 있는 것이 아닐까 하는 착각마저 들었다. 그러고 보니 모로 누운 상태였다. 왼쪽 어깨가 눌리면서 왼손에 전기가 오듯 찌릿했다. 항상 반듯하게 천장을 바라보고 자는 습관을 지녔던 나에게 그것은 자연스러운 자세가 아니었다.

팔과 다리를 반대쪽으로 돌려, 바로 눕고자 했지만 어쩐 일이지 꼼짝할 수가 없었다. 손가락과 발가락은 생각대로 움직였지만, 손목과 발목은 무엇인가에 묶여 있는 듯 움직일 수가 없었다. 누군가가 자신을 결박하고 있는 것이 분명했다.

소리를 지르려고 했다. 하지만 아무런 소리도 입 밖으로 새어나오지 못했다. 입안에 무엇인가 있었다. 차가운 플라스틱 느낌이었다. 입안에서 혀를 꽉 누르고 있는 그 무언가는 바로 위내시경을 하기 위해 입이 벌어진 상태를 고정하는 마우스피스였다.

눈을 위아래로 굴려 주위를 살펴보았다. 천장에는 방안을 어둡게 하려고 일부러 조명을 낮춘 백열등이 깜박이고 있었고 머리 위에는 모니터가 달린 내시경 기계가 있었다. 내시경 스콥을 닦고 있는 이 간호사가 히죽 웃는 것이 보였다. 왜 이 시간에 내가 이곳에 있을까. 그리고 왜 내시경을 받고자 여기 누워있을까. 그러면 내시경 검사를 하는 사람은 누굴까.

미처 따져볼 겨를도 없이 검은 색의 미끈한 내시경 스콥이 내 입을 향해 머리를 들이미는 것이 보였다. 그런데 5센티미터 간격으로 흰 줄이 그어져 있는 내시경 스콥의 마디마다 무언가 다른 것이 박혀 있는 것이 보였다. 자세히 보니 그것은 새끼손가락 두께만큼의 칼날이었다.

순간 가슴이 뛰며 등에서 식은땀이 흘렀다. 저것이 목구멍을 거쳐 식도와 위로 들어온다면 나의 내장은 시뻘건 피를 쏟아내며 찢어질 것이다. 항문으로 터져나온 피와 입에서 솟구친 피는 온 방을 가득 채울 것이다. 고개를 최대한 좌우로 움직였다. 내시경 스콥이 입을 향하지 않도록 발버둥쳤다.

그러자 두툼한 손바닥을 가진 커다란 손이 나타나 움직이지 못하도록 내 얼굴을 눌렀다. 마스크 위로 웃고 있는 눈이 보였다. 어디선가 본 남자 얼굴이었다. 남자는 왼손으로 마스크를 벗었다. 비쩍 마른 남자가 히죽 웃고 있었다.

바로 그 사람이었다. 나의 잘못된 검사로 죽은 그 남자였다. 저 남자가 어떻게 여기 있을까. 잘못했으니 살려달라고 하는 말이 목구멍에서 튀어나오고 싶어 안간힘을 썼다. 하지만 아무런 말도 입 밖으로 새어나오지 못했다.

마침내 칼날이 달린 내시경 관이 목과 식도를 통과하기 시작했다. 지금까지 한번도 겪어보지 못했던 끔찍한 통증이 찾아왔다. 온몸의 털들이 부르르 떨리며 식은땀이 흘러내렸다. 그리고 팔다리가 서서히 마비되면서 의식은 아득해져 갔다.

눈을 번쩍 떴다. 꿈을 꾼 것이다. 하지만 꿈이라고 하기에는 매 순간이 너무도 선명했다. 그가 복수를 위해 내 꿈에 나타난 것이다. 만약 지옥이라는 곳이 있고 내가 그곳에 간다면 매일 밤 저런 내시경을 받는 형벌을 받을 수도 있겠다는 생각이 들었다. 단테가

묘사한 지옥에서처럼 거꾸로 처박힌 채 발바닥에 불이 붙는 형벌이나 불타는 모래밭에서 불비를 맞는 형벌보다도 나에게는 더욱 심한 고통일 수도 있다는 생각이 들었다.

죽는 순간 나의 모든 것이 끝나지 않는다면, 혹시 나의 찌꺼기 같은 것이라도 남아 그것이 고통을 겪기라도 한다면 그리고 그것이 무한히 반복되기라도 한다면 그것은 지금의 고통과는 비교도 할 수 없을 만큼 끔찍할 것이다.

병원에 전화를 걸어 하루 쉬겠다고 말했다. 이런 상태로는 도저히 일할 수가 없었다. 나는 억지로 무거운 몸을 일으켜 주섬주섬 옷을 입었다. 바로 명함에 적힌 교회를 찾아가보기로 했다. 주저할 시간이 없었다. 그의 한을 풀어주고 동시에 남은 삶을 어떻게 꾸려나가야 할지 물어볼 곳은 그곳밖에 없었다.

지하철을 탔다. 그녀가 가르쳐준 교회는 독립문역에서 가까웠다. 기운도 없고 머릿속이 복잡해 운전할 자신이 없었다. 엄마가 생각났다. 엄마가 살아 있었다면 엄마는 내 얘기를 천천히 들어준 뒤 손을 꼭 붙잡고 교회로 데리고 가서 나를 위해 기도해주었을 것이다. 하지만 도와줄 사람이 아무도 없는 나는 마치 모래사막에서 홀로 무릎을 꿇고 이글거리는 태양을 향해 비를 내려달라고 기도하는 사람과 다르지 않았다.

독립문역에 내려 스마트폰을 켜서 교회 위치를 검색했다. 걸어서 이십 분가량 걸리는 곳에 교회가 있었다. 오르막 경사가 심해 제법 숨이 찼다. 다른 이유로 그곳에 가려는 것이었다면, 나는 다시 집으로 돌아갔을 것이다. 숨을 헐떡이며 걷다보니 언덕배기에 작은 교회가 보였다. 창문에 붙어 있는 십자가 표시로 간신히 그곳이 교회인 것을 알아차릴 수 있었다.

3층짜리 낡은 건물 2층에 있는 작은 교회였다. 바닥에 검은 때가 잔뜩 낀 계단을 오르니 교회 입구로 보이는 회색 철문이 보였다. 손잡이를 돌려보니 잠겨 있지 않았다. 문을 열어보았다. 현관 오른편에는 신발장이 있었고 바닥에는 마루판 같은 것이 깔려 있었다.

유리문을 열고 예배당 안으로 들어갔다. 평일인 데다 아침 아홉 시를 조금 넘은 시간이라 그런지 안에는 아무도 없었다. 교회 크기와 어울리지 않을 만큼 커다란 십자가가 정면에 보였다. 십자가 사이로 박아놓은 알전구가 희미한 빛을 내면서 십자가는 은은한 빛을 내뿜고 있었다. 마음이 차분히 가라앉는 것 같았다. 십자가를 보는 것만으로도 죄의 절반은 씻겨 내려가는 듯했다.

나는 맨 앞줄에 놓여 있던 접이식 의자에 일단 앉았다. 무엇을 기도해야 할지 몰라 그저 두 손을 모으고 고개를 숙인 채 조용히 눈을 감았다. 용서해달라는 말만 속으로 계속 중얼거릴 뿐 무엇을 용서받아야 하는지 머릿속에서 정리가 되지 않았다.

그때 현관문이 삐걱하고 열리며 나를 향해 걸어오는 발소리가 들렸다. 묵직한 발걸음이었지만 사뿐사뿐 소리가 들리는 것으로 보아 실내화를 신은 듯했다. 나는 그제야 내가 구두를 신고 그대로 들어왔다는 사실을 알아채고 잽싸게 신발을 벗어 옆에다 두었다.

"무엇을 위해 기도하십니까?"

고개를 들고 눈을 떠 소리나는 방향으로 몸을 돌렸다. 누군가 내 곁으로 다가왔다. 나는 어정쩡한 자세로 일어서며 꾸벅 고개를 숙여 인사했다. 사십 중반쯤 돼보이는 남자였다. 작은 얼굴인데도 몇 가닥 되지 않는 머리카락 때문에 이마가 훤히 드러나보였다. 금테 안경 속으로 나를 쳐다보는 그의 눈빛이 부드러워 보였다.

"혹시 이 교회의 목사님이신가요?"

"예, 그렇습니다만 혹 저를 만나러 오신 건가요?"

"혹시 김지우 씨를 아시나요?"

그 남자의 아내 이름이었다.

"예, 잘 알지요. 얼마 전 남편이 위암에 걸려 돌아가신."

위암이란 말에 가슴이 덜컹 내려앉았다. 목사님은 내가 교회에 올 거라는 얘기를 이미 들어서 알고 있는 눈치였다. 혹 그가 겉으로는 인자한 얼굴을 하고 있으면서도 속으로는 나를 비난하고 있지는 않나 싶어 그의 눈을 쳐다보았다.

"전 안성훈 목사라고 합니다. 이 교회를 운영하고 있습니다. 잘 오셨습니다."

"제가 무엇을 해야 할까요?"

말을 뱉어놓고 보니 질문이 한심했다. 교회에 와서 무엇을 하다니. 기도하는 것 말고 다른 무엇이 또 있을까. 하지만 목사님이라면 뭔가 나에게 시원한 답을 내려줄 수 있을 것 같았다. 하나님이 나에게 하고 싶은 얘기를 그가 대신해줄 거라는 생각이 들었다.

"선생님에 관한 얘기는 들어서 알고 있습니다. 처음 한 달가량은 신도님도 교회에 나오지 않으셨습니다. 하나님이 남편을 버렸다고 생각하신 거죠. 집에서 선생님을 벌주라고 기도하셨다고 했습니다. 하지만 우리 하나님은 누구를 벌주기 위해 이 땅에 오신 분이 아닙니다. 사랑으로 모든 것을 품으라고 신도님께 말씀드렸습니다. 신도님은 이제 선생님에 대한 모든 것을 용서하셨습니다. 이제는 선생님이 하나님께 용서를 구하실 차례입니다. 하나님의 안에 선생님이 있고 선생님의 안에 하나님이 계십니다. 안에 계신 하나님을 가슴 깊이 느끼고 그저 솔직하게 말씀드리면 됩니다. 선생님은 주님을 버렸겠지만, 주님은 선생님을 결코 버리신 적이 없습니다."

"주님이 절 용서해주실까요?"

"이곳에 온 순간 이미 용서하셨을 겁니다."

가슴이 먹먹해지면서 눈시울이 붉어졌다. 기도를 할 수 있는 용기가 생겼다. 나는 자세를 고쳐잡고 고개를 숙인 채 눈을 감고 두 손을 꽉 움켜쥐었다.

"자애로우신 하나님. 불쌍한 어린 양이 어리석어 그동안 주님 곁을 떠나 있었습니다. 방탕하고 절제되지 못한 제 삶으로 인해 저의 죄가 한없이 커졌음을 이제야 깨닫습니다. 한 남자가 저의 잘못으로 주님 곁으로 가버리고 말았습니다. 그런데도 저는 저의 죄를 바로 뉘우치지 않고 숨기기에 급급했습니다. 어젯밤 꿈에서 그를 보았습니다. 그 사람은 저에게 몹시 화가 나 있었으며 꿈이었지만 저를 해하고자 하였습니다. 꿈속에서라도 벌을 받는 것이 마땅하겠지만 그로 인해 다시 이렇게 주님을 찾게 되니 이것도 그 사람이 저를 주님 곁으로 인도하기 위해서라는 것을 지금에서야 깨닫습니다. 부디 이 죄 많은 어린 양을 주님의 크신 사랑으로 용서해주십시오. 앞으로 죽는 순간까지 다시는 주님을 저버리는 어리석음에 빠져들지 않겠습니다. 그리고 저로 인해 뜻하지 않게 사랑하는 부인을 두고 하늘로 가신 분과 졸지에 미망인이 되신 분께 하느님의 영광이 함께하길 간절히 기도드립니다. 아멘."

마치 오랫동안 신앙생활을 했던 것처럼 나의 기도는 막힘이 없었다. 누구에게도 얘기하지 않았던 속내를 털어놓자 가슴 속에 뭉쳐 있던 큰 덩어리가 한순간에 녹아내리는 듯했다. 안 목사가 옆에서 나를 측은한 듯 바라보며 입가에 가벼운 미소를 띠었다.

"그 정도면 주님도 선생님의 죄를 사하여 주실 것입니다. 그런데 몸이 어디 안 좋으십니까?"

조금씩 황달이 생겨 달걀노른자처럼 누렇게 뜬 눈동자가 병색을 고스란히 드러내고 있었다. 나는 내가 시한부 인생임을 얘기하려다가 그만두기로 했다. 죽을 때가 다 돼서야 참회한다는 인상을 주고 싶지 않았고 처음 본 목사님에게 미주알고주알 내 병을 털어놓기가 아직은 불편했다.

“조금 불편한 데가 있지만 나아지겠죠. 근데 이 교회를 직접 만드신 건가요? 얼마나 되셨나요?”

“제가 맡은 지는 한 일 년 정도 됐습니다. 아버지가 세운 교회를 제가 물려받은 거지요. 보시다시피 동네 작은 교회입니다. 신도 수에 비해 공간이 작긴 하지만 그런대로 운영은 하고 있습니다.”

“제가 실은 전에는 교회를 조금 다니다가 사정이 생겨서 다니지 못했습니다. 해가 안 된다면 이 교회를 다녀도 되겠습니까? 평일에는 일 때문에 어렵겠지만 주일 예배는 참석할 수 있습니다.”

사실 교회 문을 열고 들어오기 전부터 나는 이 교회에 다닐 결심을 하고 있었다. 예전에 어머니와 함께 다녔던 교회는 장로들 간의 다툼이 보기 싫어 다시 가고 싶지 않았다. 그리고 이 교회에서 그 미망인을 자주 만나게 되면 내 마음이 조금 더 편해지지 않을까 하는 욕심도 일부 있었다. 나는 교회에 다녀도 좋다는 목사님의 허락을 받고 집으로 돌아왔다. 그날 밤은 기도 덕분인지 통증도 심하지 않아 편안히 누워 잠을 청할 수 있었다.

남은 삶을 어떻게 살아야 하는지 다시 곰곰이 생각했다. 스스로 생을 마감하지 않는다면 대략 3개월 정도가 남았을 것이다. 이런 경우에 대부분 환자는 사망하기 한 달쯤 전부터는 제대로 먹지 못한 상태에서 통증이 심해지고 거동이 어려워 입원하게 마련이다.

그렇다면 내가 이렇게라도 걸어다닐 수 있는 시간은 고작 두 달밖에 남지 않았다. 교회에 매일 가서 기도해도 육십 번뿐이다.

이 기도만으로 내가 죽어서 천국에 갈 수 있을까? 아니 천국은 아니더라도 지옥에만 가지 않으면 된다. 죽음과 함께 나의 영혼 같은 건 소멸해도 상관없다. 주님의 나라로 갈 자격이 없다는 건 나도 잘 알고 있다. 차라리 천국이란 게 없는 편이 나을지도 모른다. 천국이 없으면 당연히 지옥의 존재도 없을 테니까.

교회가 비좁다는 목사님의 말이 생각났다. 성전을 새로 짓도록 모아놓은 돈을 기부하면 천국으로 가는 길이 조금 쉬워지지 않을까 하는 생각이 떠올랐다. 집을 팔고 퇴직금을 받으면 십억 원 정도는 될 것이다. 그리고 생명보험 들어놓은 것까지 합치면 이십억 원은 족히 될 듯했다.

물려줄 가족도 없거니와 연락을 끊고 사는 아버지가 내 목숨값을 가져가게 하고 싶지는 않았다. 살아 있을 때 혼자 하는 기도도 중요하겠지만 교회의 다른 신도들과 목사님이 거금을 기부한 나를 위해 죽은 뒤에도 기도해준다면 적어도 지옥에 끌려가 고통을 받지는 않게 될 거라는 생각이 들었다. 며칠 동안이나 뜨거운 광야를 걷다가 한 줄기 비를 만난 것처럼 나에게 드디어 희망이란 게 생겼다.

당장 병원에 사직서를 내고 재산을 정리해야겠다고 생각했다. 처음 와본 교회에 큰 금액을 선뜻 기부하는 것이 너무 성급한 결정은 아닌가 하는 생각도 들었다. 하지만 시간도 없거니와 큰 교회에 기부한다면 나는 그저 수많은 기부자 중 한 사람으로 값어치가 떨어지고 마는 것이다. 만약 내가 기부한 돈으로 제대로 된 교회가 지어진다면 그보다 더 큰 영광은 없을 것이다.

'사랑의 교회'의 목사님과 신도들은 예배할 때마다 나를 칭송할 것이며 나에 대한 은혜와 감사의 기운이 새로운 교회 안에 충만할 것이다. 그것은 천국으로 가는 티켓을 구매하는 것이다. 타락한 중세시대에 팔던 면죄부라고 비웃어도 상관없다. 나는 내일 아침에 이 모든 일을 처리하리라 다짐하며 잠이 들었다.

다음날 아침 나는 그만두지 말라고 만류하는 직원들과 병원장님의 손길을 뿌리치고 사표를 던진 뒤 총무과에 들러 퇴직금이 언제 정산되는지를 확인하고는 충분한 양의 헤타민을 가방에 담은 후 병원을 빠져나왔다.

그리고 나는 바로 교회로 향했다. 목사님에게 다른 계획이 있다면 내 기부금을 받지 않을 수도 있다. 교회가 아니라 다른 자선단체로 기부금이 들어간다면 이십억은 천국행 황금 티켓이 되지 못한다. 이른 시간이라 그런지 오늘도 목사님은 혼자 교회를 지키고 있었다.

"주일이 아닌데도 오셨군요. 병원 일은 어떻게 하시고?"

안 목사는 나의 연이은 방문이 갑작스러웠는지 엉거주춤한 상태로 일어서며 물었다.

"놀라게 해드려 죄송합니다. 제가 좀 의논드릴 게 있어서요."

"그럼 이리로 오세요. 차라도 한 잔 드릴까요?"

안 목사는 목사실이라고 쓰여 있는 작은방으로 나를 안내했다. 조그만 책상과 오래된 소파가 두어 평 남짓한 공간을 꽉 채우고 있었다. 나는 따뜻한 홍차 한 잔을 앞에 두고 몸이 푹 꺼져들어가는 낡은 소파에 앉아 이야기를 하기 시작했다.

"목사님, 천국은 분명히 있겠지요?"

느닷없는 질문에 한 목사가 피식 웃었다. 너무도 뻔한 질문을 하러 병원에도 나가지 않고 자신을 찾아왔다는 사실에 웃음을 참기 어려웠을 것이다. 하지만 나의 진지한 표정을 보고 목사님은 바로 웃음기를 거둬들였다. 나의 병색과 천국에 관한 질문이 관련이 있으리라 생각했기 때문일 것이다.

"기독교인이라면 누구나 천국이 있다고 믿고 있습니다. 죽은 영혼이 하늘로 올라가면 하나님께서 한평생 했던 모든 일을 살펴보고 그 영혼을 지옥불로 떨어뜨릴지 아니면 주님의 나라로 데려갈지를 결정합니다. 만약 천국에 들어갈 자로 결정되면 흰 옷을 입고 천사의 손에 이끌려 하나님의 나라로 가게 되지요."

"그럼 지옥은 어떤 곳입니까?"

"하나님을 믿지 않는 자와 사탄을 숭배하는 자들은 한 줄기 빛도 허락되지 않는 바닥도 없고 끝도 없는 깊은 동굴 속으로 영원히 추락하는 형벌을 받게 될 것입니다. 그곳이 바로 지옥입니다."

"그럼 제가 죽으면 어디로 가게 될까요?"

"어디가 안 좋으시기에. 치료는 잘 받고 계신 건가요?"

"목사님, 어제는 사실대로 말씀을 드리지 못하고 십자가 앞에서 또 거짓말을 했습니다. 사실은 제가 말기 췌장암 환자입니다. 현재 저의 상태라면 치료해도 아무 소용이 없죠. 길어야 3개월 정도일 겁니다."

나는 남의 얘기를 하듯 덤덤하게 말을 이어갔다.

"저는 어머니가 사고로 돌아가시고 아버지와 연을 끊은 이후로 술과 도박으로 하루하루를 보냈습니다. 결혼도 두 번이나 실패해서 가정도 없습니다. 형제자매도 아무도 없고요. 있다면 얼굴도 잘 기억나지 않는 사촌 형제들뿐입니다. 저를 위해 울어줄 사람은 아무도 없습니다. 아시다시피 저의 부주의로 인해 한 젊은 사람이 목숨을 잃었습니다. 이런 제가 이제야 참회하고 기도한다고 해서 하나님이 당신의 나라에 저 같은 사람을 받아들여주실 리 없습니다. 하지만 지금으로서는 열심히 기도하는 것 외에 제가 할 수 있는 일이 없습니다. 그래서 제가 목사님께 한 가지 부탁을 드리고자 왔습니다. 혹 기분이 언짢더라도 들어주면 감사하겠습니다."

목사님은 사후세계에 대한 나의 두려움을 충분히 이해하는 것 같았다. 말기 암 환자를 위해 수많은 기도봉사를 경험했다고 하셨다. 나의 공포심이 목사님에게는 낯설지 않을 것이다.

"제가 죽은 뒤에 마련될 돈이 이십억 가량은 될 것 같습니다. 할 수만 있다면 이 돈을 교회에 기부하고 싶습니다. 어제 교회가 비좁다고 하시지 않았는지요? 교회를 새로 짓는 데 보탬이 될 수 있다면 그렇게 하고 싶습니다."

안 목사는 그렇지 않아도 교회가 비좁아 작더라도 건물을 지어 교회를 옮기고 싶었다. 하지만 이삼백 명밖에 되지 않는 신도들의 헌금만으로는 실현 불가능한 일이라 포기하고 있었던 터였다. 그러던 차에 두 번밖에 교회에 나오지 않은 남자가 이십억이란 큰돈을 교회에 기부한다고 하니 놀라지 않을 수 없었다. 하지만 돈을 쉽게 받을 수는 없었다. 한 사람의 목숨값으로 교회를 세울 수는 없는 노릇이었다.

"말씀은 감사합니다만 그렇게 소중한 돈을 덥석 받을 수는 없습니다. 교회를 옮기고 싶은 마음이야 간절하지만 그건 신도들과 장로님들의 정성으로 오랜 시간에 걸쳐 마련하는 것이 옳을 것 같습니다. 더군다나 선생님은 우리 교회의 교인도 아니고 어제 처음 오신 분 아닙니까? 분에 넘치는 기부금을 받는다는 것을 다른 분들이 이해해줄 리도 없고요."

목사님의 거절이 당연하다는 생각이 들었다. 나는 겨우 어제 하나님께 용서를 구한 죄인이었다. 돈으로 구원받으려고 하는 나의 의도를 목사님이 모르실 리가 없었다. 돈을 받지 않겠다고 말하는 목사님이 오히려 존경스러웠다.

"목사님의 말씀이 당연합니다. 하지만 제 뜻은 변함이 없습니다. 어제는 기도 덕분이었는지 오랜만에 편히 잠들 수 있었습니다. 죽은 후에도 어제처럼 편안할 수 있도록 저를 좀 도와주시면 좋겠습니다. 사실 오늘 아침에 일하던 병원도 사직했고 집도 이 근처로 옮길 생각입니다. 교회에 매일 나와서 기도할 겁니다. 세례도 받고 다른 신도들과도 잘 지내보도록 노력하겠습니다. 그 후에 다시 저의 제안을 검토해주시기 바랍니다. 이제 제가 기댈 곳은 이 교회밖에 없습니다."

나의 고집에 목사님은 나를 조금 더 지켜보겠다고 하셨다. 나에게 비로소 계획이란 것이 생겼다. 삶의 끝에 거의 다 와서야 원하는 목표가 생겼다. 나는 그 어느 때와도 비교할 수 없는 평안한 행복감을 맛보았다. 그리고 그날 밤은 통증 없이 아침까지 푹 자고 싶어 헤타민의 용량을 조금 더 올렸다.

어딘가를 걷고 있다. 이미 며칠 동안이나 걷고 있다는 생각이 들었지만 다리는 아프지 않았다. 맨발에서 느껴지는 부드러운 모래의 기분 좋은 감촉을 느끼며 나는 계속 걸었다. 바람도 없어 주위는 고요했다. 걷는 중간중간 무릎 정도 되는 높이의 이름 모를 풀과 바위가 보였다. 혹 이곳이 아프리카 초원이 아닌가 하는 생각이 들었다.

하지만 그것은 잘못된 생각이었다. 그곳은 평지가 아니라 가파르지 않은 경사길이었다. 어디를 향해 오르는지 알 수 없었지만, 내리막은 없었다. 낮인지 밤인지도 구분할 수 없었다. 하늘이 주황빛이었다. 해도 없고 달도 없었다. 커다란 붓으로 팔레트에 담긴 주황색 물감을 찍어 하늘에 마구 칠한 듯했다.

그때 저만치 앞에 있는 바위에 누군가 앉아 있는 것이 보였다. 그리고 바위 뒤 두 갈래로 갈라진 길이 보였다. 처음 만나는 사람이었다. 나는 너무도 반가워 바위로 달려가서 그의 옆에 앉았다. 바위는 널찍하고 낮아 여러 명이 앉아도 넉넉해보였다.

노인이었다. 얼굴의 주름과 건조한 피부, 백발의 머리카락으로 보아 팔십은 넘어보였다. 그의 얼굴은 편안하고 여유로웠다. 그는 갈림길을 앞에 두고 어디로 갈지 고심하는 듯했다.

"어르신은 어디로 가십니까?"

"자네는 어떻게 이곳으로 왔나?"

나의 질문에 노인이 되물었다. 나는 꿈을 꾸는 중이라고 대답했다.

"나는 꿈을 꾸고 있는 건지. 이미 죽은 건지 잘 모르겠군. 중환자실에서 인공호흡기를 달고 있는 중이었거든. 근데 저기 커다란 빛이 반짝이는 것을 보니 나는 아무래도 죽은 것 같아."

나는 노인이 가리키는 방향을 쳐다보았다. 초저녁에 볼 수 있는 작은 별이 왼쪽 갈림길 위에서 반짝이고 있었다.

"저기 빛나는 작은 별을 얘기하시는 건가요?"

"저것도 사람에 따라 달리 보이는 모양이군. 나한테는 축구공보다 더 크게 보이는 데 말이야. 나는 저곳을 향해 갈 생각이네. 저곳에 가면 주님이 나를 반겨주실 것 같은 생각이 들어."

"이쪽은 어디로 가는 길입니까?"

내가 오른편 길을 가리켰다.

"낸들 알겠나. 하지만 분명한 건 저곳에는 주님이 계실 것 같지 않아. 주님이 계시지 않은 곳은 모두 지옥이라네. 나팔 소리가 조금씩 들리는 것 같군. 난 이제 나의 길을 가겠네. 자네는 자네의 길을 가게."

노인이 왼편으로 길을 떠나고 난 뒤 갈림길에서 나는 한참을 고민했다. 나에게는 축구공만 한 빛도 보이지 않았고 나팔 소리도 들리지 않았다. 나는 그렇게 계속 서 있었다. 그리고 잠에서 깨어났다.

6장
꿈을 꾸는 여자

엄마가 사라졌다.

바쁜 시간이기도 했거니와 043으로 시작되는 번호라 처음에는 전화를 받지 않았다. 하지만 두 번째로 걸려온 전화의 번호도 같은 지역인 것을 보고 그곳이 엄마가 이사간 괴산이란 것이 떠올랐다.

"네가 은혜로구나."

노인의 목소리였다. 갈라진 목소리만큼이나 퀭한 냄새가 수화기 너머에서 느껴졌다.

"실례지만 누구신가요?"

짐작되는 사람이 떠오르지 않았다.

"네 엄마 옆집에 사는 할머니란다. 엄마가 며칠째 보이지 않아."

어릴적 보았던 최 씨 할머니 얼굴이 그제야 희미하게 떠올랐다.

"최 씨 할머니 맞으시죠? 죄송해요. 바로 못 알아봐서. 그런데 무슨 일이신지."

"전화할까 말까 하다가 그래도 전화를 해야 할 것 같아서 말이야. 엄마가 며칠째 보이지 않아. 집에 전화기도 두고. 집에 가보니 전화기가 티브이 위에 그냥 놓여 있더라고. 그래서 네 번호도 알게 된 거고.”

은혜는 엄마가 좋은 남자를 만나 결혼하길 바랐다. 그것이 엄마의 망상을 없앨 수 있는 가장 좋은 방법이라고 생각했다. 간질처럼 망상도 엄마에게 질병처럼 굳어진 듯 보였다.

작년 추석이었다. 아빠가 아이들과 놀아주는 예능 프로그램이 티브이에서 방영되고 있었다. 다른 곳으로 채널을 돌리려고 했지만, 엄마가 리모컨을 낚아채듯 빼앗았다. 그리고 아이와 장난치며 놀아주는 키 큰 아빠를 뚫어져라 쳐다보았다.

“넌 아빠 생각나니?”

아빠란 말은 우리 가족에게는 일종의 금기어였다. 엄마가 그렇게 정한 것은 아니었지만 스트레스를 받으면 안 되는 엄마의 병을 알고 나서는 그 단어를 사용하지 않도록 은혜는 극도로 조심했다.

엄마의 얼굴을 살폈다. 혹 엄마가 발작을 시작하게 아닌가 싶어서였다. 하지만 엄마의 얼굴은 편안해보였고 평소와 다름이 없었다.

“엄마는 아빠가 어딘가에 살아 있을 것 같다고 생각해. 가끔은.”

망치로 심하게 머리를 얻어맞은 기분이었다. 아직도 엄마가 그런 생각을 하고 있는지 꿈에도 몰랐다. 그 일로 병이 생겼고 그래서 우리가 고향을 떠나야 했는데도 엄마의 머리에는 아빠에 관한 집착이 콘크리트처럼 머리에 박혀 있는 것 같았다.

순간 화가 치밀었다. 엄마가 스트레스를 받으면 안 된다는 사실을 잊어버리고 엄마를 심하게 몰아붙였다. 엄마는 그런 자신을 보고 눈만 껌벅거린 채 아무 말도 하지 못했다. 그리고 엄마는 얕은 한숨을 내쉬었다. 아마 이모가 말리지 않았다면 엄마가 발작을 시작할 때까지 악다구니를 계속했을 것이다.

은혜는 울고 있는 엄마를 그대로 둔 채 자리에서 일어나 바로 서울로 올라와버렸다. 그 후 한참을 은혜는 청주에 가지 않았다.

그런데 남자가 생긴 건 엄마가 아니고 이모였다. 혼자 외롭게 사는 이모에게 끈질기게 구애해온 복덕방 사장의 청을 이모가 들어주었다고 했다. 엄마보다 열 살이나 많으니 이모에게는 마지막 기회였고 함께 살 수 없으니 엄마가 청주를 떠나야 했다.

은혜는 서울에 와서 같이 살자고 했지만, 엄마는 서울생활은 싫다며 고향으로 다시 가겠다고 고집을 부렸다. 예전에 살던 집이 지금 비어 있어 조금만 수리하면 들어가 살기에 괜찮다는 얘기도 했다. 딸한테 얘기도 하지 않고 이미 알아본 모양이었다.

고향으로 가서 살겠다는 엄마를 굳이 반대할 이유가 없었다. 그리고 그 사건이 일어난 지도 벌써 이십 년이 다 되어가니 인제 와서 동네 사람들의 입방아를 무서워할 필요는 없을 것 같았다.

엄마는 며칠 뒤 고향으로 이사했다. 짐 정리를 도와주겠다고 했지만, 한사코 엄마는 혼자 하겠다고 하며 은혜를 오지 못하게 했다. 시골에 가면 병원이 멀어 그것이 조금 걱정됐지만 한 달에 한 번씩 청주에 가서 약을 타겠다고 엄마가 약속도 했고 버스로 한 시간이면 청주까지 충분히 갈 거리이니 문제될 건 없다고 은혜는 생각했다.

엄마는 고향으로 가서 전에 살던 집을 인부들을 불러 수리하고 집 뒤편에 조그만 밭을 마련하여 고추농사를 짓기 시작했다. 농사일을 시작하기에는 적지 않은 나이였지만 괴산의 고추가 유명해서 비싼 값에 팔 수 있다는 마을 사람들의 조언 때문에 시작했다고 말했다.

이십 년 만에 돌아간 고향이다보니 낯설까 걱정했지만, 동네 사람들 대부분 그대로 살고 있어서 빈 시간이 느껴지지 않는다고 좋아하셨다. 그리고 친구들이 모두 다른 지역으로 시집가서 동년배가 없는 것이 조금 아쉽긴 했지만 적적하지는 않다고도 하셨다.

그 일이 모두의 기억에서 사라진 건 아니겠지만 엄마 앞에서 새삼 끄집어내는 사람은 없는지 엄마의 전화 목소리는 늘 밝았다.

엄마의 병이 다시 도진 게 아닐까? 머리를 산발한 채 속리산 일대를 떠돌고 있을 엄마 모습이 떠올랐다. 청주였다면 이모가 갈 만한 곳 몇 군데만 알아보면 충분히 엄마를 찾을 수 있었다. 하지만 그곳은 사람이 많지 않은 산골 동네다. 어디서 어떤 변을 당했는지 알 수 없다. 머릿속이 아득해졌다.

"혹 가실 만한 데는 찾아보셨어요? 엄마가 가끔 정신없이 돌아다니실 수도 있어요. 몸이 좀 안 좋으신 데가 있어서."

할머니에게 자세한 걸 전화로 일일이 설명할 수는 없었다. 은혜는 바로 괴산으로 내려가겠다고 하고 전화를 끊은 뒤 터미널로 향했다. 서울에서 괴산까지는 버스로 한 시간 반 정도면 충분했다. 새로 만들어진 고속도로 덕분이었다. 이렇게 가까운 곳이었으면 진즉에 한번 내려와볼 걸 하는 후회가 들었다.

버스가 읍내로 들어서자 왕복 4차선 도로 주변으로 나지막한 건물 몇 채와 터미널 뒤쪽으로 작은 아파트 단지 몇 군데가 보였다. 차가 지나다니는 도로에 비료 포대를 실은 경운기 두어 대가 지나는 것도 보였다. 전형적인 시골 소도시였다. 아홉 살 때 잠깐 살다가 떠난 곳이라 은혜의 머릿속에는 이곳의 모습이 아무것도 남아 있지 않았다. 그저 낯선 곳이었다.

은혜는 터미널에 일렬로 늘어서 있는 택시를 잡아탔다. 태성리까지 가는 버스를 기다리기에는 마음이 급했다. 택시가 강을 따라 시원하게 뻗은 길을 이십여 분 정도 달리자 그나마 낯익은 풍경이 조금씩 보이기 시작했다.

엄마와 함께 거닐었던 강변길, 잠시 머물러 점심을 먹었던 식당. 그리고 마을로 들어가는 입구에 있던 키 큰 소나무까지. 엄마의 집을 찾지 못할까 싶어 잠깐 걱정했지만, 그것은 기우였다.

택시에서 내리자 엄마의 집 앞에 사람들이 모여 웅성대고 있는 것이 보였고 그들 옆으로 요란한 등이 번쩍거리는 경찰차가 보였다. 제복을 입은 사람이 마을 사람들에게 무언가 물어보고 있었다. 밭일하다가 급하게 왔는지 삽을 들고 있는 사람도 있었다. 경찰의 질문에 고개를 끄덕끄덕하던 한 할머니가 택시에서 내린 은혜를 보고는 반색하며 뛰어왔다.

"네가 미숙이 딸이로구나. 이제 다 큰 어른이 됐네."

"전화주셨던 최 씨 할머니시죠?"

고개를 끄덕이는 할머니 옆에서 수첩에 뭔가를 적고 있던 배가 불룩하게 튀어나온 경찰이 은혜에게 다가왔다.

"실종자 가족인가요?"

"제가 딸인데요. 실종된 게 맞나요?"

실종이라니. 애초에 이곳으로 와서 혼자 살겠다고 했을 때 끝까지 말렸어야 했다. 이런 산골 동네에 엄마를 내팽개친 것 같아 후회스러웠다.

"아니, 뭐 꼭 실종된 거라고 할 수는 없고요. 일단 신고가 들어왔으니 그렇게 부르는 겁니다. 신고하신 분이 누구죠? 일단 얘기를 좀 들어봅시다."

비쩍 마른 얼굴을 한 할아버지가 앞으로 나섰다. 최 씨 할머니가 엄마가 없어졌다는 것을 먼저 알았을 텐데 왜 신고는 저 할아버지가 했을까. 은혜는 뭔가 이상하다고 생각했다.

"삼 일 전 오후 다섯 시쯤인가 작은 가방을 하나 메고 분홍 원피스에 노란 코트를 입은 미숙이가 정자 쪽으로 올라가는 걸 봤어요. 고추농사를 짓는다는 년이 무슨 저런 옷을 입고 동네를 나다니다 싶었죠. 꼭 남자를 만나러 가는 복장인데 그럼 아래쪽으로 가야지, 산 쪽으로는 왜 올라가나 이상하게 생각했습니다. 어디 가는 거냐고 물으니까 말도 하지 않고 그냥 히죽 웃기만 하더군요. 어쨌거나 제가 보기에 그년이 정상은 아니에요. 미숙이는 어렸을 적부터 딸년과 친한 친구 사이였으니 제가 잘 알죠. 이곳으로 다시 온 뒤에도 몇 번 보고 인사를 나누곤 했습니다. 우리 집 마루에 서면 지나는 사람들이 다 보이죠. 이사 오자마자 미숙이가 그쪽으로 올라가는 것을 여러 번 봤어요. 어딜 가냐고 물었더니 별을 보러 간다는 거예요. 어릴 때도 그렇게 별을 보러다닌다고 하다가 그 난리를 겪었는데. 그년이 또 옛날처럼 뭣에 홀린 게 분명해요. 그러니까 결국 이 사달이 또 나지. 내 새끼처럼 회화나무 뒤 숲에서 얼쩡거리다가 그 귀신한테 홀려 실종된 겁니다. 담날 미숙이가 안 보인다고 하는 최 씨의 얘기를 듣고는 '내 생각이 맞네' 했습니다. 그래서 제가 신고를 한 겁니다."

은혜는 엄마가 다시 발작을 일으킨 상태로 주위를 배회하는 걸 이 할아버지가 본 것이라 짐작했다.

"옛날 일이란 게 뭡니까?"

경찰이 노인에게 물었다. 그러자 최 씨 할머니가 나서서 오래 전 일이니, 신경쓰지 말라고 말을 자르고 나섰다. 은혜는 경찰에게 엄마의 병세에 대해 간단히 얘기하고 주변을 좀 수색해달라고 부탁했다. 절벽에서라도 떨어져 피를 흘리고 있을 수도 있었다.

"네가 미숙이 딸이로구나. 주변은 이미 모두 이 잡듯이 뒤졌어. 근데 아무런 흔적도 없었지."

자신이 험담을 늘어놓던 미숙의 딸을 보자 할아버지는 당황한 듯 더듬거리며 은혜에게 말했다. 동네 사람들과 함께 박 씨가 근방을 모두 뒤졌다면 적어도 다친 상태로 산 어딘가에 쓰러져 있는 것은 아닐 거라고 최 씨 할머니가 은혜에게 말해주었다. 그리고 안심하라는 듯 은혜의 손을 꼭 잡아주었다.

경찰이 철수하자 사람들은 모두 흩어지고 날은 조금씩 어둑어둑해져 갔다. 최 씨 할머니가 집으로 가 함께 저녁을 먹자고 했다. 뭔가 더 들을 게 있을 것 같다는 생각이 들어 은혜는 집으로 따라 들어갔다.

"뭐 특별할 건 없었는데 농사를 처음 시작한 셈이니 이것저것 준비하느라 바빴지. 네 엄마를 보면 그냥 안쓰럽고 딱했어."

할머니의 눈가에 눈물이 맺혀 있는 것이 보였다.

"늘 네 걱정뿐이었단다. 야속한 것. 한번씩 좀 오지 그랬어?"

엄마가 보고 싶지 않아 오지 않은 것은 아니었다. 그저 이곳에 오기가 싫었다. 그날 일을 생각하면 다시 온몸이 따끔거렸다.

"엄마가 할아버지 말대로 정자에 자주 올라갔어요? 별을 본다고?"

할아버지 말처럼 이해하기 어려웠다. 엄마 나이에는 전혀 어울리지 않는 일이다. 별을 보는 거 말고 다른 이유가 있을 것도 같았다. 회화나무 귀신에게 홀렸다던 할아버지 말이 생각났다. 머리가 혼란스러웠다.

"배낭을 메고 산에 오르는 걸 몇 번 보긴 했는데. 난 별로 대수롭지 않게 생각했어."

"엄마한테 혹 남자가 생긴 것 같지는 않던가요?"

남자와 밀월여행이라도 갔으면 하는 바람에서 뱉은 말이었다. 하지만 이런 촌구석에 엄마의 마음을 사로잡았을 남자가 있을 리 만무했다. 그렇다면 도대체 엄마는 어디로 사라진 걸까. 가슴이 먹먹했다. 발작이 도져 제정신이 아닌 상태에서 길을 잃고 쓰러진 거라면. 구석구석 뒤졌다고 해도 깊은 산을 모조리 수색하는 것은 힘든 일이다.

그런데 핸드폰은 왜 두고 간 걸까. 실수가 아니라면 연락하지 말라는 뜻이다. 아니면 연락이 되지 않는 곳에 간다는 뜻일 수도 있다.

"제가 좀 더 챙겼어야 했는데. 엄마가 만약 잘못된 거라면 어쩌죠?"

갑자기 울컥하며 눈물이 흘렀다.

"내 생각에는 어느 날 갑자기 돌아올 거 같아. 별일이야 있겠니. 기다려보는 수밖에."

할머니가 무표정한 얼굴로 은혜의 등을 토닥이며 말했다.

은혜는 할머니 집에서 나와 엄마 집으로 갔다. 엄마의 행적을 찾을 수 있는 단서 같은 것이 혹 있을지도 모른다는 생각이 들었다.

날이 완전히 저물자 캄캄한 집은 을씨년스러웠다. 마당 구석에 작은 백열등 같은 것이 보였다. 스위치를 켰다. 작은 마당이 금세 환해졌다. 마당은 흙이 고르게 다져져 있었고 쓰레기 하나 없이 깨끗했다.

오른편에는 새 것으로 보이는 장독대 세 개가 나란히 줄지어 있었고 왼편으로는 작은 화단에 이름 모를 꽃 몇 송이가 바람에 휘날리고 있었다. 신발을 벗고 마루에 올랐다. 왼편으로는 조그만 주방과 작은방이 있었고 오른편으로는 큰방과 화장실이 있었다. 작은방은 자신의 방이었고 큰방은 엄마의 방이었다. 혼자 자기 무섭다고 거의 매일 엄마와 함께 큰방에서 잤던 것이 생각났다.

오래 전 일이었지만 기억들이 하나둘씩 조각난 채로 떠올랐다. 큰방으로 들어갔다. 침대와 장롱, 화장대 하나 그리고 책상과 의자가 덩그렇게 놓여 있었다. 이사를 와서 산 것이라 물건들 대부분은 새 것이었지만 가구 배치는 예전과 똑같아 보였다.

책꽂이에는 별과 우주에 관한 책들로 가득했다. 어릴적 엄마가 저런 책들을 즐겨 보았던 것이 떠올랐다. 철부지 소녀 같은 엄마. 비아냥거리던 할아버지 말이 다시 떠올랐다.

바닥에 앉아서 가만히 방을 둘러보았다. 장롱을 보다가 불현듯 기억 하나가 떠올랐다. 노란 보자기였다. 엄마가 귀중하게 여기는 물건을 정성스럽게 보자기에 싸서 장롱 서랍에 넣어두곤 했던 것이 생각났다. 그러고 보니 청주에서는 엄마가 어디에 숨겨놓았는지 그 보자기를 한번도 본 적이 없었다.

맨 위부터 서랍을 열었다. 서랍마다 속옷과 티셔츠 같은 것들이 네모나게 접힌 채로 깔끔히 정리되어 있었다. 손을 넣어 서랍 깊숙이 뭔가 만져지는 것이 있는지 확인해보았다. 그러다가 맨 아래 서랍에서 특별한 촉감의 천이 느껴졌다. 조심스레 그 서랍의 옷들을 모두 꺼냈다. 그러자 서랍 깊숙한 곳에 노란 보자기가 있는 것이 보였다.

보자기를 꺼냈다. 컵 같은 것이 볼록하게 튀어나와 있었다. 단단하게 묶인 매듭을 힘주어 풀었다. 망원경이었다. 엄마와 함께 정자에 올라 별을 보던 하얀 망원경.

망원경을 들추자 손바닥만 한 크기의 다이어리가 한 권 보였다. 표지의 오른쪽 아래에 머리가 노란 어린 왕자가 초록색 망토를 입고 작은 별 위에 서 있었다. 제목 같은 건 쓰여 있지 않았다. 처음 본 것이었다. 엄마가 종이에 뭔가를 적는 건 본 적이 없었다.

종이는 낙엽처럼 군데군데 누렇게 색이 변해 있었다. 다이어리를 폈다. 검은색 볼펜으로 쓰여 있는 글씨는 분명 엄마의 필체였다. 무언가를 잠깐씩 메모해둔 것처럼 보였다. 침을 꿀꺽 삼켰다. 입안이 한여름 논바닥처럼 타들어갔다. 엄마의 비밀이 숨겨져 있을 것 같은 예감이 들었다.

몇 개의 단어들로 이루어진 짧은 문장들이 나열되어 있었다. 언제 쓴 것인지도 적혀 있지 않았다. 한 장에 한 개의 문장이 노트의 중앙에 커다란 글씨로 비스듬히 적혀 있었다.

— 털 없는 고양이. 왠지 오싹하다.

— 그를 만났다. 미국 군인이라고 했다. 율 브리너를 닮았다. 가슴이 떨렸다.

— 9, 19, 29.

— 여자는 없다고 했다. 믿어도 될까? 하지만 미국에서만 살 수 있다면.

— 그의 옆에 누웠다. 텐트 밖으로 보이는 Y자 모양의 나무.

그 옆에 있는 컨테이너 같은 회색 상자. 저 안에는 무엇이 들었을까?

물어도 대답을 안 해준다.

— 연락이 없다. 그가 보고 싶다.

— 큰일이다. 두 달째 생리가 없다. 겁이 난다.

엄마한테는 차마 말을 못하겠다.

— 그가 남긴 메모를 거기서 찾았다. '꼭 돌아올게.'

분명 그의 글씨다.

— 어젯밤 꿈에서 회색 상자를 타고 우주로 날아가는 상훈 씨를 보았다.

내 뱃속에 혹시 외계인이라도 들어 있는 게 아닐까? 무섭다.

그리고 수십 페이지는 비워둔 채 맨 마지막 페이지에는 다음과 같은 문장이 적혀 있었다.

— 그가 죽었다고 말한다. 아니 죽었다. 분명 그의 얼굴이 맞다.

그럴 리가 없다. 이제 나는 어떻게 해야 하나.

마지막 문장은 아빠가 죽은 사건을 얘기하는 것이 분명했다. 텐트에 누웠다는 걸 보면 분명 실내는 아니다. Y자 모양의 나무는 텐트 주변에 그렇게 생긴 나무를 말하는 것 같았다. 회화나무 어쩌고 하던 할아버지의 말이 다시 떠올랐다. 만약 엄마가 진짜 그곳으로 간 거라면 텐트도 그 근방에 있을지 모른다.

그런데 회색 상자는 무얼까. 엄마 생각처럼 우주선일까? 그럼 외계인의 피가 내 몸속에 흐르고 있다는 말인가? 생각에 날개가 달린 듯 말도 안 되는 상상이 꼬리에 꼬리를 물고 머릿속을 스쳐지나갔다. 은혜는 고개를 설레설레 저었다.

그리고 그 숫자들은 무얼 의미하는 걸까? 모든 것이 수수께끼투성이다. 은혜는 일단 그곳으로 가보아야겠다는 생각이 들었다.

다음날 아침 일찍 은혜는 산에 올랐다. 정자 맞은 편의 커다란 회화나무는 그대로였다. 그리고 나무 밑동을 감싸고 있는 새끼줄과 출입금지라고 쓰여 있는 푯말도 그대로 있었다.

회화나무 옆 무릎까지 자라난 잡초 뒤로 들어갈 만한 공간이 보였다. 가까이 가서 보니 분명 사람이 발로 밟고 지나간 흔적 같은 것이 보였다. 그 흔적을 따라 은혜는 조심스레 나무 뒤 공간으로 조금씩 들어갔다.

얼마 가지 않아 꽤 널찍한 공터 같은 곳에 다다랐다. 엄마의 집만 한 크기의 공터 주위를 높은 소나무들이 빽빽이 둘러싸고 있었고 위쪽으로 가느다란 오솔길 같은 것이 나 있는 것이 보였다.

사람이 지나간 흔적이 사라진 곳에 허리춤 정도 되는 위치에서 줄기가 잘려나간 채 생명을 겨우 부지하고 있는 낡은 고목이 있었다. 남겨진 팔뚝만 한 크기의 두 줄기로 인해 나무는 Y자 모양을 하고 있었다. 메모에 있던 그 나무인 것 같았다.

그것 이외에는 아무것도 없었다. 텐트도 회색 상자도. 은혜는 흔적을 찾아 시선을 아래로 향한 채 주변을 살폈다. Y자 고목에서 몇 발자국 떨어지지 않은 곳에 잡초 속으로 꼬챙이를 박은 듯한 구멍들이 몇 개 보였다. 텐트를 고정하는 지지대의 흔적인 것처럼 보였다.

은혜는 주변을 돌며 그 흔적들을 찾아 텐트 크기를 어림잡아 짐작했다. 오 미터 정도의 정사각형이었다. 텐트 형태를 머리에 그리고 나니 회색 상자 위치도 궁금해졌다.

바로 그 옆에 상자의 흔적도 있었다. 길게 직선으로 파인 홈이 제법 깊은 걸로 보아 상자의 무게가 짐작됐다. 이번에는 가로 3미터, 세로 2미터 정도의 직사각형이 머릿속에 그려졌다.

텐트에 누워 저 고목과 회색 상자를 지켜보던 엄마의 얼굴. 초현실주의 화가의 작품과 같은 광경이 떠오르자 은혜는 속이 메스꺼웠다. 그 옆에 누워 있을 벌거벗은 아빠. 그리고 그 이상을 상상하자 토할 것 같았다. 사람의 자식이 아닐지도 모른다고 했던 어릴 적 옆집 할아버지 얘기가 불현듯 떠올랐다. 숨이 턱하고 막혔다. 그리고 주저앉고 말았다.

Y자 줄기 사이로 회화나무 꼭대기가 구름과 닿아 있는 것이 보였다. 메모를 '거기서' 찾았다고 했다. '거기'가 저 나무를 뜻하는 것은 아닐까? 다이어리에 쓰여 있던 내용 중 지금 눈으로 확인된 건 저것밖에 없다. 어쩌면 둘만의 약속된 장소일지도 모른다는 생각

이 들었다.

은혜는 정신을 차리고 다시 고목 앞으로 다가갔다. 나무가 땅속으로 들어가는 곳에 잡초가 패인 자국이 보였다. 꼭 무엇을 묻은 것 같은 흔적이었다. 은혜는 그곳을 손으로 파보았다. 하얀 비닐이 묻혀 있었다. 흙이 잔뜩 묻은 비닐봉지를 꺼냈다. 그 안에 무언가 들어 있었다.

하얀 머리핀이었다. 하얀 비닐에 담겨 더욱 흰 빛으로 빛나는 머리핀은 분명 어릴적 그날 보았던 엄마의 머리핀이었다. 은혜는 비닐에서 머리핀을 꺼냈다. 앙증맞은 나비 모습은 여전했다. 생각해보니 엄마는 청주에서 한번도 머리핀을 머리에 꽂은 적이 없었다. 그런데 이것이 왜 이곳에 묻혀 있을까.

은혜는 머리핀을 가방에 넣었다. 부르르 떨던 머리핀의 진동이 다시 느껴지는 것 같았다.

괴산에 다녀온 뒤 며칠이 지나서였다. 아직 경찰서에서는 아무런 연락이 오지 않았다. 내일은 실종자를 찾는 전단을 직접 만들어야겠다고 은혜는 생각했다.

예고에도 없던 비가 세차게 내렸다. 버스 창문을 두드리는 빗줄기 소리가 요란했다. 학교 수업을 마치고 카페로 아르바이트하러 가는 중이었다. 먹구름이 은혜를 쫓아다니며 비를 뿌리는 듯 멀리 보이는 하늘은 검지 않았다. 검색해보아도 비가 온다는 소식은 분명 없었다.

다음 정거장에서 내려야 하는데 우산은 가지고 있지 않았다. 정거장 앞에 바로 편의점이 있다는 것이 생각났다. 그곳에는 만 원이 넘는 우산밖에 없었다. 시급보다 비쌌다. 그렇다고 정거장부터 걸어서 십 분이나 걸리는 카페까지 이 비를 맞으며 뛸 수는 없는 노릇이었다. 은혜는 버스에서 내리자마자 편의점에서 우산을 산 뒤 카페를 향해 천천히 걸었다.

비가 갑자기 오니 손님들이 나가지 않아서 그런지 할 일은 없었지만 다섯 개 테이블은 모두 사람들로 꽉 차 있었다. 빗소리가 머리 위에서 시끄럽게 들렸다. 임시 건물로 지어져 사용된 자재들이 엉망이라 비가 오면 이렇게 시끄럽다는 점장의 말이 생각났다. 하지만 오늘 따라 비가 카페 지붕을 때리는 소리가 더욱 요란했다. 사람들이 창밖을 바라보며 기상청 욕을 하는 소리가 은혜에게까지 들렸다.

원래 근무 시간은 밤 열 시까지였지만 오늘은 새로 얻은 편의점 아르바이트하러 가는 첫날이라 여덟 시에는 카페에서 나가야만 했다. 버스가 다니지 않는 곳이라 택시를 타야 첫 출근에 늦지 않을 것 같았다. 우산값에 택시비까지. 오늘은 완전히 공치는 날이다.

그때 현관문에 걸어놓은 종이 울렸다. 손님이 온 것이다. 핸드폰을 꺼내 시계를 보니 일곱 시 삼십 분을 막 지나고 있었다. 은혜는 여덟 시에 카페 앞으로 올 택시를 SNS로 예약했다. 서울 1누

7778 택시가 예약되었다는 알림이 왔다. 이 손님까지 처리하고 나가면 딱 맞을 시간이었다.

현관에 걸어놓은 종에 닿을 정도로 손님은 키가 컸다. 검은 양복에 검은 중절모를 쓴 사내였다. 비가 와서 그런지 그의 검은 양복이 더욱 짙어보였다. 저승사자 같은 그의 복장에 우선 눈길이 갔다. 몇몇 손님도 그를 힐끔힐끔 쳐다보았다. 그는 마치 카페에 처음 와본 듯 주위를 두리번거렸다. 잠시 멈추었던 그가 계산대 앞으로 다가왔다. 사내는 은혜를 물끄러미 쳐다보았다.

사내의 시선이 자신의 왼쪽 가슴으로 향하는 것이 느껴졌다. 기분이 언짢았다. 고개를 들어 그를 쳐다보았다. 이목구비가 반듯한 미남형 얼굴이었다. 귀 뒤쪽으로 하얀 두피가 카페 조명을 받아 번쩍였다. 눈과 입 주변으로 보이는 가는 주름으로 보아 오십은 되어 보였다. 그는 아무 말도 하지 않은 채 손가락으로 메뉴판에 있는 아메리카노 커피를 가리켰다.

커다란 키, 잘생긴 얼굴 그리고 달빛에 반사되어 빛나던 그 머리. 그리고 저 모자. 순간 누군가가 떠올랐다. 김석훈. 호수 깊숙이 가라앉았던 시체가 장맛비에 수면 위로 떠오르듯 이름 석 자가 은혜의 머리 위를 스치며 지나갔다. 한번 보았을 뿐인 아빠 얼굴. 아빠라는 사람의 사진은 한번도 본 적이 없었다. 아홉 살 때 아빠를 처음 보았을 때의 묘한 느낌. 이 남자는 그것을 가지고 있었다.

그는 물건을 주문한 뒤에 무엇을 해야 할지를 모르는 사람처럼 보였다. 지갑을 꺼내거나 카드를 꺼내려는 시늉도 없이 멍하니 서 있었다. 팔천 원이라고 얘기하고 그가 돈을 내기를 기다렸다. 그의 이마에서 식은땀이 흘러내리는 것이 보였다.

빨리 옷을 갈아입고 택시를 타야 하는데 이 손님 때문에 택시를 놓칠 것 같았다. 그러자 점장님이 다가와서 자신이 처리할 테니 들어가서 옷을 갈아입으라고 했다. 은혜는 옷을 갈아입기 위해 주방 뒤쪽에 있는 작은 방으로 들어갔다. 옷을 입으면서도 그 남자 얼굴이 자꾸 떠올랐다.

혼란스러웠다. 자기의 가슴을 쳐다본 것이 이름을 확인했던 것이 아닌가 하는 생각이 들었다. 하지만 아빠는 죽었다. 은혜는 이름 석 자에 쇠사슬을 매달아 다시 호수 밑으로 가라앉혔다.

그때 핸드폰에 택시가 도착했다는 메시지가 왔다. 은혜는 가방을 메고 부리나케 방에서 나와 카페 문을 향해 걸음을 재촉했다. 그런데 그때 갑자기 차가운 기운이 가슴 부근에서 느껴졌다. 커피를 든 손님과 부딪힌 것이다. 은혜는 균형을 잃고 뒤로 넘어졌다. 배낭을 메고 있던 덕분에 충격은 별로 없었지만, 꼼짝없이 커피 세례를 받고 말았다.

하얀 티셔츠 군데군데 진한 황갈색의 커피 자국이 흥건하게 배어 있었다. 택시 경적이 여러 번 들렸지만 이런 꼴을 하고 바로 일어나서 아무 일 없었다는 듯이 카페 문을 열고 나가 택시를 탈 수는 없었다. 점장님이 부축해서 가까스로 일어난 은혜의 눈에 이미 택시는 보이지 않았다. 은혜와 부딪힌 남자는 검은 양복을 입은 바로 그 남자였다.

그는 엉거주춤 선 채 하얀 손수건을 내밀었다. 손수건 귀퉁이에 달린 유리알이 핸드폰 줄처럼 대롱대롱 매달린 채 조명을 받아 반짝였다. 그는 아무런 말도 하지 않았다. 한국말을 못하든가 아니면 아예 말을 못하는 사람이 아닌가 하는 생각이 들었다. 그래서 은혜 역시 아무런 말도 하지 않았다.

은혜가 엉겁결에 손수건을 받자 사내는 뒤로 돌아 곧바로 카페를 빠져나갔다. 바닥은 쏟아진 커피로 인해 흥건하게 젖어 있었고 서 있는 은혜의 티셔츠에 배어 있던 커피가 한두 방울씩 바닥으로 떨어졌다. 점장님이 대걸레를 가져와 바닥을 닦으며 참 이상한 사람이라고 투덜댔다. 쳐다보던 손님들의 시선이 다시 제자리로 돌아가고 난 뒤 점장은 일단 옷부터 갈아입으라고 은혜를 방으로 보냈다.

다행히 캐비닛에 티셔츠가 하나 더 있었다. 그가 준 손수건을 바닥에 내려놓는 순간 무슨 소리가 들렸다. 손수건의 네 귀퉁이에 달린 구슬이 서로 부딪치며 나는 소리였다. 그런데 자세히 보니 구슬은 동그란 것이 아니라 다이아몬드처럼 각이 져 있었다. 이게 정말 다이아몬드라면 돈으로 얼마나 될까? 엉뚱한 상상을 하니 웃음이 새어나왔다.

아무튼 이상한 사람이다. 은혜는 내일 CCTV를 돌려 상황을 다시 한번 보아야겠다고 생각했다. 그리고 옷을 갈아입고 캐비닛 한쪽 구석에 손수건을 넣어둔 채 택시를 다시 불러 새로 구한 아르바이트 장소로 향했다.

물을 적신 스펀지를 쥐어짜듯 하늘에서 비가 내렸다. 비가 서울 전역에 뿌려진 건 아니었다. 비는 정확히 목표물이 위치한 곳을 중심으로 반경 오 킬로미터 구역에만 내렸다. 빗방울은 아스팔트 바닥에 떨어지며 서로 합쳐져 중력의 방향대로 위에서 아래로 흘러 도로 좌우에 있는 하수구로 향했다. 그런데 일부의 물이 중력을 거스르며 아래에서 위로 흘러갔다.

일부의 물이라 이름붙인 것들은 두 개의 수소와 한 개의 산소로 이루어진 진짜 물이 아니라 검은 입자였다. 그것들은 흘러내리는 물에 섞여 있으면서도 중력을 거슬러올라갈 만큼의 힘을 가지고 있었다. 그리고 무언가에 의해 지시를 받는 것처럼 그것들은 분명히 방향성을 가지고 움직이고 있었다.

250킬로미터 떨어진 대기 밖의 AK245 인공위성 컴퓨터가 그것들을 조종하고 있었다. 일부 지역에만 집중적으로 비를 내린 것도 비에 입자를 넣어 함께 뿌린 것도 AK245였다. AK245는 일부 지역에서 송수신되는 통신 데이터를 분석할 수도 있었다. 입자들은 쇠를 곱게 간 가루 정도 크기라 비가 내리는 어두운 밤에는 맨눈으로 자세히 보아도 알기 어려웠다. 그런데 이것들이 서로 뭉쳐지면 부

피가 커지면서 다양한 형태로 변형되어 명령을 수행할 수 있었다.

위성이 목표물의 데이터를 입수하기 시작한 것은 비를 뿌리고 난 지 한 시간 뒤인 19시 30분이었다. 목표물이 택시를 타게 될 시간과 택시의 정보가 수집되자 위성의 공격 프로그램이 작동하기 시작했다. 입자들이 서로 합체를 거듭하자 좁쌀 크기의 작은 구슬이 되었다. 구슬은 위성의 지시대로 택시를 향해 굴러가기 시작했다.

19시 55분 구슬은 목표물이 탈 것으로 예상되는 택시의 앞바퀴 두 곳에 달라붙는 데 성공했다. 그리고 정확히 20시 10분에 명령을 수행하도록 구슬 내부의 컴퓨터 프로그램이 다시 작동하기 시작했다.

7778 택시기사는 카페 안을 들여다보았다. 자신의 택시를 타려고 허둥지둥 나오는 한 젊은 여성이 보였다. 하지만 곧이어 그녀가 커피를 든 남자와 부딪혀 넘어지는 것을 보았다. 저런 상황이면 자신의 택시를 지금 타기는 어려울 것이라고 기사는 생각했다. 마침 또 다른 호출이 들어왔다. 십 분 정도만 가면 태울 수 있는 거리였다. 택시는 그렇게 약속된 여성을 태우지 않고 그대로 출발했다.

다음날 아침 인터넷 신문에 작은 기사가 하나 게재되었다. 강변북로를 달리던 한 택시가 앞 타이어가 파열되면서 강으로 추락해 택시기사가 사망했다는 기사였다. 사고는 오래된 타이어를 제때 교체하지 않은 택시기사의 과실로 마무리되었고 이 사건을 제대로 주목한 사람은 아무도 없었다.

7장
신이 내린 명령

매일 일찍 일어났다. 병원에 출근하기 위해 일어나던 시간보다 30분이나 일찍 일어나 간단히 아침을 먹었다. 갈고리처럼 목을 조이던 넥타이 대신 헐렁한 티셔츠를 입고 품이 넉넉한 바지에 하얀 운동화를 신고 집을 나섰다. 교회까지는 걸어서 오 분 거리였다. 살고 있던 아파트가 다행히 좋은 가격에 팔려 돈도 들어왔고 교회 앞에 작은 원룸도 쉽게 구할 수 있었다.

목사님과 신도들은 나의 믿음을 점차 신뢰하기 시작했다. 나의 믿음이 거짓이 아님을 알자 목사님과 장로들은 기부를 받아들이기로 했다. 내가 기부하는 이십억으로 새로운 교회를 짓고 내가 죽은 뒤에도 예배를 시작할 때마다 나의 깊은 신앙심과 헌신에 감사 기도를 올리기로 하였다.

아무도 없는 교회 문을 열고 들어가 빗자루로 바닥을 한번 쓸고 난 뒤 대걸레를 빨아 바닥을 닦았다. 처음 해보는 일이었다. 손으로 짜는 것보다 발로 꾹꾹 눌러가며 걸레를 빠는 것이 편하다는 사실을 일주일이 지나서야 알았다. 목사님은 극구 말렸지만, 꼭 하고 싶다고 해서 시작한 일이었다.

그래야만 할 것 같았다. 남은 시간이 별로 없었다. 유리병에 담긴 모래들이 점차 속력을 내며 밑으로 떨어지고 있다. 다른 교인들처럼 신앙생활을 해서는 그분 곁으로 가는 것이 불가능하다고 생각했다. 그래서 조금의 시간이라도 더 그분이 계신 곳에서 지내고 싶었다.

청소하는 일은 생각보다 힘들지 않았다. 그리고 바닥을 한번 닦을 때마다 죄가 한 줌씩 사라지는 것 같아 마음이 편했다. 작은 창문을 지나며 조각나버린 햇살이 교회 안을 비추기 시작하자 빛을 받은 십자가가 더욱 거룩하게 보였다. 짙은 고동색으로 된 십자가. 고동색 물체가 머리에 떠올랐다.

나를 포함한 열 명의 학생들 앞에 높인 침대에 사체 한 구가 흰 천에 덮여 비밀스럽게 자신의 정체를 감추고 있었다. 우리는 모두 침을 꼴깍 삼키며 그것이 어떤 모습일지 궁금했다. 포르말린의 독한 냄새만이 침대 주위를 맴돌았다.

실습 첫 시간, 학생들을 위해 기꺼이 자신의 몸을 기증한 분께 목사님이 감사기도를 올린 뒤에야 우리는 해부실습을 시작할 수 있었다. 우리는 고개를 숙여 함께 기도했다. 귀로는 목사님의 음성이 들렸지만, 머릿속에는 사체 모습이 그려졌다. 조교는 40대 남자이며 교통사고로 죽었는데 머리 한쪽이 없으니 너무 놀라지 말라고 했다.

맞은편에 서 있던 여학생 얼굴이 사체처럼 하얗게 색이 변해가는 것이 보였다. 천을 열자마자 쓰러질 준비를 미리 하는 것 같았다. 나도 덩달아 가슴이 뛰며 어지러웠다. 이윽고 조교가 천을 벗겨내자 사체의 정체가 드러났다.

하지만 우리들의 예상은 완전히 빗나갔다. 사체의 피부는 눈처럼 하얗지 않았다. 타지 않고 잘 익은 돼지껍데기의 짙은 고동색 피부. 메스로 쿡쿡 찔러보았다. 역시 비슷한 느낌이었다. 소주 한 잔을 털어넣고 젓가락으로 그것을 집어들 때 손가락 끝에서 느껴지던 푹신하면서도 딱딱한 물체의 촉감. 사체는 그런 껍데기로 덮여 있었다. 조교의 말대로 사체의 좌측 머리는 정수리 부분부터 반달 모양으로 잘려나가 있었다.

나는 사체를 보기 전부터 실신할 준비에 들어갔던 여학생을 쳐다보았다. 담담한 얼굴이었다. 다른 학생들의 얼굴도 쳐다보았다. 모두 비슷했다. 그들의 얼굴에는 정체모를 실망감이 묻어 있었다.

사체는 분명 사람이 아니었다. 인간의 육체와 똑같이 정교하게 만든 통나무 인형 같았다. 사람이라면 죽은 뒤 저런 모습을 하고 있을 수 없다. 조교는 포르말린과 함께 약품처리를 수 개월간 하면 피부 색이 저렇게 변한다고 했다. 하지만 그렇다고 해도 사체에는 인간의 흔적은 전혀 없어 보였다. 나는 기도를 하면서 곧 사라질 육체 따위는 생각하지 말자고 스스로 다짐했다.

헤타민의 용량이 조금씩 늘어났다. 10cc 주사기에 7cc를 재서 익숙한 솜씨로 천천히 주사하고 자리에 누웠다. 일 분 정도가 지나면 통증이 사라지면서 잠이 오곤 했다.

그런데 점차 용량을 올리면서 나는 이상한 사람들을 만나는 꿈을 자주 꾸었다. 돌아가신 친아버지가 꿈에 나타나 내 손을 잡아 주기도 했고 무당이 나타나 작두를 타기도 했다. 어떤 날은 신선이 나타나 나를 자기가 사는 집으로 데리고 가기도 했다. 꿈인 걸 알면서도 그 속에서 지내는 시간이 재미있었다. 그래서 깨어나지 않기를 바라기도 했다.

오늘은 무슨 꿈을 꿀까? 약효가 온몸에 퍼지면 몸이 푹 가라앉으며 영혼이 깊숙한 곳을 향해 끌려들어가는 것이 느껴진다.

칠흑 같은 어둠에 혼자 서 있다. 빛이라고는 하나 없는 캄캄한 어둠 속에서 희미하게 무언가 보였다. 내 의지와 관계없이 발걸음이 그곳으로 향했다. 자세히 보니 내가 일했던 병원이었다. 병원의 큰 현관문을 열고 들어가자 로비는 보이지 않고 전에 일했던 진료실이 바로 보였다. 진료실에 불이 켜져 있는 것을 확인하고 그곳으로 가서 문을 열었다.

환자용 침대와 의자와 책상 등 기억 속에 있는 진료실 모습 그대로였다. 책상 옆에는 커다란 전신 거울이 있었는데 그것은 퇴근 전 옷맵시를 확인하기 위해 내가 사놓았던 것이었다.

그곳에 섰다. 그러자 환자복을 입고 있는 내가 보였다. 까칠한 피부에 작아진 얼굴, 가늘어진 팔다리가 영락없는 거미의 모습이었다. 그물에 걸린 모기를 뜯어먹기 위해 수많은 다리를 휘저으며 어기적어기적 기어가는 거미. 차라리 카프카의 소설에 나오는 바퀴벌레 모습이 이보다는 나을 것이라는 생각이 들었다.

그런데 순간 거울 속에 비친 얼굴이 조금씩 달라졌다. 이목구비는 그대로인데 피부색이 점차 하얗게 변하면서 피부에 윤이 나기 시작했다. 그리고 정수리에서부터 머리카락이 사라지기 시작하여 얼마 지나지 않아 하얀 얼굴에 머리카락이 하나도 없고 팔다리가 긴 흡사 외계인 같은 모습으로 변해버렸다. 이곳이 꿈속이라는 걸 계속 알아차리려고 노력했다. 하지만 눈앞에서 펼쳐지는 괴이한 변화에 놀라지 않을 수 없었다.

잠시 후 거울 속에 있는 내가 뭐라고 말하는 것 같았다. 귀에서는 아무런 소리도 들리지 않았지만 무슨 말을 하는지 정확히 알 수 있었다.

'내일 저녁 아홉 시부터 비가 내릴 겁니다. 신림1동 375번지에 있는 〈블로썸〉이라는 카페에 가면 그곳에 김은혜라는 여자가 일하고 있을 겁니다. 저녁 열 시 전에 여자를 그곳에서 데리고 나와주세요. 부탁드립니다.'

김은혜? 처음 들어보는 이름이었다. 좀 더 자세히 물어보려 했지만, 입 밖으로 아무런 소리를 낼 수 없었다. 거울 속의 나는 그렇게 말을 해놓고 사라졌다. 그러자 나의 원래 모습이 다시 거울에 나타났다. 그리고 잠에서 깨어났다.

눈을 떴다. 어제와 달라진 건 아무것도 없었다. 청색 암막 커튼 사이를 비집고 들어온 빛이 천장에 매달린 형광등을 뿌옇게 비추고 있었다. 시계를 보니 벌써 아침 열 시다. 꿈에 머물렀던 시간은 그저 십여 분 남짓이었던 것 같은데 현실세계에서는 더 많은 시간이 흘러버린 모양이다. 그 시간 동안 뇌가 깨끗이 씻겨진 듯 머리가 맑았다. 그리고 겨울잠에서 깨어난 듯 온몸이 개운했다.

씻겨진 뇌의 주름에 거울 속의 내가 얘기했던 이름과 주소가 선명하게 각인되어 있었다. 그것은 너무나 생생하여 그동안 꾸었던 꿈과는 분명히 달랐다. 거울 속의 나는 분명 지시를 내리고 있었다. 마지막에 그가 얘기했던 '부탁드립니다'라는 표현은 형식적인 인사치레인 것처럼 느껴졌다.

내가 나에게 명령을 내린다? 꿈의 형태도 이상했지만, 내용은 더욱 이상했다. 알지도 못하는 곳에 가서 모르는 사람을 정해진 시간 안에 데리고 나오라는 것이다. 간첩이 받는 지령 같았다. 꿈속의 스파이라니. 그리고 비가 온다니. 오늘의 일기예보를 검색해보았다. 밤까지 비 소식은 없었다.

그러고 보니 오늘은 교회 신축공사를 시작하는 날이라 교회에는 나갈 수 없다. 벌써 한 달째 거의 매일 교회에 나가 기도했다.

설교를 듣다가 또는 기도하다가 순간 복받쳐오르는 희열감을 경험하는 순간 그분이 내 안에 계심을 느낀다고 주위 신도들이 말했다. 하지만 나는 아직 아무런 느낌도 경험하지 못했다. 설교를 들으면서 꾸벅꾸벅 조는 자신을 자책했던 것이 한두 번이 아니었다. 점차 맥이 빠졌다.

오후 내내 나는 이불속에서 굼뱅이처럼 기어다니며 시간을 보냈다. 내 방은 원룸치고는 큰 편이다. 현관문을 열고 들어서면 불투명 유리를 단 중문이 있었고 어른 키 정도 되는 큰 냉장고도 있었고 세탁기, 침대, 작은 책상 그리고 식기세척기까지 있었다. 3층이라 창문을 열면 제법 바람도 시원했다.

하지만 집안은 엉망이었다. 제대로 빨래가 되지 않은 옷들이 아무렇게나 옷장에 걸려 있어 옷장 문을 열면 시큼한 냄새가 방안에 진동했다. 싱크대 위 수납장에는 컵라면, 햇반, 김, 그리고 각종 간편식품들이 쓰레기더미처럼 쌓여 있었다.

아침마다 창문을 통해 들어온 햇살이 방안 곳곳을 비추면 바닥에 층을 이루고 있던 먼지들이 아지랑이처럼 피어올랐다. 그래도 살기 위해서는 먹어야 했다. 어둠이 찾아오자 허기가 밀려왔다. 수납장 문을 열었다. 어차피 냉장고엔 물과 김치밖에 없으니 이곳이라도 뒤져야 한 끼를 때울 듯싶었다.

컵라면 하나를 집어 식탁에 올려놓고 커피포트에 물을 부었다. 물이 떨어지는 소리가 요란하게 들렸다. 그런데 그것은 수도꼭지에서 나는 소리가 아니라 집 밖에서 들리는 소리였다.

비가 왔다. 창문을 닫은 상태였는데도 안에서 들릴 만큼 세찬 비가 왔다. 침대 옆 협탁에 놓여 있는 시계를 보았다.

아홉 시였다.

소름이 돋았다. 누군가 바늘로 내 머리를 찌르는 것처럼 머리카락이 곤두섰다. '아홉 시부터 비가 내릴 겁니다.' 꿈속의 내가 한 말이었다. 핸드폰을 켜서 날씨예보를 보았다. 맑음을 나타내는 이모티콘이 여전히 나를 향해 웃고 있었다. 한심해보였다.

창가로 가서 창문을 열었다. 그리고 하늘을 올려다보았다. 끝도 보이지 않는 깊은 어둠이 지옥처럼 보였다. 무저갱. 목사님이 얘기해주었던 지옥은 하늘에도 있었다.

날카로운 창이 떨어지듯 빗줄기는 굵었다. 빗줄기가 바닥을 때리는 소리가 마치 쇠구슬을 바닥에 힘껏 던질 때 나는 소리와 비슷하다는 생각이 들었다. 일기예보 컴퓨터도 모르는 다음날 비 예보를 시간까지 정확히 맞춘다는 것은 불가능한 일이다. 그것도 꿈속에서 내가 나타나 나에게 얘기해준다는 것은 도무지 말이 되지 않는다.

아침에 깨어났을 때만 해도 그것에 대해 잠시 생각하다가 하도 황당해서 그저 꿈이려니 하고 잊고 있었다. 하지만 꿈속에서 그가 불러준 주소와 시간 그리고 이름은 몇 시간이 지났는데도 분명히 생각난다.

열 시 전에 그녀를 그곳에서 데리고 나오라고 한 건 분명 열 시에 그곳에서 뭔가 안 좋은 일이 생긴다는 뜻일 것이다. 타임머신을 타고 시간여행을 하는 영화가 생각났다. 내일 일어날 일을 미리 알 방법은 그것밖에 없다.

그게 아니라면 누군가가 열 시에 무슨 일이 일어나도록 그곳에 미리 뭔가를 장치해두었고 꿈속의 그 사람이 계획을 알고 나에게 얘기를 한 것으로 볼 수도 있다. 하지만 어떤 경우에도 누군가 꿈에 나타나 정보를 전달한다는 것은 불가능한 일이다. 그리고 그 누군가는 나의 모습을 하고 있었다.

이건 사람이 할 수 있는 일이 아니다. 나는 핸드폰에서 '블로썸'이라는 카페를 검색해보았다. 아무것도 나오지 않았다. 그가 불러주었던 주소를 검색해보았다. 십 분이면 걸어서 갈 수 있을 정도로 가까운 곳이었다.

아홉 시 삼십 분을 지나고 있었다. 가서 확인해봐야겠다는 생각이 들었다. 그런데 만약 그곳에 그런 이름의 카페가 있고 김은혜라는 여자가 거기에 있다면.

온몸에 전율이 느껴졌다. 나는 꿈속에서 신을 만난 것이다. 아브라함이 하나님으로부터 명령을 받았던 것처럼 이것 역시 신이 나에게 내리는 일종의 명령이다. 마음이 숙연해졌다. 대충 입고 나가려다 옷장에 걸린 밤색 양복에 눈길이 갔다. 영화에서 본 사제들의 모습이 떠올랐다. 나는 비교적 덜 구겨진 흰 와이셔츠를 꺼내 입고 그 위에 양복을 걸쳤다. 그리고 구두를 신었다.

밖으로 나왔다. 비는 여전히 세차게 내리고 있었다. 저렇게 비가 오면 보통 바람도 함께 불게 마련인데 비는 곧바로 수직으로 내리고 있었다. 우산을 쓰면 비를 안 맞고 다녀올 수 있을 것 같았다. 천천히 걸었다. 잠깐 걸으니 버스가 다니는 4차선 도로가 나왔다. 정류소에 버스가 정차할 때마다 도로에 고였던 물이 인도로 넘쳐 흘렀다.

심판의 날 하늘에서 쏟아지는 불세례를 피하려고 하는 것처럼 우산을 미처 준비하지 못한 사람들이 비를 맞지 않기 위해 허둥대며 뛰어다녔다. 나는 아이처럼 구두로 빗물을 첨벙첨벙 튕겨가며 천천히 걸었다. 좁쌀 같은 작은 알갱이가 밟히는 느낌이 들었지만, 신경쓰일 정도는 아니었다. 거리는 한산했고 지나가는 차가 많지 않아 반대편 도로에 있는 상점들이 잘 보였다.

주소상 위치는 오십 미터쯤 앞에 보이는 건널목 맞은편이다. 진짜 있을까? 두근거렸다. 카페는 있을 수도 있다. 거리를 지나면서 무의식적으로 머릿속에 카페 이름이 새겨졌을는지도 모른다. 하지만 김은혜라는 이름의 여자가 그곳에 있다면.

건널목에 서서 신호를 기다렸다. 붉은 신호등 뒤로 수십 층 정도 되는 건물들이 나란히 서 있었다. 그리고 그 사이로 작은 건물이 하나 보였다. 판자촌에 우뚝 솟아 있는 교회처럼 어울리지 않는 단층 건물이었다. 〈블로썸〉이라는 카페 간판이 내리는 비 사이로 푸른 빛을 내며 깜박이고 있었다. 파란 색으로 신호가 바뀌자 마음이 급해졌다. 뛰다시피 건널목을 건너 카페 앞에 이르렀다.

핸드폰을 꺼내 시간을 확인했다. 아홉 시 오십 분이었다. 안이 환하게 들여다보이는 카페에 손님은 없었다. 왼편으로 보이는 계산대에 종업원인 듯 보이는 한 젊은 여성이 우두커니 서서 비 오는 창밖을 바라보고 있었다. 무언가 생각에 잠긴 듯 보였다. 저 여자가 과연 김은혜일까? 쿵쾅거리는 가슴을 애써 진정시키며 카페로 들어섰다.

빈 테이블이 대여섯 개 정도 덩그러니 놓여 있는 작은 카페였다. 고개를 돌려 여자를 쳐다보았다. 제법 큰 키에 이십대 중반 정도로 보이는 아가씨였다. 나는 성큼성큼 그녀에게로 다가갔다. 몇 발자국 되지 않는 거리가 너무나 멀게 느껴졌다.

"이제 곧 영업이 끝나 주문받지 못합니다. 죄송합니다."

그녀의 얼굴을 힐끔 쳐다본 뒤 가슴을 보았다. 혹 이름표가 붙어 있지 않을까해서였다. 이름은 없었다.

"아가씨, 혹시 이름이 어떻게 되나요?"

"아저씨, 영업이 끝났다니까요. 남의 이름은 왜 물어보시는 거죠?"

예쁜 입에서 앙칼진 목소리가 튀어나왔다.

"혹시 이름이 김은혜인가요?"

다시 가슴이 뛰었다. 기대와 두려움이 섞여 있었다. 그녀의 표정을 보는 것이 무서웠다. 그녀의 검은 눈동자가 커지면서 흔들렸다. 그녀도 나를 보고 놀라는 눈치였다. 김은혜가 맞다. 귀에서 하나님의 음성과 함께 나팔 소리가 들리는 것 같았다. 오 주여. 제게 이런 영광된 계시를 주시다니. 그 은혜에 감사드릴 따름입니다. 기도가 저절로 입에서 튀어나왔다.

"제 이름은 어떻게 아셨지요?"

커져버린 그녀의 눈동자가 플라스틱 인형처럼 빛이 났다.

"그런데 전에 이 카페에 오신 적 있죠? 저랑 부딪히면서 커피를 쏟았었잖아요. 그러고는 말도 없이 사라져버리고."

그녀가 이해할 수 없는 말을 했다. 커피를 쏟았다니. 누구와 착각하는 것일까. 그녀의 뒤에 걸려 있는 동그란 벽시계가 열 시 오 분 전을 가리키고 있었다. 시간이 없다. 이 여자가 김은혜라는 사실은 열 시에 무언가 안 좋은 일이 생긴다는 뜻이다. 나는 당장 주님의 명령에 따라야 한다.

"아가씨, 나는 이곳에 처음 왔어요. 무슨 말을 하는지 잘 모르겠네요."

한번 길게 심호흡하고 다시 말을 이었다.

"아가씨가 이해하기 어렵겠지만 나는 열 시 전에 아가씨를 이곳에서 데리고 나가야 해요. 저를 이상한 사람이라고 생각해도 좋아요. 그런데 일단 지금 이곳에서 나가야 해요. 시간이 별로 없어요."

"예? 무슨 말씀을 하시는 건지 모르겠네요. 제가 왜 이곳에서 지금 나가야 하지요?"

그녀가 믿지 못하는 건 당연했다. 하지만 억지로라도 이 아가씨를 데리고 밖으로 나가야 한다.

그때 우지끈하는 소리가 천장에서 들렸다. 빗소리에 묻혀 정확하지는 않았지만 무언가 갈라지는 소리인 것 같았다. 혹 열 시에 일어날 일과 관계된 소리일까? 이 건물이 무너지기라도 한단 말인가.

나는 계산대 안으로 들어가 꼼짝도 하지 않고 있는 그녀의 손목을 낚아챘다. 말을 듣지 않으니 강제로라도 끌고 나가는 수밖에 없었다. 여자는 나가지 않으려고 저항하다가 무슨 생각이 들었는지 체념한 듯 나에게 몸을 맡겼다. 그녀도 분명 그 소리를 들었을 것이라는 생각이 들었다.

또다시 우지끈하는 소리가 들렸다. 나는 그녀를 카페에서 데리고 나왔다. 아직도 비는 세차게 내리고 있었다. 나는 그녀의 손목을 꽉 붙잡고 무작정 뛰었다. 날아오는 포탄을 피하기라도 하듯 최대한 건물에서 떨어지기 위해 우산도 쓰지 않고 뛰었다. 하늘에서 내리는 비와 바닥에서 튀어오르는 물방울로 인해 물에 빠진 것처럼 온몸이 젖었다. 억지로 끌려오던 그녀가 내 속도를 이기지 못하고 넘어졌다.

그때 미리 맞추어놓은 핸드폰 알람이 울렸다. 열 시였다. 그리고 그와 동시에 '빽' 하는 소리가 들렸다. 소리가 너무 커서 주위에 걸어가던 몇몇 사람들도 그곳을 쳐다보았다. 소리가 난 곳은 카페 건물이었다. 건물의 오른쪽 지붕이 기우뚱하면서 주저앉기 시작하더니 왼쪽 지붕마저 기울기 시작했다. 거칠게 내리는 비에도 하얀 먼지가 연기처럼 피어올랐다.

그러더니 '쿵' 하는 소리를 내며 건물 지붕이 한꺼번에 무너져내렸다. 성냥개비로 쌓아올린 탑이 작은 바람에 허물어지듯 건물은 순식간에 무너져 그 형태가 없어져버렸다. 시멘트 가루가 날려 이 광경을 지켜보던 사람들이 모두 고개를 돌렸다. 하지만 가루는 비에 쓸려 주위로 멀리 퍼져나가지는 않았다.

건물로부터 제법 떨어진 곳에서 우리는 주저앉은 채 이 끔찍한 순간을 지켜보았다. 조금만 늦었으면 이 아가씨는 저 건물더미에 파묻혀 있었을 것이다.

그녀는 아무런 말도 하지 못한 채 고개만 숙이고 있었다. 너무 놀랐는지 울지도 않았다. 나는 그녀의 어깨를 도닥여주었다. 그리고 나는 말할 수 없는 희열감에 가슴이 벅차올랐다.

'하나님 아버지, 저는 너무 놀라 입을 다물 수가 없습니다. 어제 저의 꿈에 나타나셔서 이 여인을 구하라고 명하신 분이 정말 당신이란 말인가요? 제가 이런 선한 일을 행하여서 그동안 지은 죄를 사하게 해주시려고 하는 것이 당신의 뜻인가요? 하나님 아버지, 헤아릴 수 없는 아버지의 은혜에 정말 감사드립니다. 아멘.'

눈을 감고 조용히 기도를 드렸다. 조금 정신이 들었는지 아가씨가 고개를 들어 나를 쳐다보며 말했다.

"제 목숨을 구해주셨네요. 어떻게 감사의 말씀을 드려야 할지 모르겠습니다."

머리카락을 타고 내리는 빗물이 뺨으로 흘러내리며 입가를 적시고 있었다. 그 입에서 떨리는 그녀의 목소리가 바람이 빠져가는 풍선처럼 가늘게 새어나왔다. 그녀는 눈물을 흘렸다. 하나님의 구원을 받은 여인의 성스러운 눈물. 십자가에서 끌어내려진 예수님의 육신을 부여안고 우는 마리아의 눈물이 떠올랐다.

"주님의 명령대로 행했을 뿐입니다. 감사 인사를 드리려거든 하나님께 기도드리세요."

나는 그녀의 두 손을 꼭 움켜쥐고 조용히 말했다. 그녀는 내가 무슨 말을 하는지 이해를 못하겠다는 표정으로 나를 쳐다보았다. 모르는 것이 당연하다. 그런데 왜 하나님은 나를 통해 이 여인을 구하라고 명하셨을까? 의문이 들었다. 과연 이 여인은 하나님께 어떤 존재일까?

무너져버린 건물 앞으로 소방차와 경찰차 몇 대가 몰려왔다. 비가 온 탓인지 화재 등의 2차 피해는 발생하지 않았고 단층 건물만 무너진 것으로 사고는 마무리되었다. 경찰은 사고 당시 안에 사람이 없었다는 것을 확인하고 상황을 듣기 위해 그녀를 찾았다. 나는 경찰이 오는 것을 보고 조용히 자리를 떴다. 그녀에게는 경찰이 물으면 아는 아저씨가 찾아와서 우연히 밖으로 나온 참에 사고가 났다고 얘기하라고 일러두었다.

자신이 그녀를 사고 전에 일부러 데리고 나왔다고 얘기하면 혹시 사건과 관련이 있다고 의심받을 수도 있다는 생각이 들었기 때문이다. 그녀는 건물주와 함께 경찰서로 향했고 나는 벅찬 가슴을 애써 진정시키며 집으로 돌아왔다.

다음날 나는 교회로 가서 꿈을 꾸었던 내용부터 어제 겪었던 사고까지 목사님께 자세히 얘기했다. 얘기를 다 들은 목사님이 갑자기 덥석 내 두 손을 잡고 말했다.

"참으로 복된 일을 하셨습니다. 이제야 성령이 임하셨습니다. 축하드립니다. 성도님."

"그런데 꿈을 통해 하나님을 영접했다는 사실이 좀 마음에 걸립니다. 어찌보면 미신 아닌가요? 꿈을 통해 하나님의 말씀을 듣는 경우가 있었습니까?"

"야곱은 벧엘에서 꿈을 통해 하나님의 계시를 받았고 요셉 역시 하나님께서 주신 꿈을 통해 자신의 장래를 보았고 애굽의 장래를 예언하였습니다. 하나님은 언제 어디서든 어떤 형태로든 모습을 보이십니다."

"그럼 왜 저의 모습으로 나타나셨을까요?"

"하나님은 항상 우리 안에 함께 계시기 때문입니다. 하나님은 모세에게 당신은 'I am'이라고 답하셨습니다. 그러니 자신의 모습으로 나타나 말씀하시는 것도 이상한 일은 아니지요. 오늘 예배에서 신도들에게 이 얘기를 해주시면 어떻겠습니까?"

나는 그날 저녁 예배에서 간증했다. 설교의 제목은 '내 안의 하나님'이었다. 누가 찍었는지 내가 그녀를 데리고 나온 직후 건물이 무너지는 장면이 벌써 인터넷에서 떠돌고 있었다.

일어났던 일을 얘기하던 중 그 영상을 미리 본 신도가 갑자기 일어서서 '할렐루야'를 외치며 통곡하기 시작했다. 많은 신도가 덩달아 눈물을 흘리며 일어섰다. 나도 그들과 함께 눈물을 흘리며 할렐루야를 외쳤다. 예배는 하나님의 은총으로 넘쳐흘렀다. 목사님이 예배가 끝난 뒤 나를 불러 얘기했다.

"신도님이 구해주신 그 여자분을 교회로 한번 모시고 올 수 있겠습니까? 하나님의 구하심을 받은 고귀한 분이 아니십니까? 훗날 예수님이 다시 세상에 오실 때 옆에서 받들 막달라 마리아가 되실 수도 있는 분입니다. 그런 분을 우리 교회에서 모실 수 있다면 그보다 더 큰 영광이 어디 있겠습니까?"

한 목사의 눈이 번득였다.

"그럴 수도 있겠군요. 저도 그게 궁금했습니다. 왜 하나님이 저를 통하여 그녀를 구하려고 하셨는지. 제가 교회로 데리고 오도록 하겠습니다."

그녀에게 전화를 걸었다. 목소리는 여전히 기운이 없었지만 조금 진정이 된 것 같았다. 안 그래도 전화를 기다리고 있었다고 그녀가 말했다. 사건은 규정을 어긴 자재들을 사용한 탓에 지붕에서 샌 비로 인해 썩은 나무들이 지탱하지 못하면서 생긴 인재로 밝혀졌고 건물주는 구속되었다고 했다.

만나서 얘기하자고 했다. 그리고 나한테 꼭 물어보고 확인해야 할 것이 있다고 했다. 그녀가 나를 처음 보았을 때 카페에 온 적이 있느냐고 물었던 것이 생각났다. 그것을 확인하고자 함일까. 나도 나의 임무를 수행하기 위해서는 그녀와 만나야 했다. 우리는 그녀가 일했던 카페와는 조금 떨어진 곳으로 약속 장소를 정했다. 그녀가 그 근처로는 가고 싶지 않다고 말했다.

집에서 나왔다. 걸어서 이십 분 정도의 거리에 약속장소가 있었다. 가을로 접어든 하늘은 맑고 깨끗했다. 가로수들은 벌써 옷을 갈아입을 채비를 하려는 지 제각각 다른 색으로 조금씩 변해가고 있었다. 박하사탕같이 시원하고 상큼한 바람이 불어왔다. 크게 숨을 들이마셨다. 정체를 알 수 없는 기분 좋은 향기가 공중에 떠도는 듯 가슴에서 달콤한 향기가 느껴지는 것 같았다.

온 세상이 그분의 숨결로 가득 차 있다. 나는 그분의 여인을 만나러 가는 중이다. 아기 예수의 탄생을 축하하기 위한 동방박사의 발걸음도 이러했을까. 발이 새털처럼 가벼웠다.

나는 약속 시간보다 이십 분이나 일찍 카페에 도착했다. 아이스 아메리카노 한 잔을 시켜 달콤한 시럽을 잔뜩 뿌리고 밖이 잘 보이는 곳에 앉았다. 대로변이면서 대학교를 끼고 있어 카페 밖은 사람들로 북적거렸다. 젊은 남녀들이 뭐가 그리 신이 났는지 시시덕대며 걷고 있었다.

저들은 하나님이 곧 세상에 임하실 것에 대해서 생각해본 적이 있을까? 그들이 한심스러워 보였다. 아니 한편으로는 가엽기까지 했다. 내가 저들을 모두 구원해주어야 한다는 생각이 들었다. 그때 그녀가 앞에 나타났다. 핏기 없는 수척한 얼굴을 하고 있었다.

"정말 감사드려요. 그날은 정신이 없어서 제대로 인사를 못 드렸어요."

그녀와 마주 앉았다. 그리고 그녀의 얼굴을 가만히 쳐다보았다. 갸름한 얼굴에 복스러운 코를 가진 미인형 얼굴이었다. 똑똑해보였다. 의과대학 시절 같은 과의 여학생들을 떠올렸다. 분명 그녀들과 닮은 구석을 가지고 있었다. 이 여자라면 충분히 주님을 곁에서 모실 수 있는 자격을 갖추었다는 생각이 들었다.

"혹시 종교가 있어요?"

느닷없는 종교타령에 그녀가 당황해하는 것 같았다. 그래도 나는 먼저 확인해두고 싶었다. 만약 불교신자이거나 가톨릭신자라면 교회로 데리고 가는 것이 쉽지 않을 것이라는 생각이 먼저 들었다.

"예? 종교는 없어요. 그런데 그건 왜?"

다행이었다.

"그런데요,"

그녀가 잠깐 머뭇거렸다. 분명 나에게 뭔가 물어보고 싶은 것이 있는 표정이었다.

"혹 쌍둥이 형제가 있으세요?"

뜬금없었다. 쌍둥이 형제라니. 어머니가 나 하나 낳는데도 몇 년이 걸렸다고 했다. 그녀가 그렇게 묻는다는 건 나와 똑같이 생긴 사람을 보았다는 뜻이다. 닮은 사람이겠지.

그런데 그녀가 분명히 나와 똑같은 사람이 카페에 왔었다고 하면서 CCTV 영상을 나에게 들이밀었다. 그녀는 얼마 전 자신이 일하던 카페에서 한 남자와 부딪혔고 아무 말도 없이 손수건 한 장만을 남기고 간 그가 하도 이상해서 영상을 복사해두었다고 하며 그것을 나에게 보여주었다.

그녀가 나를 닮은 사람을 보았다고 한 시간은 내가 헤타민 주사를 맞고 자고 있던 시간이었다. 내가 몽유병에라도 걸려 정신을 잃은 채 카페를 방문했다는 것인가.

그녀가 내민 영상을 유심히 보았다. 카페에서 들어오던 모습. 일단 키는 나와 비슷했다. 하얀 피부 그건 나와 같지 않았다. 그리고 어색하게 눌러쓴 모자 밑으로 보인 머리카락이 없는 두피. 그것도 나와 달랐다. 하지만 정면으로 찍힌 영상의 얼굴은 나와 똑같았다.

나는 순간 가슴이 철렁 내려앉았다. 입이 마르며 혀가 바짝 타서 사막처럼 갈라지는 것 같았다. 그는 꿈에서 본 그분의 모습이었다. 하루에도 몇 번씩 떠올렸던 그 모습. 나와 똑같이 생겼지만 내가 아닌, 나의 모습을 한 하나님. 바로 그분이었다. 나는 마음속으로 십자가를 그렸다. 내 꿈에서만 나타나신 것이 아니라 그녀를 만나기 위해 우리가 사는 세상에도 모습을 드러낸 것이다.

나는 그녀의 얼굴을 다시 쳐다보았다. 이 여인은 과연 하나님의 나라에서 얼마나 고귀한 일을 하기 위해 태어난 사람이기에 그토록 큰 영광을 선사하시는 걸까. 하지만 그녀에게 당장 뭐라고 설명할 수가 없었다. 천천히 그녀를 그분께 인도하는 것이 내가 이 땅에 태어난 이유라는 생각이 들었다.

"쌍둥이 형제는 없어요. 비슷하게 생긴 사람이겠죠."

그녀는 머뭇거리며 다음에 할 말을 바로 이어가지 못했다. 이미 형체가 없어진 얼음이 담겨 있던 커피를 빨대로 한 모금 마시고는 한숨을 내쉬었다.

"카페에서 보았던 남자가 사실은 제 아빠가 아닐까 하고 생각했어요. 그 남자를 보았을 때 아빠에 대한 기억이 떠올랐거든요. 아니 사실 그 정도가 아니라 아빠를 보았을 때의 느낌과 똑같았어요. 전 아빠 얼굴을 한번밖에 보지 못했어요. 그것도 아홉 살 때인가 그럴 거예요. 그래서 전 아빠 얼굴을 몰라요. 웃기죠? 아니 좀 불쌍하죠? 맞아요, 불쌍한 거."

그녀가 고개를 숙이며 어색한 웃음을 지어보였다.

"그런데 아저씨가 아빠일지도 모르는 그 남자의 얼굴과 똑같이 생긴 거예요. 전 아저씨가 며칠 전 카페에 왔을 때 너무 놀랐어요.

아빠가 나를 다시 찾으러온 줄 알고. 게다가 내 이름까지 알고 있고. 그랬는데 갑자기 그 일이 생긴 거예요. 도무지 뭐가 뭔지 모르겠어요. ”

그녀가 울먹였다. 그녀가 이해할 수 없는 건 당연하다. 그분은 나로 위장한 신이다. 만약 그것이 아니라면 지금 상황은 도저히 설명되지 않는다. 나는 내가 과학자로서 손바닥 뒤집듯 이렇게 쉽게 신의 존재를 믿게 되었다는 사실이 곤혹스럽다.

그것이 사이비종교의 광기에 빠져 전 재산을 탕진하고만 어느 사업가의 맹목적인 신뢰보다 더하다는 사실 역시 당혹스럽다. 나의 믿음을 과학적으로 검증하는 것은 불가능하지만, 논리적으로 설명하는 것은 가능하리라고 나는 생각한다. 논리가 과학에 앞서는 경우를 나는 많이 알고 있다.

그녀가 울음을 멈추고 아빠와 엄마에 관해 얘기하기 시작했다. 얘기는 길었다. 나는 그녀의 이야기를 들으면서 그녀가 혹시 얘기를 지어내고 있는 것이 아닌가 하고 그녀의 눈을 몇 번 쳐다보았다.

미국 남자와의 결혼을 꿈꾸던 엄마가 모든 것이 거짓인 아빠와 만났고 그 아빠가 몇 년 만에 다시 나타나 다음날 죽은 채로 발견되었다는 얘기. 그리고 죽었다고 믿고 있던 아빠가 나와 똑같이 생긴 사람이며 엄마는 사라졌다는 얘기까지. 온통 이해할 수 없는 일들뿐이었다.

“염치없지만 제가 부탁드릴 게 하나 있어요. 며칠 생각을 좀 해봤는데요. 아빠의 흔적을 찾고 싶어요. 그래야 엄마도 찾을 수 있을 거 같고. 우선 아빠가 아저씨와 정말 똑같이 생긴 사람인지를 확인해야 할 거 같아요. 아빠 사진도 없고 아빠를 아는 엄마는 실종 상태이고. 그런데 아빠 사진이 한 장 있을 수도 있다는 생각이 들었어요. 제 남자 친구가 이번에 경찰이 됐거든요. 그래서 물어봤더니 오래된 사건이라도 사진이 남아 있을 수도 있다고 하네요. 그래서 괜찮으시면 저랑 그 경찰서에 같이 가주시면 안 될까 해서요. 혼자 가는 게 좀 무섭기도 하고."

"만약에 내가 죽은 아빠와 정말 똑같이 생긴 사람이라면 어떻게 되는 거지?"

"그럼 아빠는 엄마 생각대로 죽지 않고 살아 있다는 얘기가 되죠. 무슨 사정으로 정체를 밝히지 않는지는 모르겠지만요. 그럼 엄마도 찾을 수 있을 것 같아요. 그래서 제가 쌍둥이가 없냐고 물어본 거예요."

나는 절대로 쌍둥이가 아니라고 다시 말해주려다 참았다. 그 생각은 틀렸다고 단호하게 말해주고 싶었다. 하지만 나는 그녀가 하자는 대로 하기로 했다. 그녀와 얘기를 나눌 시간이 필요했다. 그녀가 눈을 뜨게 만들어야 한다.

"괴산이라고 했던가? 엄마의 고향이? 같이 가요. 그럼."

그녀가 환하게 웃었다. 가지런한 이가 코끼리 상아처럼 번쩍였다. 우리는 다음날 만나서 괴산으로 가기로 하고 카페를 나왔다.

8장
풀리지 않는 실타래

다음날 아침 나는 검은 그랜저를 몰고 그녀의 집 앞으로 갔다. 가지고 있던 차는 모두 처분한 후라 렌터카를 빌릴 수밖에 없었다. 버스를 탈까 했지만 그러면 둘이 얘기하기가 쉽지 않을 것 같아 차를 빌리기로 했다. 운전 중 통증이 심하게 찾아오지 않기를 바랄 뿐이었다.

며칠이 걸릴 수도 있다는 그녀의 문자를 받고 헤타민 여러 병과 먹는 진통제를 충분히 챙겼다. 그리고 아침에는 평소에 먹던 양보다 두 배나 많은 진통제를 복용했다. 이 정도면 두 시간 정도 운전은 충분히 가능할 것 같았다.

그녀의 모습이 보였다. 청바지에 흰 티셔츠 그리고 그 위에 분홍 점퍼를 입은 모습이 발랄해보였다.

"빌린 차량인가봐요?"

당연히 차를 가지고 있으리라 생각했는데 '허'로 시작되는 번호판을 보고 그녀가 놀라는 눈치였다. 의사라고 소개했으니 자기 소유의 차가 없다는 게 좀 이상하게 보인 모양이다.

"가지고 있던 차를 처분하는 바람에 빌렸어요."

출발 전부터 이런저런 내 사정을 얘기하는 건 모양새가 좋지 않을 것 같아 나는 일부러 내 병에 관해 자세한 얘기는 하지 않았다. 시내에서도 막히지 않아 얼마 안 가서 차는 고속도로로 진입했다. 평일이라 그런지 고속도로 역시 한가했다. 나는 2차선으로 규정 속도를 지키며 천천히 달렸다.

최근 들어 젊은 여자와 단둘이 차를 타본 적은 없었다. 어쨌거나 여행은 여행이었다. 오늘 돌아오지 못할 수도 있다는 그녀의 메시지를 받고 짐을 챙기면서 가볍게 흥분했다. 나는 내가 혹시 미쳐가고 있는 게 아닌가 하고 혼자 웃었다.

오래간만에 고속도로를 달려서 그런지 기분은 좋았다. 그녀는 무슨 생각에 깊이 잠겨 있는지 아무 말도 하지 않고 창밖만 바라보고 있었다. 나는 자동차 스피커에 핸드폰을 연결하여 음악을 틀었다. 요즘 늘 듣고 있는 찬송가였다. 자연스럽게 하나님 얘기를 꺼내기에는 음악을 이용하는 게 제일 쉬울 듯했다. 힐끔 그녀의 표정을 살펴보았다. 아무런 반응이 없었다.

"독실한 신자이신가봐요."

차에 탄 후 아무 말이 없던 그녀가 처음으로 입을 열었다.

"전에는 저도 신자가 아니었어요. 그런데 지금은 늘 하나님을 마음에 품고 살아요. 하루하루가 얼마나 복된 시간인지 모르겠어요."

"그렇군요. 그런데 제 얘기만 하느라 정작 중요한 걸 어제 여쭤

보지 못했네요. 카페가 그 시간에 무너질 거라는 걸 어떻게 알았어요?"

어제 그 문제에 관해 얘기했어야 했다. 갑자기 그녀가 물으니 뭐라고 얘기해야 할지 난감했다. 하나님이 꿈속에서 나타나 그녀를 구하라고 명령을 내렸다고 말하면 내 말을 믿을까? 하지만 둘러댄다고 해서 믿을 만한 이야기는 아니었다.

"사실 전날 밤 저와 똑같이 생긴 사람이 나타나서 알려줬어요. 사고가 날 장소와 아가씨 이름 그리고 사고가 날 시간까지."

"예?"

그녀가 나를 위아래로 훑어보는 시선이 느껴졌다. 의사라는 직업은 껍데기일 뿐이고 속은 엉터리 예언 따위를 믿는 사이비종교인이라고 그녀는 생각할 것이다.

"전 당신이 신의 선택을 받은 사람이라고 생각해요. 그래서 하나님이 꿈에 내 모습을 하고 나타나서 알려주신 거고요. 사실 은혜 씨가 보여준 CCTV의 그 사람은 제가 꿈에서 본 모습과 똑같았어요. 믿을 수는 없지만 그렇다고 믿지 않을 수도 없네요. 그러니 그 남자가 아빠일 리는 없어요."

그녀는 앞서 달리는 차량만 응시할 뿐 아무런 말도 하지 않았다. 이번에는 내가 귀신이나 헛것을 보는 미친 사람으로 생각할 것이다. 고속도로 휴게소에 들러 화장실을 간다고 하고 다시는 내 차에 타지 않을지도 모른다.

"찬송가 좀 꺼주시면 안 될까요?"

앙칼진 목소리가 신경질을 내는 것처럼 들렸다. 낭패다. 느닷없이 초인종을 눌러 교회에 다니라고 떠들어대는 아줌마나 '불신 지옥, 예수 천국'이라고 쓴 푯말을 목에 걸고 지하철을 오고가는 노인네쯤으로 나를 생각하는 것 같다. 좀 더 신중하게 생각해서 말해야 했는데. 후회스러웠다.

힐끔 그녀를 쳐다보았다. 무표정한 얼굴로 입술을 힘주어 굳게 다문 채 초점 없이 앞만 바라보고 있었다.

"아, 머리가 너무 복잡해요. 뭐가 뭔지 모르겠어요."

그녀의 입에서 깊은 탄성이 흘러나왔다.

"괴산경찰서로 가면 되나?"

괴산나들목이 십 킬로미터밖에 남지 않았다는 고속도로 표지판이 보이자 나는 기회를 만난 듯 화제를 돌렸다. 그리고 가볍게 말을 낮췄다. 그것이 그녀와 조금 더 친해지는 방법인 것 같았다. 그녀가 말없이 고개만 끄덕였다. 내비게이션에 목적지를 입력했다.

괴산. 처음 가보는 곳이다. 입으로 중얼거려 보았다. 괴상한 산? '괴'를 길게 발음해보니 말할 때마다 서늘한 기운이 느껴졌다. 지명처럼 괴상한 일을 겪을 것 같은 불길한 예감이 들었다.

"아저씨, 혹시 도플갱어라고 들어본 적 있으세요?"

그녀가 내 눈을 빤히 쳐다보며 물었다.

"글쎄, 예전에 그런 제목의 영화를 본 적이 있는 거 같아. 이 세상 어딘가에 자기와 똑같이 생긴 사람이 있다는 거 맞지?"

"아저씨는 그 시간에 분명 자고 있었고 제가 본 사람과 아저씨가 똑같이 생겼다면 두 사람이 도플갱어 관계가 아닌가 하는 생각이 들어서요. 제가 좀 조사를 해보았거든요."

그녀는 신의 존재를 믿으려 하지 않는다. 하지만 설득되지 않는 반박은 소용이 없을 것 같아 그녀 얘기를 조금 더 들어보기로 했다.

"도플갱어는 독일에 있는 미신에서 유래된 말이래요. 악운을 상징하는 거지요. 만약 친구와 똑같이 생긴 사람을 만난다면 친구가 곧 크게 아플 거라는 걸 의미하고요. 그리고 자기와 똑같이 생긴 사람을 만난다면 둘은 미쳐서 곧 죽게 된데요. 재밌죠?"

"그럼 나는 곧 죽게 될 거라는 얘기네. 꿈에서 만났으니."

"에이, 꿈에 나타난 건 만난 게 아니죠. 죄송해요, 그렇게 들렸다면. 그런데 도플갱어가 사실은 자신의 영혼이 육체에서 빠져나가 돌아다니는 게 보인 거라는 얘기도 있어요. 그러니까 만나서 죽은 게 아니라 그는 혼수상태이거나 아니면 이미 죽은 상태라는 거지요."

원시인들은 꿈을 꾸는 동안 영혼이 몸을 빠져나가 돌아다닌다고 믿었다는 얘기를 들은 적이 있다. 그러면 내가 헤타민 주사를 맞고 괴이한 꿈을 꾸는 동안 내 영혼이 세상을 떠돌아 다녔다는 것인가? 그 영혼이 그녀 카페에서 목격이 된 것이고?

그럼 그는 신이 아니고 나의 영혼이라는 뜻이다. 하지만 설사 그것이 사실이라 하더라도 영혼이 미래를 예측할 수는 없다.

"근데 너무 걱정은 하지 마세요. 괴테가 젊었을 때 자기와 똑같은 사람을 만났다고 일기에 적었는데 괴테는 80까지 장수했대요. 그냥 재미삼아 들으면 돼요. 말도 안 되는 상상을 좀 해봤어요."

그녀가 이를 드러내보이며 환하게 웃었다.

차는 어느덧 나들목에서 빠져나와 괴산읍을 향하는 왕복 4차선 도로를 달리고 있었다. 시원하게 뻗은 도로 오른편으로 형형색색 단풍으로 물든 나무들이 산에 가득했다. 그리고 그 아래로 제법 폭이 큰 강이 퍼런 빛을 담아 흐르고 있었다.

운전석 창문을 끝까지 내렸다. 그러자 그녀도 조수석 창문을 내렸다. 서늘한 바람이 회오리처럼 한꺼번에 밀려들어왔다. 폐 깊숙한 곳에 쌓여 있던 도시의 찌꺼기를 청소해내기 위해 깊이 그리고 여러 차례 숨을 들이마셨다. 가슴이 시원했다.

"그런데 아저씨, 어디 몸이 안 좋으세요?"

애써 참은 뒤 물어보는 듯 조심스러운 말투로 그녀가 물었다. 한 번씩 고통을 참느라 얼굴을 찡그리는 것을 본 모양이다. 나는 그녀에게 내 병에 관해 간단하게 얘기해주었다.

"죄송해요, 전 그것도 모르고 어려운 부탁이나 하고."

그녀의 낯빛이 어두워졌다.

"아니야. 나도 바람 쐬니까 한결 나아졌어. 집에만 틀어박혀 있는다고 해결될 문제도 아니고."

나는 일부러 소리내어 웃었다. 그것이 얼마나 생뚱맞았는지 내 귀에도 서툰 배우가 연기하는 것처럼 들렸다. 그녀 역시 나의 어색한 웃음에 멋쩍은 미소를 지었다.

우리가 읍내에서 간단히 식사하고 경찰서로 간 건 두 시가 조금 넘어서였다. 사람들이 많아 어수선할 시간이라고 생각했는데 경찰서는 한가했다. 그녀가 어디로 가야 하나 잠깐 망설이는 것 같았다. 다양한 부서 이름을 적은 하얀 푯말들이 천장에 대롱대롱 매달려 있었다. 그 중 형사계라고 쓰인 푯말이 보였다. 사람이 죽은 사건이었으니 그곳으로 가는 게 맞을 듯싶었다.

맞닿아 있는 네 개의 책상에 두 사람이 앉아 있었고 위쪽으로 한 개의 책상이 따로 떨어져 있었다. 그 책상 위에는 과장이라고 적혀 있는 검은 명패가 놓여 있었고 그곳에 앉은 사람은 뒤로 젖혀지는 푹신한 의자에 앉아 발을 책상 위에 올려놓고 자고 있었다.

그녀가 바로 앞 책상에 앉아 컴퓨터로 작업을 하는 젊은 경찰 앞으로 다가갔다. 인기척을 냈지만, 무엇에 열중하고 있는지 그는 컴퓨터만 바라보고 있었다. 그녀가 책상을 똑똑 두드리고 나서야 경찰은 고개를 들어 우리를 쳐다보았다. 그녀가 그를 본 적이 있다고 얘기했다. 엄마가 실종되었다고 해서 괴산에 내려왔을 때 집 앞에서 뚱뚱한 경찰의 뒤를 졸졸 쫓아다녔던 남자라고 말했다.

"무슨 일로 오셨습니까?"

경찰은 그녀를 기억하지 못하고 있는 것 같았다.

"엄마가 지난 주에 실종됐다고 신고했었는데 뭔가 새로운 소식이 나온 게 없나 해서요. 집이 태성리예요."

"엄마 아직 집에 안 왔어요?"

퉁명스러운 말투였다. 마치 춤바람난 여편네가 아직도 집으로 안 들어왔냐고 질책하는 것처럼 들렸다. 순간 그녀의 안색이 변했다.

"아니, 무슨 경찰이 수사도 제대로 안 하고 확인도 안 하고, 아직 안 왔냐고 물어보는 건 너무 무책임한 거 아닌가요?"

그녀가 경찰서가 떠나가도록 소리를 질렀다. 뒤에 서 있던 나는 깜짝 놀랐다. 같이 오면서 느낀 거였지만 그녀는 감정을 숨기지 않고 드러내는 편이었다. 그래도 경찰서라면 왠지 주눅이 들 법도 한데 그녀는 당당했다.

"아니, 전 그냥 아직 안 오셨냐고 물었을 뿐인데. 아 그날 봤던 따님이시군요."

그제야 경찰은 자세를 바로하며 그녀를 아는 척했다.

"맞아요. 집 나간 엄마를 애타게 찾고 있는 딸. 엄마는 아직 안 왔고요. 사실 그것 때문에 뭘 좀 알아볼 게 있어서 왔어요."

그녀가 엄마의 행적을 찾기 위해 죽은 아빠의 신상을 알아보려고 왔다고 경찰에게 얘기했다. 아빠의 이름이 뭐냐고 경찰이 그녀에게 물었다. 그녀가 잠시 머뭇거렸다. 나는 그녀가 혹 아빠 이름도 모르는 게 아닐까 하고 생각했다. 그녀 입에서 나온 아빠의 이름은 김상훈이었다.

"사망자 이름과 다른데요. 아빠 이름도 모르면서 아빠 기록을 보러왔어요?"

경찰 말투가 다시 퉁명스러워졌다.

"그럼 김석훈이라는 이름은요?"

그녀는 두 사람의 아빠 이름을 기억하고 있는 모양이었다. 경찰이 다시 컴퓨터 자판을 몇 번 튕기더니 그 당시 사망한 사람의 이름은 김석훈이 맞다고 했다.

"그런데 임미숙 씨 호적에 신고된 남편은 아니네요. 호적에는 남편이 없는 걸로 되어 있네요."

경찰이 고개를 들어 그녀를 힐끔 쳐다보았다. 왼쪽 입꼬리가 살짝 올라가며 이가 서너 개 보였다. '꼭 호적에 올라가야 남편이고 아버지가 되는 건 아닙니다.' 그녀 대신 이 말을 경찰에게 해주고 싶었다. 하지만 그녀는 크게 신경쓰지 않는 듯했다. 오랜 세월 단련돼 신경이 무뎌진 탓이리라 생각됐다.

"그럼 김석훈 씨 사망 사건에 대한 기록을 좀 볼 수 있을까요?"

"잠깐만이요. 2007년 기록이네요. 무슨 일이시죠? 너무 오래된 기록이라 자료가 없을 겁니다."

맥이 빠지는 소리였다. 그녀가 나를 데리고 이곳까지 온 목적은 그 기록에 있을지 모르는 한 남자의 사진을 확인하고자 함이었다.

기록이 없다면 아무것도 이곳에서 알아낼 수 있는 것은 없다.

"웬 소란이야?"

그제야 잠에서 깨어난 듯 과장 직함이 적힌 명찰을 자랑스러운 듯 가슴에 달고 있는 경찰이 다가왔다. 그녀가 말했던 배불뚝이 상급 경찰이었다. 경찰은 상급자답게 그녀를 힐끔 쳐다보더니 곧 아는 체를 했다.

"아 서울에서 내려온 그 실종자 딸이군요. 마음고생이 많겠네."

과장이 그녀를 위로라도 한다는 듯 손으로 어깨를 툭툭 쳤다. 그런데 내 눈에는 그가 그녀의 어깨를 꼭 쓰다듬는 것처럼 보였다. 그녀도 그런 느낌이 들었는지 참으려고 어금니를 꽉 깨무는 게 보였다. 젊은 경찰은 그녀가 죽은 아빠에 관한 자료를 보고 싶어한다고 과장에게 얘기했다.

"아빠가 언제 어디서 죽었습니까?"

그녀는 나에게 얘기했던 것처럼 당시 사건을 과장에게 얘기했다. 과장이라는 사람은 팔짱을 낀 채로 골똘히 뭔가를 생각하는 듯 보였다. 그러더니 잠시 후 그가 빙그레 웃으며 말했다.

"아, 그 사건. 내가 알지. 이곳에 와서 처음 맡은 사건이었거든. 좀 이상하기도 했고."

이상한 사건이었다는 반장의 말은 자료가 있을지도 모른다는 대답으로 들렸다.

"기록을 다시 봐야겠지만 그 부인 이름이 임 모였는데. 최 형사,

지난 주 실종됐다고 신고 들어온 아줌마도 임 씨 아니야?"

"예, 맞습니다. 임미숙."

"그래 맞아. 임미숙. 그 사건이라면 캐비닛에 아직 파일이 보관되어 있을 거야. 최 형사, 캐비닛 가서 2007년 독극물 중독 사건이라고 되어 있는 파일 가져와봐. 맨 뒤쪽에 있는 캐비닛에 아마 있을 거야."

오래 전 사건을 기억하는 형사가 있어서 다행이었다. 뭔가 실마리를 찾을 수도 있겠다는 생각이 들었다.

사실 나도 그 사건의 진실이 궁금했다. 그녀에게 처음 얘기를 들었을 때 나는 그녀가 거짓말을 하고 있다고 생각했다. 하지만 경찰이 이상한 사건이라고 단정을 지었다는 건 실제로 그런 일이 일어났다는 뜻이다. 그렇다면 그 사건에는 뭔가 재미있는 일이 숨겨져 있을 게 분명했다. 그녀에게는 미안한 일이지만 재미있는 추리소설을 막 읽기 시작한 기분이 들었다.

과장은 우리 두 사람을 책상 옆 4인용 소파에 앉게 하고 여직원에게 커피 석 잔을 가져오라고 시켰다. 그리고 담배를 꺼내 불을 붙여 한 모금을 빨고는 그녀의 얼굴을 향해 연기를 뿜었다. 그녀의 얼굴이 일그러졌다. 실실 웃으며 그녀를 쳐다보는 그의 눈빛을 보자 몸에 닭살이 돋았다.

과장은 자신이 얼마나 잘난 경찰인지에 대해 너스레를 떨기 시작했다. 자신이 이곳에서만 수십 년을 일해 남보다 과장 승진이 빨랐다는 둥, 자기 덕분에 괴산의 범인검거율이 전국에서 최고라는 둥, 그는 쉬지 않고 떠들어대다가 먼지가 잔뜩 쌓인 누런 색 커버의 파일을 최 형사에게 건네받고서야 말을 멈췄다. 십여 분쯤 그는 조용히 파일에 붙어 있는 사진과 문서들을 넘겨가며 꼼꼼히 살핀 뒤에야 다시 말을 이어나갔다.

"그럼 아가씨가 엄마를 졸졸 쫓아다니던 그 꼬마네. 이제 어른이 다 됐는데."

"아빠 사진이 혹시 있나요?"

궁금한 것은 오직 그것뿐인 듯 그녀가 재촉하듯이 물었다.

"여기 있네. 사망한 남자 사진."

경찰이 그녀에게 사진을 내밀었다. 눈을 감고 있는 남자 사진. 죽었다기보다 편안하게 잠든 얼굴이었다. 역시 내 예상이 맞았다. 그는 비슷하지만 분명 나와는 다르게 생겼다. 그녀가 땅이 꺼질 듯 한숨을 내쉬었다. 정답인 줄 알고 자신 있게 동그라미를 쳤다가 작대기가 그어진 시험지를 보고 허탈해하는 학생 같은 표정이었다.

"남자는 어떻게 사망한 겁니까?"

경찰은 그녀에게 내가 누군지 물었다. 그녀가 잠시 머뭇거리다가 죽은 아빠의 친구인데 의사라서 함께 왔다고 둘러댔다. 그리고 다 얘기해도 된다는 말도 덧붙였다.

"사망자는 김석훈 나이 33세. 국적은 미국 샌프란시스코이고. 독초를 먹고 사망한 걸로 되어 있습니다. 독초에서 헤타민 성분이 검출됐네요."

"뭐라고요? 헤타민이오?"

나는 내 귀를 의심했다. 내가 밤마다 통증을 없애기 위해 사용하는 헤타민이 그녀 아빠의 사망 원인이었다는 사실을 듣고 놀라지 않을 수 없었다. 2007년도에 어떻게 헤타민에 중독되어 사망했을까? 내가 알기로 헤타민이라는 약물은 미국에서 수입된 지 십 년도 채 되지 않았다. 그가 마약으로 그것을 사용하려고 했어도 우리나라에서는 구할 수가 없는 약이었다. 10cc가 넘어가면 죽을 수도 있다는 마취과 의사의 말이 떠올랐다.

"헤타민 때문에 사망한 줄 어떻게 알았습니까?"

"그자가 먹고 죽은 약초 성분을 분석했는데 거기에 우리가 모르는 이상한 화학물질이 포함되어 있었습니다. 그래서 미국까지 약초를 보내 조사했더니 그 성분이 헤타민이라고 하더군요."

그가 미국 국적이라고 했으니 헤타민을 구할 수도 있었을 것이다. 하지만 자살할 목적이었다면 주사를 맞으면 간단하다. 헤타민이 함유된 풀을 먹고 죽었다는 것은 도무지 이해가 가지 않았다. 그리고 하필이면 내가 사용하고 있는 약물에 중독되어 죽다니. 이걸 우연이라고 할 수 있을까?

"근데 이 사람 좀 이상하지 않아요?"

과장은 그녀 아빠의 모습을 다양한 각도에서 찍은 사진을 더 보여주었다.

"이게 남자가 죽은 모습이에요. 뒤로 기대지도 않은 채 꼿꼿이 앉아서 죽어 있어요. 얼굴도 좀 보세요. 웃고 있는 모습 같지 않아요? 제가 지금까지 사체는 수도 없이 봤지만 이렇게 앉아서 죽은 사람은 처음 봤어요. 이러니 동네 사람들이 도사라고 수군댔지. 그 제자라는 사람도 자기 스승이 신선이 되었다고 하고."

앉아서 죽은 사람이라. 죽는 순간 척추가 굳어버렸다면 가능할 수도 있겠지만 무게 중심을 고려한다면 인체공학적으로 불가능한 일이다. 더군다나 벽에 기댄 상태도 아니라고 했다.

"제자라는 사람도 있었나요? 그럼 혹 그 사람이 죽인 게 아닐까요?"

그녀가 우리 얘기를 듣더니 경찰에게 물었다. 당연한 의심이었다.

"저도 처음에는 그렇게 생각했습니다. 죽은 사람이 먹은 약초를 제자가 캐서 줬다는 것도 밝혀냈고요. 제자는 태성리에 있는 정자 맞은편 숲에서 캔 약초라고 진술했는데 알아보니 그건 속리산 일대에서 쉽게 구할 수 있는 지치라는 약초였습니다. 그런 약초에서 헤타민이라는 약물이 검출되었다는 게 말이 안 되지요. 사인이 약물중독이긴 하지만 사실은 제대로 밝혀진 게 없는 사건이었던 셈입니다. 제자는 증거불충분으로 바로 풀려났습니다. 그래서 제가 미제 사건으로 분류해서 파일이 지금까지 보관되어 있던 겁니다. 세월이 많이 지나 제 머릿속에서도 다 지워지긴 했지만요."

그녀는 엄마와 할머니가 지치라는 약초를 캐서 술을 부어 오래

묵혀놓은 뒤 자주 먹었다고 나에게 얘기해주었다.

"문제는 그것만이 아니었습니다. 부인이라는 여자는 죽은 사람이 자기 남편이 아니라고 하고 제자는 스승한테 부인이 있을 리가 없다고 하고. 제가 애를 많이 먹었습니다. 우린 빨리 시신을 가족한테 넘기고 사건을 종결해야 하는데 부인이 절대로 자기 남편이 아니라고 하니."

"그런데 그 죽은 남자가 제 아빠인 건 어떻게 확신할 수 있죠?"

그녀의 지적이 옳다. 지금 같으면 그렇게 죽은 사람들은 모두 부검해서 신원을 밝혔겠지만, 그 당시는 그러지 않았을 것이다. 보호자가 아니라고 하는데 얼굴만 비슷하다고 해서 죽은 사람의 신원을 단정지었다는 것은 아무래도 미심쩍다.

"죽은 김석훈 씨가 가지고 있던 신분증을 보여주니 그건 남편의 얼굴이라고 했습니다. 근데 죽은 사람은 남편이 아니라는 거예요. 그래서 뭐까지 한지 아십니까?"

반장의 입에서 나온 침이 내 코에 튀었다.

"제일 확실한 방법이 있지요. 친자 확인. 아가씨와 죽은 김석훈의 DNA를 비교하는 거죠. 그 당시는 돈도 제법 들었고 미국까지 보내서 검사해야 했습니다. 시간도 한 달이나 걸리고. 부인이 자기가 돈을 낼 테니 꼭 해달라고 해서 검사를 했습니다."

"그래서요?"

그녀가 처음 듣는 소리라는 듯 놀라움을 감추지 못했다. 그녀가 침을 꿀꺽 삼키는 소리가 내 귀에까지 들렸다.

"죽은 남자가 아가씨의 친부일 확률이 99.9프로라는 결과가 나왔습니다. 뭐 예상했던 일이긴 한데."

반장이 그녀를 쳐다보며 다시 야릇한 웃음을 지어보였다. 그녀가 고개를 푹 숙였다. 얼굴이 홍당무처럼 붉어지더니 그녀가 흐느끼기 시작했다. 아빠가 죽었다는 사실과 살아 있을지도 모른다는 상반된 생각이 얼마나 그녀를 괴롭혀왔을까? 죽었으니 제사를 지낼 수도 살아 있으니 찾으러 다닐 수도 없는 기막힌 상황을 수십 년 동안 가슴에 품고 살았을 그녀가 너무도 딱했다.

그런데 이제 아빠는 죽은 걸로 결론이 나버렸다.

"그럼 그 시신은 어떻게 했습니까?"

"부인이 안 가져간다고 해서 무연고 처리한 후에 의과대학 실습용으로 보내려고 했습니다. 그런데 그 제자라는 사람이 자신이 가져가겠다고 하더군요. 부인은 마음대로 하라고 했고요. 그래서 그렇게 하도록 했습니다. 그 이후에는 어찌됐는지 모르겠습니다."

"그럼 그 제자라는 분 연락처가 혹시 있습니까?"

"가만있자, 아 여기 있네요."

과장은 043으로 시작되는 번호 하나를 적어주었다. 제자 이름은 진철호였다. 나는 그녀를 데리고 경찰서를 나왔다.

"이제 어디로 가야 하죠?"

멍하니 나를 쳐다보며 그녀가 물었다. 나는 우선 그녀를 근처 다방으로 데리고 갔다. 설탕을 잔뜩 넣은 커피를 한 잔 마시고 싶었다. 그래야 씁쓸한 느낌이 조금이라도 희석될 것 같았다. 그녀는 얼음이 가득 담긴 냉커피를 시켰다. 그리고 숨도 쉬지 않고 커피를 다 마셔버렸다.

"이제 전 무엇을 어떻게 해야 하는 거죠?"

이제야 정신이 들었는지 제법 생생한 눈빛으로 나를 보며 그녀가 물었다.

"아버지 시신이 있는 곳에 가서 제사라도 지내야 하나요? 어떻게 엄마는 나한테 이런 얘기를 안 했을 수가 있지요?"

일이 이상한 방향으로 흘러간다. 난 그녀를 잠깐 도와준 뒤 어떤 방식으로든 그녀를 설득해서 내일 아침 그녀를 데리고 교회로 갈 참이었다. 하지만 분명 그녀 아빠의 죽음은 단순하지 않다. 지나가던 행인이 복잡한 사건에 휘말려 빠져나올 수 없는 구렁텅이로 계속 들어가는 것처럼 나도 모르게 나는 이 사건에 빠져들고 있다. 이건 분명 본래 목적과는 다르다. 하지만 이것이 해결되지 않고서는 그녀를 데리고 교회로 가지 못할 것이다.

일단 그녀가 가지고 있던 첫 번째 의문은 풀렸다. 그건 충분히 예상했던 것이었으므로 당연했다.

두 번째 의문은 그녀의 아빠가 떠난 후 고작 수십분 뒤 어떻게 머리카락이 길어진 채 사체로 발견될 수 있는 것일까 하는 점이다. 그녀의 아빠와 죽은 아빠는 다른 사람이어야 하는 것이 논리적으로 맞다. 그런데 친자 확인 검사까지 마쳤다면 같은 사람인 것은 분명하다.

세 번째 의문은 그녀의 아빠가 죽은 모습이다. 벽에 기대지도 않은 채 앉은 자세로 죽어 있었다는 건 의학적으로 불가능하다. 그의 정체는 무엇일까?

네 번째 의문은 사인이다. 분명 헤타민이 함유된 독초를 먹고 죽었다고 했다. 마취제로 쓰이는 헤타민이 어떻게 산의 한가운데에서 자라는 풀에서 검출될 수 있었을까?

모든 것이 상식적이지 않다. 하긴 내가 지금 이곳에 있는 이유부터 사실은 허무맹랑하다. 어디서부터 꼬이기 시작한 걸까. 다르게 보이는 사건들이 어쩌면 하나의 실로 연결되어 있을 수도 있다는 생각이 들었다. 엉켜 있는 실타래도 꼬인 매듭 하나를 찾으면 쉽게 풀리듯 어쩌면 한번에 이 고약한 미로에서 탈출할 수도 있을 거라는 생각이 들었다.

이제 남은 건 그 제자를 통해 죽은 은혜 아빠의 진짜 정체에 대해 들어보는 것이다. 그는 그녀의 아빠가 어떤 사람인지 잘 알고 있을 것이다. 그의 말에서 어쩌면 엉킨 매듭을 찾을 수도 있다는 생각이 들었다.

과장이 건네준 전화번호를 확인해보니 계룡산 근처였다. 이곳에서 차로 한 시간 정도 되는 거리에 있었다. 나는 그녀에게 오늘은 쉬고 내일 그곳에 함께 가보자고 얘기했다. 그녀도 남은 것은 이제 그 방법밖에 없다는 것을 잘 알고 있었다. 그리고 이렇게 모든 것을 알게 된 마당에 시신을 어디에 묻었는지는 알아야 한다고 말했다.

나는 그녀를 차에 태우고 태성리로 향했다. 그곳에 엄마의 집이 있다고 했다. 오후 다섯 시가 조금 넘은 시간이었다. 읍내에서 태성리까지 가는데는 이십 분밖에 걸리지 않았다.

"아저씨, 고마워요. 저 혼자 왔으면 아무것도 못했을 거예요. 몸도 안 좋은데 운전까지 해주시고."

경찰서에서 소리를 지르던 그녀가 떠올랐다. 어려운 일이 닥쳐도 혼자 충분히 극복할 수 있는 아가씨라는 생각이 들었다. 그리고 그녀가 이 혼란스러운 상황을 빨리 정리하도록 도와주고 싶었다.

집 앞에 갔더니 할머니 한 분이 밖에 나와 계셨다. 우리를 기다리는 것처럼 보였다. 엄마의 옆집에 사는 할머니인데 어려운 일이 생길 때마다 늘 도와주신다고 그녀가 얘기했다. 차에서 내리자 할머니가 그녀를 감싸안았다. 키가 작달막하고 펑퍼짐한 할머니는 인상이 좋아보였다. 진심으로 그녀를 걱정해주고 있다고 느껴질 만큼 할머니는 살갑게 그녀를 대했다.

나에게도 함께 들어가서 저녁을 먹자고 하셨다. 나는 읍내에 가서 먹겠다고 극구 만류했지만, 할머니 고집도 만만치 않았다. 우리는 할머니 집으로 들어가 저녁상을 받았다. 된장찌개와 각종 나물반찬이 전부였지만 식당에서는 먹기 힘든 음식들이었다. 오래간만에 허기가 졌다. 그러고 보니 오늘 한 끼도 제대로 먹지 못했다. 소화제를 미리 먹고라도 나물과 된장찌개를 넣고 밥 한 그릇을 고추장에 비벼 먹을 참이다.

아침에 광에 들어간 박 씨는 죽어 있는 고양이를 보고 깜짝 놀랐다. 막둥이였다. 길거리를 떠돌던 고양이 한 마리를 집에 데려와 키우기 시작한 것이 벌써 삼 년 전 일이었다. 박 씨는 결혼해서 집을 떠난 딸 숙희의 이름을 따서 희양이라고 이름지었다. 희양이는 애교도 곧잘 부려 박 씨는 딸 키우듯이 고양이를 정성껏 키웠다.

그 고양이가 일 년 전에 새끼 다섯 마리를 낳았다. 네 마리는 모두 건강했는데 다섯 마리 중 막내였던 막둥이는 오른쪽 앞다리가 짧았다. 뒤뚱뒤뚱 달리다보니 먹을 것을 모두 다른 고양이들에게 빼앗기기 일쑤였다. 박 씨는 그것이 못내 안쓰러워 막둥이에게는 따로 먹을 것을 챙겨주었다.

그런데 그 막둥이가 입에 피범벅을 한 채 죽어 있었다. 광에 놓아둔 쥐약을 먹은 것이다. 박 씨는 쥐약을 함부로 다룬 자신을 질책했다. 막둥이가 다닐 만한 곳에는 쥐약을 놓지 말았어야 했다.

눈을 뜨고 죽은 막둥이가 자신을 원망하는 듯이 째려보는 것 같아 박 씨는 뜨끔했다.

비료 포대에 막둥이를 넣어 광 한쪽 구석에 처박아두었다. 급한 일이 생겨 저녁에 산에 묻어줄 생각이었다. 저녁에 집에 돌아온 박 씨는 삽과 막둥이를 넣은 비료 포대를 끌고 산으로 올라갔다.

그때 부엉이가 시끄럽게 우는 소리가 들렸다. 한 달 전부터 저녁마다 부엉이가 다시 시끄럽게 우는 것이 박 씨는 마음에 걸렸다. 오래 전 그 재수 없는 고양이를 발견한 것도 이렇게 부엉이 소리가 난 뒤였다. 하지만 그 소리가 찝찝하다고 해서 다음날까지 막둥이를 집에 둘 수는 없었다.

포대를 끌고 가면서 박 씨는 어디에 막둥이를 묻어야 할지 잠깐 고민했다. 그때 회화나무 근처에서 실종된 아들이 생각났다. 만약 영혼이 아직 그곳에 있다면 막둥이가 아들의 좋은 친구가 될 수도 있을 것 같다는 생각이 들었다.

박 씨는 회화나무를 돌아 뒤편 숲으로 들어갔다. 늦가을로 접어드니 잡초들도 생기를 잃어 시들시들했고 키는 사람 발목 정도밖에 되지 않았다. 얼마쯤 가자 잔디 깎는 기계로 정돈을 한 듯 잡초들이 말끔하게 잘려 있는 마당 정도 되는 공간이 보였다. 랜턴을 이리저리 비춰봤지만, 그것 외에는 특별히 다른 점은 없었다. 덕분에 쉽게 막둥이를 묻을 만한 곳을 찾을 수 있었다.

박 씨는 무른 땅을 찾아 그곳을 삽으로 파서 막둥이를 묻었다.

그리고 흙을 다시 퍼서 구멍을 메운 뒤에 땅이 단단해지도록 발로 밟았다. 그리고 한가운데 나뭇가지 하나를 꽂아두었다. 다시 올 일은 없었지만 그래도 무덤의 흔적을 남기고 싶은 생각이 들었다. 일을 다 마치고 잠깐 고개를 숙여 좋은 곳으로 가라고 인사를 한 뒤 박 씨는 삽을 챙겼다.

그때 저쪽 어디쯤인가 어두운 곳에서 부스럭거리는 소리가 들렸다. 순간 주변 공기가 차가워지면서 박 씨는 발목과 정강이에서 한기를 느꼈다. 산에서 한번씩 불어대는 찬바람으로 인한 한기는 분명 아니었다. 마치 무더운 여름날 냉동실 문을 활짝 열었을 때 느낄 수 있는 강렬한 냉기와도 같았다.

무언가 자기 쪽으로 걸어오는 것이 보였다. 작은 짐승이었다. 꼭 막둥이 정도 되는 짐승으로 보였다. 캄캄한 밤이라 짐승의 눈이 노란 구슬처럼 번쩍였다. 고양이 눈빛이었다. 그런데 그 고양이 발걸음이 박 씨의 눈에 익숙했다. 오른쪽을 절뚝거리며 다가오는 고양이. 그것은 박 씨가 일 년간 보았던 막둥이 걸음걸이였다. 박 씨는 너무 놀라 땅바닥에 털썩 주저앉았다.

짐승은 박 씨에게로 가까이 오더니 픽하고 옆으로 쓰러졌다. 짐승의 몸에서 김이 모락모락 피어오르고 있었다. 박 씨는 일어나 짐승에게로 천천히 다가갔다. 그리고 쓰러진 짐승을 향해 랜턴을 비춰보았다. 외마디 비명이 저절로 입에서 튀어나왔다. 십칠 년 전에 보았던 털 없는 고양이. 잊어버리지도 않고 있던 바로 그것의 모습이었다.

박 씨는 가져간 삽으로 죽은 고양이를 이리저리 굴려보았다. 그 고양이 얼굴은 금방 자신이 땅에 묻은 막둥이의 얼굴과 똑같았다. 그리고 분명히 막둥이의 다리만큼 그 고양이 다리도 짧았다. 박 씨는 다시 소스라치게 놀라며 자리에 주저앉았다. 죽은 고양이가 금방 다시 깨어나 다리를 절룩거리며 자기에게 달려들 것 같았다.

박 씨는 가까스로 정신을 차려 엉금엉금 기다시피 하여 겨우 숲을 빠져나왔다. 그리고 냅다 마을 쪽으로 뛰었다. 땀이 비 오듯 흐르고 가슴이 쿵쾅거렸다. 막둥이 귀신. 그것은 막둥이가 죽은 뒤 자신에게 복수하려고 나타난 귀신이었다. 이대로는 집으로 돌아갈 수 없었다. 막둥이 귀신은 분명 자신이 살던 곳으로 자기를 쫓아올 것이다.

박 씨는 최 씨의 집으로 향했다. 그리고 문이 부서져라 대문을 두드렸다. 최 씨는 박 씨의 다급한 목소리에 문을 열어주고 다리를 후들거리며 떨고 있는 박 씨를 방으로 들어오게 했다.

우리가 막 식사를 마쳤을 때였다. 박 씨는 물 한 잔을 달라고 해서 벌컥벌컥 마신 뒤 자신이 금방 겪은 얘기를 숨도 쉬지 않고 털어놓았다. 그리고 다시 목이 말랐는지 물을 한 사발 더 들이켰다.

고양이 얘기가 재미있었다. 고양이가 귀신이 되어 나타나다니. 호들갑을 떨며 몸을 떠는 남자를 보고 저절로 웃음이 터져나왔다.

하지만 그녀는 웃지 않았다. 오히려 심각한 얼굴을 하고 있었다.

"할아버지 그 고양이를 어디서 봤어요?. 그리고 그 막둥이란 고양이는 어디에 묻었어요.?"

그녀는 고양이를 묻은 장소에 관한 얘기를 듣고 나에게 함께 그곳에 가보자고 했다. 이번에는 털 없이 죽은 고양이와 고양이 귀신에 관한 얘기다. 머리가 아팠다. 나는 내가 다시 꿈속에 들어와 있는 건 아닌가 하는 착각에 빠졌다. 그러지 않고서야 이런 말도 안 되는 일이 계속될 수는 없다.

벌써 주섬주섬 옷을 챙겨 입는 그녀를 보니 자리에 더 앉아 있을 수가 없었다. 그녀가 가면서 얘기해주겠다고 하고 방에서 나갔다. 나도 엉거주춤 그녀를 따라나갔다. 그녀는 자기 집인 양 창고로 보이는 곳으로 들어가더니 삽과 비료 포대를 들고 나왔다.

내 손에 랜턴을 쥐어주고 그녀는 앞서 걸었다. 다행히 달빛이 밝아 길이 아주 어둡지는 않았지만, 무서웠다. 산 쪽으로 올라가는 좁은 길의 양옆에는 나무들이 일렬로 서 있었고 뒤편으로는 오직 어둠뿐이었다. 설사 호랑이가 튀어나온다고 할지라도 이상할 게 없는 스산함에 나는 소름이 돋았다.

"털 없는 고양이가 말이 돼?"

의과대학 때 비교해부학을 배웠기 때문에 동물에 대한 의학적 상식도 조금은 가지고 있었다. 털이 없는 고양이가 존재한다는 것은 애초부터 불가능한 일이다.

“저도 믿고 싶지는 않지만, 엄마가 쓴 다이어리의 첫 부분에 털 없는 고양이 얘기가 나와요. 분명 무슨 관계가 있을 거예요.”

믿기 힘들었다. 과거의 자신이었다면 유명한 과학자가 이런 이야기가 진짜라며 입에 거품을 물고 열변을 토한다고 할지라도 코웃음을 치고 그를 비웃었을 것이다. 하지만 지금의 나는 괴상한 꿈속에서 현실과 비현실을 구분하지 못한 채 무서움에 떨고 있는 어린아이에 불과하다.

마음이 편하지는 않았다. 하지만 나는 내가 과학자임을 잊지 말아야겠다고 생각했다. 그리고 만약 털 없는 고양이가 정말로 저곳에 있다면 과학이란 잣대를 이용하여 그것을 분석해보리라 생각했다.

그녀가 나를 데리고 간 곳에 정자가 하나 있었다. 그리고 맞은편에 커다란 나무가 한 그루 서 있었고 랜턴을 비추자 그 뒤로 비어 있는 듯 보이는 공간이 있었다. 잡초들로 덮여 있었지만, 충분히 갈 수 있을 것 같았다.

그녀는 이곳으로 올라오면서 이 나무 뒤 공간이 엄마와 아빠가 사랑을 나누었던 곳이라고 했다. 아저씨가 고양이를 묻었던 곳도 이 부근이라고 말했다. 그러고 보니 그 제자라는 사람이 독초를 캤던 곳도 이 근처일지 모른다는 생각이 들었다. 이곳에는 어떤 비밀이 숨겨져 있는 것일까.

그녀는 아저씨가 가르쳐준 곳을 쉽게 찾았다. 밝은 달빛이 금방 땅을 파헤친 곳에 꽂혀 있는 나무 막대기를 환하게 비춰주고 있었다. 나는 그녀가 가리킨 곳의 땅을 삽으로 파냈다. 예상했던 대로 그 안에는 비료 포대가 있었다. 비료 포대를 땅에서 꺼내 안에 들어 있는 내용물을 탁탁 털어 바닥에 떨어뜨렸다.

죽은 고양이였다. 손으로 고양이의 털을 만져보았다. 아직 체온이 약간 남아 있어 차갑지는 않았다. 그리고 확연하게 짧은 오른쪽 앞다리도 보였다. 아저씨의 막둥이는 귀신이 되어 다시 나타난 것이 아니라 분명 죽은 채 묻혀 있었다.

나는 그녀와 함께 랜턴으로 이곳저곳을 비추며 주위를 살폈다. 그런데 그때 발목과 종아리 부분에서 한기를 느꼈다. 어릴적 전설의 고향에서 보았던 공동묘지에서 튀어나오는 여자 귀신이 생각났다. 랜턴으로 잡초들을 비추어보았다. 어떤 것들은 서리도 끼어 있었다. 이곳에서 이해할 수 없는 일들이 일어난 것은 분명했다.

그때 내 옆에 검은 무언가가 누워 있는 것을 그녀가 발견했다. 그녀가 내 곁으로 다가와 랜턴으로 그것을 비췄다. 고양이였다. 고양이는 털이 없이 핑크빛 맨살을 그대로 드러내고 있었다. 고양이의 살을 만져보니 너무 차가워서 얼음장 같았다. 뒤에서 지켜보던 그녀가 작은 비명을 지르려다 손으로 입을 막았다. 나도 속에서 비명 같은 것이 튀어나오려는 것을 억지로 참았다.

그 아저씨의 말이 맞았다. 털이 없는 고양이가 있다는 것도. 그 고양이가 죽은 막둥이처럼 오른쪽 앞다리가 짧다는 것도. 어떻게 이걸 이해해야 하는지 난감하지 않을 수 없었다. 두 고양이를 나란히 놓고 랜턴으로 자세히 살펴보았다. 보기에는 분명 같은 고양이였다.

충주에 있는 수의과대학에서 교수로 일하는 사촌 동생이 생각났다. 친하지는 않았지만 그래도 자신의 부탁이라면 들어줄 것 같았다. 그리고 이건 그도 충분히 관심을 가질 만한 일이라고 나는 생각했다. 만약 이 고양이가 그녀가 겪은 사건과 관련이 있다면 결정적인 증거를 찾을 수도 있다는 생각이 들었다.

나는 막둥이를 비료 포대에 도로 집어넣고 털 없는 고양이도 그곳에 함께 넣었다. 그녀에게 이곳에서 떨어진 곳에 지치가 있으면 캐오라고 시켰다. 그리고 나는 털 없는 고양이가 죽어 있는 곳 근방의 지치를 캤다. 그런데 지치에서 이상한 냄새가 나는 것 같아 코를 대보았다. 마늘 향이었다. 헤타민 주사를 맞을 때 비슷한 냄새를 맡았던 기억이 떠올랐다.

얼마 안 있어 그녀가 지치를 캐서 가져왔다. 그녀가 가지고 온 지치에서는 아무런 냄새도 나지 않았다. 나는 털 없는 고양이가 발견된 곳 주변에서 캐어온 지치와 그곳에서 조금 떨어진 곳에서 캐어온 지치를 서로 나누어 담았다. 우리는 그것들을 가지고 산에서 내려와 트렁크에 집어넣었다.

그녀는 내가 두 마리의 죽은 고양이와 지치를 의학적으로 분석하려고 한다는 것을 눈치챈 것 같았다. 나의 손놀림은 재빨랐다. 가슴에서부터 정체모를 에너지가 샘솟는 듯했다. 그녀가 보기에 낯설었을 것이다. 하나님 타령만 하는 말기 암 환자가 아니라 미제 사건의 원인을 밝히기 위해 부검할 사체를 노려보고 있는 검시관처럼 보였을 수도 있다.

나는 읍내 모텔에서 자고 다음날 아침 일찍 그녀를 데리러 집 앞으로 갔다. 사실 거의 잠을 자지 못했다. 하지만 졸리지는 않았다. 밤새 이런저런 생각에 뒤척였다. 그럴 리는 없겠지만 만약 고양이 두 마리가 생물학적으로도 같은 고양이라고 결론이 난다면 어떻게 되는 걸까?

사람의 지식으로는 이해할 수 없는 불가사의한 일은 세상에 많다. 우연히 비슷하게 생긴 그리고 우연히 한쪽 다리가 짧은 두 고양이가 우연히 거의 동시에 죽을 수도 있다. 극히 적은 확률이긴 하지만 절대로 일어날 수 없는 불가능한 일은 아니다. 그 중 한 마리가 털이 없는 상태로 태어났다는 사실도 불가능한 일은 아니다. 친자 확인 DNA 검사가 99.9프로 일치한다고 해서 친자가 아닐 가능성이 제로라고 할 수는 없다. 0.1프로의 오차가 그것을 말해준다.

하지만 동일한 생물체 두 마리가 동시에 존재한다는 것은 확률 제로의 불가능한 일이다. 과학적으로 불가능한 일은 절대로 일어나지 않는다는 진실은 과학적인 방법으로 확인되어야 한다. 그러나 만약 그 진실이라는 것이 과학적인 방법으로 철저히 부정된다면 이는 역설적으로 인류가 발견한 많은 사실 중 가장 위대한 발견이 될 것이다.

괴산에서 수의과대학이 있는 충주까지는 차량으로 한 시간 거리였다. 나는 가면서 충주에 있는 원국대학교 수의학과 최 교수에게 곧 도착한다고 전화를 걸었다. 그는 붙임성이 좋아 어릴 때 집에 놀러오면 나를 형이라고 부르며 잘 따랐다. 엄마 장례식에도 제일 먼저 달려왔으며 휴가까지 내서 장지에도 쫓아와주었다. 그러고 보니 내 병에 관해 유일하게 연락해도 좋았을 가족이었다.

그동안 잊고 있었다. 밤에 전화를 걸어 사정을 얘기하며 느닷없이 고양이 부검을 부탁하자 전화기 너머에서 그가 당황스러워하는 것이 느껴졌다. 같은 고양이 두 마리라니. 아침에 학교로 고양이를 가지고 오라고 했다. 원국대학교는 수의학 분야에서는 서울대학교만큼 수준이 높았고 최 교수는 그 가운데에서도 이름이 있는 교수였다.

"형님, 오래간만입니다."

중년의 사내가 건물 현관까지 나와 우리를 맞이했다. 나는 그와 이런저런 얘기를 잠깐 나눈 뒤 바로 트렁크에서 비료 포대를 꺼냈다. 비료 포대에 묻은 흙이 바닥으로 뚝뚝 떨어졌다. 끈으로 단단히 묶어서 그런지 아직 고양이 썩는 냄새가 나지는 않았지만, 포대를 든 손에는 사체 냄새가 묻어 있는 것 같았다.

최 교수는 포대를 받아들고 자신의 실험실로 향했다. 나도 그녀와 함께 뒤를 따라갔다. 실험실에는 아무도 없었다. 비밀을 유지해야 하는 일일 수도 있다고 생각했는지 조교도 부르지 않은 것 같았다.

실험실은 생각했던 것보다 넓었다. 한가운데에 커다란 직사각형 모양의 테이블이 있었고 주변으로 현미경 몇 대와 각종 장비가 보였다. 이 정도면 사체를 분석하기에 충분할 것 같았다.

최 교수가 테이블 위에 포대에 들어 있던 두 마리 고양이 사체를 꺼내서 올려놓았다. 갓 나은 새끼처럼 반질반질한 털 없는 고양이 사체를 보고 그가 눈을 휘둥그레 뜨며 놀라워했다.

"야, 이런 건 처음 보는데요. 털 없는 고양이라. 학술지에 실어야겠어요."

"이런 경우는 자네도 처음 보는 모양이지?"

"예, 들어본 적도 없어요. 바로 태어난 고양이도 아니고 한 살쯤 돼보이는데. 털이 없으면 체온 유지가 안 됐을 텐데 어떻게 일 년을 버텼을까요?"

그가 장갑을 끼고 고양이를 이리저리 만져보았다.

"그것도 그거지만 말이야. 옆에 죽어 있는 저 고양이랑 함께 이 고양이를 좀 봐. 두 마리가 너무 똑같이 생기지 않았어? 앞다리 짧은 것도 그렇고. 고양이 주인 말에 의하면 저 정상 고양이가 먼저 죽었고 저 털 없는 고양이는 하루 뒤에 죽은 것 같아."

그가 두 고양이를 비교하기 시작했다. 얼굴뿐 아니라 이빨의 모양과 발톱의 크기 등 다양한 부분을 서로 비교했다.

"그러게요. 털이 없다는 걸 빼고는 두 마리가 모두 똑같네요. 형님 설마 두 고양이가 생물학적으로도 같은 고양이인지가 궁금해서 가져오신 거예요?"

그가 웃었다. 웃는 그가 충분히 이해되었다. 말이 안 된다는 것은 잘 알지만 그래도 DNA 분석을 좀 해달라고 부탁했다. 그는 알았다고 하고 먼저 털 없는 고양이의 피부를 살짝 벗겨내어 슬라이드에 올린 뒤 시약을 뿌렸다. 현미경으로 관찰하기 위해서였다. 슬라이드를 보던 그가 연신 서프라이즈를 외쳤다. 그리고 나에게 그것을 함께 보자고 했다.

"이것 좀 보세요. 근육세포, 지방세포, 색소세포 등은 다 있는데 있어야 할 자리에 모낭세포가 없어요. 마치 얼어버린 것처럼 흔적만 남아 있어요."

그의 침이 몇 방울 튀어 슬라이드를 오염시켰다. 그가 말을 계속했다.

"그럼 이건 처음부터 아예 없었던 것이 아니라, 음 뭐랄까. 참 이게 어떻게 가능한지. 그러니까 저 고양이는 원래는 털이 있었는데 싹 없어졌다가 모낭세포가 재생되지 않아 털이 다시 생기지 않았다는 얘기가 되는데요. 도무지 뭐가 뭔지 모르겠네요."

털이 생기는 모낭세포만 없어졌다가 재생이 되지 않았다? 저 고양이를 발견했을 때 느꼈던 차가운 기운. 혹 그것이 모낭세포가 없어지게 된 계기가 아닐까? 그는 분명 얼어버린 것 같다고 했다.

"두 고양이의 DNA를 한번 비교해보겠습니다. 정말 두 마리가 같은 고양이일 수도 있겠네요."

그가 두 손으로 머리카락을 쥐어뜯었다. 그 행동이 무슨 의미인지 나도 잘 알고 있었다. 하지만 눈앞에 있는 신기한 물건을 제대로 살펴보지도 않고 그대로 휴지통에 넣어버리는 아이는 없듯이 최 교수도 과학자의 호기심을 이대로 버리지는 않을 거라고 나는 생각했다.

그리고 그에게 죽은 고양이 근처에서 캐온 지치와 멀리 떨어진 곳에서 캐온 지치의 성분을 비교해달라는 얘기도 했다. 특히 헤타민 성분이 포함되어 있는지를 꼭 확인해달라고 얘기했다. 여섯 시간 뒤면 모든 결과를 알 수 있을 것이라는 최 교수의 말을 듣고 우리는 학교에서 나왔다. 그리고 원래 계획대로 제자라는 사람을 만나기 위해 우리는 다시 차에 올랐다.

9장
신선이 된 남자

경찰이 알려준 번호로 전화해보니 그곳은 계룡산 인근에 있는 청허도장이라는 곳이었다. 오래된 번호였는데도 장소는 바뀌지 않았고 경찰이 얘기해준 제자라는 사람도 아직 그곳에 있었다.

'청허'라는 말의 정확한 뜻은 모르겠지만 이름에서 풍기는 이미지로만 보면 사이비종교 냄새가 나는 것 같았다. 제자라는 사람도 사진 속의 그녀 아빠처럼 길고 하얀 도포 자락을 입고 턱 밑까지 내려오는 수염을 휘날리고 있을 거라고 나는 생각했다.

그곳은 충주 시내에서 차량으로 한 시간이면 갈 수 있는 곳에 있었다. 계룡산은 천황봉과 연천봉, 삼불봉을 잇는 능선이 닭의 볏을 쓴 용을 닮았다고 하여 붙여진 이름이라고 했다. 예로부터 계룡산에는 많은 도인이 살고 있었다고 들었다. 계룡산에서 도를 닦은 뒤 내려왔다고 말하는 용한 무당을 소개하는 프로그램을 티브이에서 본 적도 있었다.

삼십 분 정도를 달리니 넓었던 4차선 도로가 2차선 도로로 바뀌면서 길이 좁아졌다. 그러자 정면으로 높은 산들이 보이기 시작했다. 산으로 오르는 길이 시작되면서 빽빽한 나무들로 인해 길이 더

좁아보였다. 조금 더 숲으로 들어가자 오후 세 시를 지났을 뿐인데도 곧게 뻗은 울창한 나무들의 그림자로 주위가 어둑어둑했다.

얼마쯤 올라갔을까. 왼쪽으로 꺾으라는 내비게이션의 안내 목소리가 더 가파르고 좁은 비포장도로로 우리를 안내했다. 돌이 튀어 차 밑바닥을 두드리는 소리가 시끄럽게 들렸다. 이런 곳에 무엇이 있을까. 내비게이션이 제대로 작동하고 있는 건지 의심스러웠다. 그러나 기계가 가르쳐준 위치는 정확했다. 얼마 가지 않아서 오른편으로 제법 너른 공간이 나타났다. 주차장으로 쓰이는 곳인지 땅은 평편했다.

예닐곱 대는 주차할 수 있는 마당에 차들이 꽉 차 있었고 그 중에는 외제 차들도 간간이 눈에 띄었다. 나는 자리가 없어 주차장이 아닌 비탈길에 차를 세웠다. 교실이 서너 개 있을 법한 시골 마을에서 흔히 볼 수 있는 초등학교 같은 작은 단층 건물이 보였다.

건물 한가운데에 안으로 들어가는 입구가 보였고 그 위에 청허도장이라는 글씨가 박힌 현판이 눈에 들어왔다. 모서리는 으스러지고 글씨 일부는 파손되어 있었지만, 현판은 먼지 하나 없이 깨끗했다. 우리는 조용히 건물 입구로 들어갔다.

내부는 인기척이 없어 쥐 죽은 듯이 조용했다. 밖에 주차되어 있던 차량의 대수로 보면 예닐곱 명은 이곳에 있어야 했다. 우리는 벽에 붙어 있는 신발장에서 실내화로 보이는 신발을 꺼내어 갈아신고 조심스럽게 안으로 들어갔다. 바닥은 초등학교 마루처럼 직사각형 나무판이 가지런하게 얽혀 있었다. 검게 변한 나무가 세월의 흔적을 말해주고 있었지만 청소가 잘 되어 있는지 번들거렸다.

현관 정면에는 가로로 2미터는 넘어 보이는 검은 색 천이 걸려 있었고 천에는 멋들어진 글씨체로 청허도장이라고 쓰여 있었다. 그리고 그 옆으로 누군가의 얼굴 사진을 넣은 액자가 걸려 있었다. 혹 사진에서 본 죽은 그녀 아빠의 얼굴이 아닌가 하고 자세히 살펴보았지만 다른 사람이었다. 날카로운 눈매를 가진 위엄이 있어 보이는 얼굴이었다. 나는 이 사진 속의 인물이 지금 이곳을 만든 사람이 아닌가 하고 생각했다.

오른편으로 꺾어 몇 발자국을 옮기니 수련실이라는 명패가 붙은 방이 하나 보였고 그곳에서 사람 말소리가 조용히 새어나왔다. 문 앞으로 다가갔다. 말소리는 크지 않았지만, 주위가 고요하다보니 그들이 말하는 소리가 바로 앞에서 얘기하듯 또렷이 들렸다.

초등학교 교실을 수련실로 그대로 사용하는 듯 허리춤부터 머리 높이까지 이르는 유리를 통해 교실 안이 환히 들여다보였다. 안에 있는 사람들도 보려고 하면 엉거주춤 서 있는 우리들의 얼굴까지 정확히 볼 수 있을 정도로 유리는 투명했다. 하지만 모두 눈을 감고 있어 우리를 쳐다보는 사람은 아무도 없었다.

그들은 수련에 열중하고 있었다. 매우 진지해보였다. 십여 명 정도 되는 사람들이 붉은 네모진 방석 위에 양반다리를 하고 정자세로 앉아 있었다. 여자도 서너 명 있었지만, 남자가 대부분이었다. 삼십대로 보이는 사람부터 육십대가 넘어보이는 사람들까지 난방 장치도 제대로 작동하지 않을 것 같은 작은 공간에 그들은 누런 반소매 티셔츠와 반바지를 입고 있었다.

엄숙한 분위기가 교실 내부에 감돌았다. 그들의 굳게 다문 입술과 표정 없는 얼굴이 절에서 수련하는 수도승 같다는 생각이 들었다. 그들 사이를 오십은 넘어보이는 중년 사내가 천천히 걸으며 무언가 얘기하고 있었다.

그가 말하는 내용이 궁금했다. 유리에 바짝 귀를 대고 온 신경을 집중시켰다. 제자라는 사람한테 얘기나 몇 마디 들어보려고 온 것이었지만 사람들의 수련받는 태도를 본 후에는 궁금증이 발동했다. 뒤에 서 있던 그녀도 무슨 말을 하는지 들어보려는 듯 귀를 유리문에 갖다댔다.

"천유, 탐랑, 문곡, 거문, 녹존…."

그가 뜻을 알 수 없는 말을 수 분간 반복해서 말했다. 합창하듯 다 함께 그것들을 말하는 것으로 보아 그들이 주문을 외우는 것이 아닌가 하는 생각이 들었다. 사내가 그들에게 말하기 시작했다.

"머리를 모두 비운다는 생각으로 온 정신을 숨이 들어오고 나가는 것에만 집중하세요. 숨이 들어오면 배가 불룩해지고 숨이 나가면 배가 꺼지는 것에 집중해야 합니다. 숨이 길면 긴 것을 알아채고 숨이 짧으면 짧은 것을 알아차리세요. 오직 호흡에만 집중해야 합니다."

사람들의 배가 리듬 있게 부풀려졌다가 꺼지는 것이 보였다.

“호흡이 점차 옅어집니다. 내가 숨을 쉬는 건지 안 쉬는 건지 깨달을 수 없습니다. 코끝에서 움직이는 미세한 바람이 느껴집니다. 계속 천천히 숨을 쉽니다.”

얼굴에 땀이 흐르는 사람도 있었고 잘 안 되는지 엉덩이를 들썩이는 사람도 있었다. 눈가에 눈물을 머금은 채 얼굴에 미소를 띠는 사람도 있었다. 그는 무엇인가 깨달은 듯 보였다. 그가 눈을 뜨며 수련을 지도하는 남자에게 말했다.

“선생님. 방금 제 코에서 희미한 빛이 나오는 걸 봤습니다. 이게 뭘까요?”

“그건 니밋따라고 하는 것입니다. 호흡수련이 어느 단계에 이르면 누구나 볼 수 있습니다. 이제 니밋따에 더 집중해보세요.”

코에서 빛이 나온다니. 시선이 자연스럽게 그에게로 향했다. 머리가 곱슬곱슬하고 금테 안경을 두른 살집이 두툼한 남성이었다. 처음에는 서서 말하는 사람이 사이비종교 교주이고 이들은 집단 최면에 걸린 불쌍한 사람들이라고 나는 생각했다.

하지만 그렇게만 생각하기에는 그들은 뭔가 신념 같은 걸 품고 있는 것 같았다. 타고 온 차나 행색으로 보아 이들은 중산층 이상의 사람들로 보였다. 약 장사의 허무맹랑한 감언이설에 속곤 하는 무지렁이 시골 노인들이 아니었다. 이들은 절실하게 스스로 무언가를 얻고자 하는 듯했다.

무엇을 구하려는 것일까? 스승으로 보이는 사람처럼 도인이라도 되려는 걸까? 그들의 속내가 궁금했다. 한 사람 한 사람에게 이 자리에 왜 앉아 있는지 일일이 물어보고 싶었다.

한 시간쯤 지났을까? 수련이 끝났는지 사람들이 자세를 풀고 편하게 앉아 서로 얘기하기 시작했고 교주인 듯 보이는 사내가 우리가 서 있는 문 쪽으로 다가오는 것이 보였다. 우리는 그가 나올 수 있도록 몇 걸음 뒤로 물러났다. 작은 키에 짙은 검은 머리가 단정해보였다.

“무슨 일로 오셨습니까?”

자신들과 같은 무리로 섞일 것 같지는 않아 보였는지 사내의 얼굴에는 경계하는 눈빛이 역력했다. 그녀가 말했다.

“혹시 김석훈 씨란 분을 아시나요? 경찰에서 그분의 제자가 이곳에 계신다고 해서 찾아왔습니다.”

사내의 표정이 순간 굳어졌다. 우리 같은 하찮은 인간들에게서 튀어나올 이름이 아니라는 듯 입 언저리가 일그러졌다. 그의 제자가 분명했다. 존칭도 없이 누구 씨라고 스승의 이름이 함부로 말해지는 것이 자신에 대한 모욕이라고 생각하는 것 같았다. 애써 참는 듯 심호흡을 한번 하고 그가 말했다.

“그분은 돌아가신 제 스승님의 함자입니다. 당신 같은 사람들이 함부로 입에 올릴 만한 분이 아닙니다. 뭐가 궁금해서 오셨는지 모르겠지만 벌써 십칠 년 전 일입니다. 그만 돌아가시죠.”

사내는 분명 우리에게 뭔가 더 해줄 말이 있을 거라고 나는 생각했다. 의례적인 질문으로는 그의 입에서 솔직한 얘기가 나오지 않을 것 같았다. 그래서 나는 그를 자극해보기로 했다.

"그때 사건을 수사했던 경찰이 그러더군요. 이 여자 분이 그분 딸이라고."

사내의 얼굴이 더욱 험악해졌다.

"무슨 소리를 하는 겁니까? 스승님 딸이라니. 그럴 리가 없어요. 스승님은 우리 같은 평범한 인간이 아닙니다. 그런데 부인이 있고 딸이 있다니요? 말도 안 되는 얘깁니다."

사내의 목에 거미줄처럼 얽혀 있는 혈관이 부풀어 금방이라도 터질 듯 불룩해졌다.

"그날 일은 분명히 기억하고 있습니다. 경찰에서 말하는 부인이라는 여자도 자기 남편은 죽은 스승님이 아니라고 했습니다. 그리고 제가 스승님 옆에 계속 있었기 때문에 분명히 알고 있습니다. 그분은 그런 세속적인 행동을 하실 분이 아닙니다."

사내는 계속 침을 꿀꺽꿀꺽 삼켰다.

"스승님이란 분이 어떤 분인지 좀 알려주실 수 있을까요?"

나는 정중한 어투로 사내에게 청했다. 사내는 잠시 무언가를 생각하는 듯 머뭇거리더니 우리를 작은방으로 안내했다. 수련실 바로 옆이었다. 어디서 나는 냄새인지 진한 약초 향 같은 것이 방 안에 가득했다.

사내는 우리를 소파에 앉게 하고 물을 끓이기 시작했다. 차를 대접하고 싶다고 했다. 서랍을 여니 약초 향이 다시 진동했다. 하지만 코의 감각은 이내 둔해져 처음보다 진하게 느껴지지는 않았다. 사내는 냄새나는 풀을 꺼내어 가위로 조금 잘라 차를 끓이는 주전자에 집어넣었다. 그리고 난로에 주전자를 올려놓았다. 그러자 얼마 지나지 않아 주둥이에서 김이 모락모락 피어올랐다.

사내는 하얀 찻잔에 조심스레 차를 따른 뒤 탁자에 내려놓았다. 은은한 향이 코끝에서 부드럽게 느껴졌다. 뭐라 설명할 수는 없었지만, 예전에 맡아보았던 평범한 차 향은 아니었다.

"무슨 차인 줄 모르시지요?"

조금 진정이 된 듯 사내의 음성이 차분해졌다. 조금 전 수련실에서 듣던 그런 어투의 목소리였다.

"이건 지치의 잎으로 만든 차입니다. 지치는 뿌리를 술에 담가먹곤 하는데 잎도 끓여먹으니 향이 괜찮더군요."

'지치', 이 자가 스승에게 먹여 죽게 만든 풀이다. 하마터면 손에 들고 있는 찻잔을 떨어뜨릴 뻔했다. 그녀 역시 마시지 않고 있다가 사내가 차를 먼저 한 모금 먹는 것을 지켜본 후에 잔에 입을 댔다. 이런 차를 마시고 죽을 걸 두려워하는 내가 조금 우스웠다.

사내는 아무 말 없이 차를 반쯤 마시고는 일어서서 책장에서 뭔가를 꺼내 우리 앞에 내보였다. 어렸을 적 문방구에서 흔히 보던 회색빛 표지의 옛날 노트였다. 노트 표지에는 '수련일지'라는 문구가 큼지막하게 쓰여 있었다. 표지에는 누런 얼룩이 군데군데 묻어 있었고 노트 모서리는 뭉툭해져 있었다. 그녀가 노트를 펴려고 하자 사내가 손으로 그것을 막았다.

"이걸 보기 전에 먼저 스승님이 어떤 분인지 말씀을 드리는 게 좋을 것 같습니다."

잠시 뜸을 들이던 사내가 길게 숨을 한번 내쉬고는 이야기를 시작했다.

"스승님은 미국에서 태어나 어린 시절을 미국에서 보냈다고 들었습니다. 부모님은 모두 한국 분이었습니다. 어렸을 때부터 영특해서 영어뿐 아니라 모국어인 한국어도 잘하셨다고 합니다. 부모님은 변호사나 의사가 되기를 바랐지만 무슨 이유에서인지 스승님은 군인을 선택했다고 하더군요. 군인으로서 능력이 탁월했는지 스물이 조금 넘은 나이에 무슨 군대 비밀요원 같은 일을 했답니다. 뭐 정보원 비슷한 거였겠지요. 그런데 어느 날 자신의 실수로 같이 일하던 미국인 동료 한 명이 총을 맞아 사망하는 사건이 생겼습니다. 그 일로 큰 충격을 받은 스승님은 군인을 그만두고 미국 생활을 정리한 뒤 한국으로 들어오셨다고 했습니다. 그런데 한국으로 온 데에는 사실 다른 이유가 있었습니다. 그 사건 이후 자꾸 죽은 동료가 보였다고 합니다. 꿈에 나타나기도 했지만 어떤 때는 낮에도 불시에 나타나 자신을 괴롭혔다고 하더군요. 악령을 퇴치해준다고 하는 미국의 유명한 사람들을 다 만나보았지만 모두 실패했답니다. 그럴수록 점점 더 동료는 그를 괴롭혔고요. 그래서 한국에서는 해결할 수 있는 무슨 방법이 있지 않을까 해서 오셨다고 합니다. 수소문 끝에 스승님은 해결책을 찾았지요. 계룡산에서 오랫동안 수도를 하시던 청허 도사님을 만난 것입니다. 청허 도사님은 스승님을 보자마자 등에 붙어 있던 동료의 악령을 떼어주셨다고 합니다. 스승님은 본래 이런 쪽에는 관심이 없던 분이라고 하셨습니다. 하지만 스승님 본인은 몰랐지만 청허 도사님은 스승님의 신력이 특출하게 강한 분이라는 걸 알고 계셨습니다. 타고난 능력일 수도 있고 아니면 스승님을 지배했었던 동료의 악령 때문이었을 수도 있고 그것은 잘 모르겠습니다. 스승님은 청허 도사님의 능력을 직접 체험해본 뒤로는 앞으로 무엇을 위해 살아가야 할 것인가를 깨달으셨다고 했습니다. 그래서 스승님은 청허 도사님의 제자가 되기로 결심하셨습니다. 청허 도사님 아래에는 총 10명의 제자가 있었는데 저도 그 제자 중 한 명이었습니다. 스승님은 그때 처음 만났고요."

'도사', '악령' 낯선 단어들이었다. 그런 비과학적인 것들은 어떤 목적을 위해 사람들을 현혹하거나 아니면 단순히 재미를 주기 위한 얘깃거리를 만들기 위하여 사용되는 일종의 소품 같은 것이라고 생각하고 있었다. 하지만 호기심이 발동하자 거짓말 같은 그의 이야기가 사실처럼 느껴졌다.

"청허 도사님이란 분은 어떤 분인가요?"

“청허 도사님은 구정 삼령주에 통달한 분이셨습니다. 구정 삼령주는 고려 말 중국으로부터 전해졌던 도교의 수련 방법 가운데 하나인데 이것을 통달하게 되면 원할 때 언제든지 인간의 육체를 벗어나서 선계에서 노닐 수 있게 된다고 합니다. 그리고 궁극적으로는 신선이 되어 영생을 누릴 수 있는 비법이지요. 하지만 수련하는 과정에는 극심한 육체적 고통이 동반됩니다. 수련 내내 수많은 신들이 수련생들을 괴롭혀 둘 중 하나는 미치거나 자살하거나 혹은 백치가 된다고 합니다. 구정 삼령주의 주문을 외워 북두칠성 7개의 별과 좌우 2개의 별을 합친 9개 별의 기운이 사람 몸의 아홉 구멍과 통하면 사람과 우주가 하나가 되어 공간과 시간의 구분이 없어지고 삶과 죽음의 경계가 없어지고 현재와 미래의 구분이 없어지게 됩니다. 이 주문에 통달하여 천존신을 마음대로 부리게 되면 앞을 내다볼 수 있고 귀신을 마음대로 부르거나 쫓을 수도 있고 길흉화복을 점칠 수 있다고 합니다.”

“그 스승님이란 분은 구정 삼령주에 통달하셨군요.”

나는 사내 얘기에 점점 더 끌려들어갔다.

“청허 도사님에게 가르침을 받은 지 얼마 되지 않았는데도 스승님의 도력은 날이 갈수록 강해져 갔습니다. 저는 그것이 스승님께 붙어다녔던 그 귀신 때문이었다고 지금도 생각하고 있습니다. 일반인들은 그렇게 빨리 신력을 키울 수는 없습니다. 보통 수련한 지 십 년은 지나야 겨우 걸음마 단계에 이를 수 있습니다. 그래서 제자들은 모두 삼십이 훌쩍 넘었지요. 그런데 스승님은 스물두 살에 수련을 시작하여 불과 삼 년 만에 누구도 이르지 못했던 통달의 경지에 이르셨습니다. 청허 스님의 경지까지 오른 거지요. 전 그 이후로 저보다 다섯 살이나 어린 분을 작은 스승님으로 모시게 되었습니다."

"통달을 하게 되면 축지법을 쓴다거나 물 위를 걷는다거나 하는 그런 일들도 할 수 있는 겁니까?"

내가 생각하는 도사란 그런 걸 하는 사람이었다.

"도사는 사람들에게 잔재주를 보여주기 위해 수련하는 사람이 아닙니다. 삶과 죽음을 초월한 존재가 되기 위해 수련하는 거지요. 사람들이 뭔가 단단히 잘못 알고 있는 겁니다."

"그럼 그 이후에 어찌되었나요?"

귀기울여 듣고 있던 그녀도 다음 얘기가 궁금한지 서둘러 물었다. 그녀는 그날 일을 사내가 빨리 말해주기를 원하는 것 같았다.

"청허 도사님은 스승님에게 더 이상 가르칠 것이 없다며 속리산 신선대 부근으로 가서 혼자 수련하라고 했습니다. 왜 하필이면 그곳으로 가라고 하셨는지 저는 알 수 없었지만, 스승님은 뭔가 아시는 게 있는 것 같았습니다. 그저 빙그레 웃기만 하더니 알았다고 하시더군요. 저도 그때 스승님을 따라 속리산으로 갔습니다. 수발을 들 누군가도 필요했고 젊은 스승님께 직접 배우고 싶었죠. 그래서 신선대 부근에 움막을 하나 짓고 그곳에서 수련을 계속했습니다."

"그때가 언제인가요?"

"스승님이 25살 때였으니까 지금으로부터 27년 전이겠네요."

27년 전이면 그녀가 태어나기 1년 전이다.

"우리가 익히는 구정 삼령주에서는 9를 신성시합니다. 그래서 열흘에 한번씩 그러니까 9일, 19일, 29일이 되면 참선에 들어가지요. 한번 참선에 드시면 스승님은 아무리 흔들어 깨워도 돌부처처럼 앉은 채로 꼼짝하지 않으십니다. 육신만 이곳에 남은 채 혼백은 선계로 올라간 것입니다. 때때로 24시간 이상을 꼬박 그곳에 머무르시는 일도 있습니다. 그곳이 어떤 곳인지 저는 구체적으로 알지 못합니다. 따라하긴 하지만 제 신력으로는 어림도 없는 일이죠."

"잠깐만요. 기도를 하는 날이 9일로 끝나는 날이라고 했죠?"

"예, 맞습니다. 다른 날은 별의 기운이 땅으로 통하지 않아 기를 아무리 모으려고 해도 안 된다고 하셨습니다."

그녀가 가방에서 엄마가 쓴 다이어리를 꺼냈다. 뭔가를 당장 확인해보려는 것 같았다. 그리고 나에게 보여주었다.

—9, 19, 29.

그녀가 적은 숫자는 스승이라는 사람 아니 은혜의 아빠가 참선에 들어간 날이다. 그날이 어떻게 은혜 엄마의 다이어리에 적혀 있었을까. 39가 적혀져 있지 않은 것으로 보아 그 숫자들은 날짜라고 생각하는 것이 맞을 것이다. 혹시 아빠와 만났던 날이 아닐까? 우연의 일치라고 하기에는 모든 것이 들어맞았다.

"혹 그분이 수련 중에 밖을 나가거나 하는 일도 있습니까?"

은혜가 떨리는 목소리로 제자에게 다급하게 물었다.

"그런 일은 있을 수 없습니다. 제가 늘 옆에 있었기 때문에 잘 알고 있습니다. 스승님은 수련을 한번 시작하면 절대로 중도에 그만두지 않습니다. 제 기억에 그런 일은 단 한번도 없었습니다."

그 숫자들이 두 사람이 만났던 날을 적어놓은 것이라면 수련하고 있던 사람이 어떻게 그녀의 엄마와 만날 수 있단 말인가. 선계로 올라간 영혼이 육체는 다른 곳에 두고 그녀의 엄마와 사랑을 나누어 그녀가 태어났다는 것인가. 그럼 그녀의 정체는 무엇인가.

아찔했다. 그녀가 어지러운지 한 손으로 머리를 잡고 내 어깨 쪽으로 몸을 기울였다.

"그 후 어찌됐나요?"

"일 년인가 그곳에서 수련을 계속한 뒤 스승님은 더 이상 하지 못하겠다고 하셨습니다. 한계에 부딪혔던 모양입니다. 머리카락이 새하얗게 변하고 얼굴에 주름이 생기고 10년은 더 늙어버리셨습니다. 그래서 우리는 다시 계룡산으로 돌아왔습니다. 그리고 몇 년 후 청허 도사님이 돌아가셨지요. 봄볕이 따사롭던 어느 날 오후 우리는 수련 중이던 청허 도사님의 머리에서 빛이 번쩍이는 걸 보았습니다. 그와 동시에 도사님의 숨이 멈췄습니다. 앉은 채로 빙긋이 웃는 모습을 한 채 도사님은 우리 곁을 떠나셨습니다. 신선이 되신 것입니다. 3일 밤낮으로 우리는 도사님께 절을 올렸습니다. 그리고 화장하여 껍데기뿐인 육신을 산에 뿌렸지요."

신선이라. 그렇게 되기를 바라는 이들의 추측일 뿐이라고 나는 생각했다.

"무슨 까닭으로 그분이 돌아가신 뒤 신선이 되었다고 생각하는 것입니까?"

"사람은 누구나 저마다의 빛을 가지고 있습니다. 북두칠성의 빛이 사람의 빛과 통하면 혈맥이 뚫리면서 기가 돌게 되지요. 그 기운이 극에 달하면 사람의 몸에서 빛이 빠져나가 신선의 경지에 오르게 됩니다."

"아까 수련실에서 코에서 빛이 빠져나가는 걸 보았다는 그 사람의 경우처럼 말인가요?"

"아, 그거요? 그건 수련 과정 중 초급 단계에서 일어나는 일입니다. 일 년 정도 열심히 수련하면 누구나 도달할 수 있는 단계입니다."

"그런 게 있었군요."

"중국 송나라 때부터 전해져오는 도가의 비기를 담은 『옥류보경』이란 책에는 사람이 신선이 되는 순간 정수리에 모여진 빛이 하늘로 솟구치게 되며 그것은 너무도 선명해서 주위 사람들도 능히 볼 수 있다고 되어 있습니다. 청허 도사님에게 그런 일이 일어났던 겁니다."

"스승님이란 분도 그것을 보았습니까?"

"물론입니다. 스승님은 그 경이로운 순간을 똑똑히 보셨습니다. 그리고 그날 이후부터 스승님은 다시 수련에 매진하게 되었습니다."

"그래서 어찌 되었습니까?"

"하지만 더 이상 수련에 진척이 없었습니다. 그런데 어느 날 참선을 마친 스승님이 속리산으로 다시 가자고 하시더군요. 그곳에 답이 있다고요. 전 묻지도 않고 알겠다고 했습니다. 뭔가 방법을 찾으셨구나 하는 생각에 말이지요."

"그게 언제인가요?"

"십칠 년 전이었습니다. 도착하자마자 스승님은 저에게 지치라는 약초를 좀 캐어오라고 하셨습니다. 괴산군 칠성면 태성리라는 곳에 커다란 회화나무가 있는데 꼭 그 뒤쪽에서 자라는 지치를 캐서 가져오라고 하셨습니다. 이유가 뭔지 여쭈어봤지만, 스승님은 그것에 대한 대답은 안 하고 그곳에 마늘 냄새가 나는 지치가 있을 것이니 꼭 그걸 캐오라고 하셨습니다. 말씀하신 곳으로 가서 찾아보았는데 진짜 마늘 향이 나는 지치가 있더군요. 지치에서 마늘 냄새가 난다는 게 좀 께름칙했죠. 혹 독초가 아닐까 하는 생각이 들었습니다. 하지만 전 시키는 대로 할 수밖에 없었습니다. 그래서 저는 약초를 캐서 그것을 달여놓은 뒤 생필품을 사러 마을로 내려갔습니다. 그때 일이 벌어진 겁니다. 움막으로 오니 경찰들이 와 있었고 스승님은 앉은 채로 돌아가신 상태였습니다. 하지만 전 그때 드디어 스승님이 원을 푸신 것을 알았습니다. 청허 도사님이 신선이 되시던 때의 모습과 똑같았으니까요. 전 다음날 마을에서 스승님의 육신을 태운 구급차가 떠나고 난 뒤 길 위에서 기쁨의 눈물을 흘리며 하늘을 향해 절을 했습니다. 신선이 되어 저를 바라보고 계실 스승님을 향해서요."

사내의 이야기가 끝이 났다. 도대체 이 남자의 말을 어디까지 믿어야 할까? 거짓말을 하는 것 같지는 않았다. 그가 거짓말을 할 이유도 없다. 남자는 스승이 생물학적으로 그녀의 아빠일 거라는 생각은 조금도 하지 않는 듯했다. 친자 확인 같은 의학적 검사 결과도 이 남자 앞에서는 소용없는 일일 것이다.

이 남자의 말이 사실이라면 죽은 스승이라는 사람이 그녀의 아빠일 리는 없다. 수련 중이던 남자가 제자의 눈을 피해 은혜의 엄마와 사랑을 나누었을 것이라는 추측은 틀렸다. 그러면 과연 그녀 아빠의 정체는 무엇일까? 이제 더 이상 찾아갈 곳도 알아볼 것도 없다.

"그래서 스승님 시신은 어떻게 하셨나요?"

그녀가 그제야 남자에게 질문을 했다.

"화장해서 이 도장 뒤편에 있는 회화나무에 뿌렸습니다. 그리고 해마다 제를 올립니다."

사내는 그제야 할 말을 다 마쳤는지 한숨을 길게 내쉬며 이미 식어버린 차를 모두 마셨다.

"아가씨가 그럼 그때 옆에 있던 아주머니 딸이군요. 눈에 초점을 잃은 채 멍하니 구급차를 쳐다보던 아가씨의 어머니가 생각이 납니다."

사내가 그녀를 힐끔 쳐다보았다. 그럼 당신의 아빠는 어디에 있냐고 묻고 싶은 얼굴이었다. 만약 죽은 사람이 사내의 말처럼 그녀의 아빠가 아니라면 그는 어딘가 살아 있을지도 모른다. 그리고 그녀의 엄마가 그 옆에 있을지도 모른다. 문제가 더 복잡해졌다.

우리는 제자에게 고맙다는 인사를 하고 도장을 떠났다. 계룡산 자락에서 내려오는 길은 이미 어둠이 가득했다. 오가는 차량은 거의 없어 운전하기는 어렵지 않았지만, 극도로 피로했다. 괴산에 그녀를 내려주고 밤이라도 서울로 올라가려 했다. 하지만 더 이상 운전할 수 없을 것 같았다. 육체적 피로보다 정신적 스트레스가 더 컸다. 이대로 아무 소득도 없이 서울로 올라가야 한다는 사실에 가슴이 무거웠다.

그때 전화벨이 울렸다. 사촌 동생이었다. 차를 길 옆에 세웠다. 그가 무슨 얘기를 할지 몰라 운전하면서 전화를 받을 자신이 없었다. 그녀에게도 중요한 얘기일 것 같아 스피커폰으로 모드를 바꿨다.

"형님, 결과가 나왔습니다."

사촌 동생이 한숨을 쉬는 소리가 전화기 너머에서 들렸다. 예상했던 결과가 나온 것이라고 나는 짐작했다.

"두 고양이는 유전적으로 완전히 같은 놈이었습니다. 쌍둥이가 아닐까 하고 여러 번 검사를 반복해봤지만, 결과는 똑같았습니다. 이걸 어떻게 받아들여야 하는지 난감할 뿐입니다."

그녀도 따라서 한숨을 내쉬었다.

"똑같은 고양이 두 마리 중 한 마리는 쥐약으로 인한 출혈성 장염으로 죽었고 다른 한 마리는 그 후 스무 시간이나 지나서 얼어죽었습니다. 그럼 죽은 고양이는 털이 없어진 채로 다시 살아났다가 얼어죽었다는 얘기인데. 이게 뭐 말이 돼야 말이지요. 온몸에 있는 제 털이 다 뻣뻣하게 설 지경이에요. 오늘 밤에 잠은 다 잤습니다."

같은 고양이 두 마리와 같은 아빠 두 사람. 뭔가 관계가 있는 게 아닐까?

"이걸 학회에 보고했다가는 아마 저는 정신병원으로 보내질 겁니다. 그래서 저는 그냥 다 폐기하기로 했습니다. 저 혼자 검사를 했으니 기록만 없으면 아무도 모를 겁니다. 형님도 잊어버리세요. 아 그리고 또 한 가지 알아낸 것이 있어요. 털 없는 고양이의 혈액에서 헤타민 성분이 다량으로 검출됐습니다. 그 옆에서 채취했다고 하셨던 지치라는 약초에서도 동일 성분이 검출됐고요. 아마 그

부근의 토양이 헤타민에 오염되어 있었던 모양입니다. 다른 곳에서 채취한 지치 약초에는 헤타민 성분이 없었습니다. 형님께 좀 도움이 됐는지 모르겠습니다."

동생은 그렇게 말하고는 전화를 끊었다.

우리가 진실이라고 알고 있는 것 중에 과연 정말로 진실인 것이 얼마나 될까? 과학이라면 진실을 정확히 밝혀줄 수 있을 줄 알았다. 그런데 오히려 더 혼란스러워졌다. 내비게이션에 그녀의 집 주소를 입력하고 다시 차를 몰았다.

베토벤의 교향곡을 틀었다. 〈9번 교향곡 합창〉이었다.

> 환희여, 신들의 아름다운 빛이여, 낙원에 사는 처녀여.
> 우리는 불꽃처럼 취해 하늘의 성전에 발을 들여놓네.
> 많은 사람이여, 서로 껴안아라.
> 형제들이여, 하늘 위에는 사랑하는 아버지이신 신이 반드시 계시네.
> 땅에 꿇어 엎드리는가, 세상 사람들이여.
> 그대들은 조물주를 예감하는가, 세상 사람들이여.
> 하늘 위에서 그를 찾아야 하네.
> 별 위에 그는 반드시 계시네.

음악을 크게 틀었지만, 졸음이 밀려왔다. 반대편에서 오는 차가 거의 없어 상향등을 켜고 천천히 달렸지만, 내리막길인데다 굴곡

이 심해 더욱 긴장되었다. 그녀도 잠시 졸다가 무서운지 깨어나 보조석 손잡이를 꽉 움켜잡았다.

헤드라이트 불빛이 검은 숲을 비출 때면 꼭 무엇인가 튀어나올 것 같아 어깨에 힘이 잔뜩 들어갔다. 브레이크를 밟고 속도를 줄이며 오른쪽으로 커브를 도는 순간 앞에 무엇인가 보였다. 나는 너무 놀라 오른발로 브레이크를 꽉 밟았다. 속도가 조금만 빨랐어도 앞에 있는 물체와 부딪혔을 것이다.

앞에 있던 물체는 탁탁탁 소리를 내며 산속으로 뛰어들어갔다. 안전띠를 하고 있어서 다친 곳은 없었지만, 고개가 한껏 뒤로 젖혀졌는지 목덜미가 조금 뻐근했다.

"고라니였어요."

그녀가 그 물체를 보았던 모양이다.

"하마터면 큰일날 뻔했네. 20킬로미터로 천천히 달렸기에 망정이지. 하마터면 고라니를 죽일 뻔했어."

나는 조금 쉬었다가 다시 운전하기 위해 도로 옆 갓길에 차를 주차시켰다. 한 시간이라도 눈을 좀 붙이고 가는 것이 안전할 듯했다. 운전석 시트를 약간 뒤로 젖히고 누웠다. 하지만 그녀는 눕지 않았다. 오히려 자세를 바로 고쳐앉았다. 그리고 나를 향해 말했다.

"아저씨, 만약에 아저씨가 시속 30킬로미터로 달렸으면 고라니는 죽었겠죠?"

"그랬겠지."

"그럼 우리가 오기 전 도로에 서 있던 고라니는 내일 살아 있는 상태일까요? 아니면 죽어 있는 상태일까요?"

"그거야 내가 몰았던 차의 속도에 따라 달랐겠지. 죽어 있을 수도 아니면 살아 있을 수도. 하지만 지금 살아 있다는 사실이 더 중요하지 않을까?"

"양자역학에서는 고라니가 내일 살아 있을 확률과 죽어 있을 확률이 반반이므로 살아 있는 상태와 죽어 있는 상태가 중첩되어 있다고 해요. 실험 모델은 좀 다르긴 하지만요."

그녀가 물리학과 학생이라는 사실이 떠올랐다.

"그건 말장난인 거 같은데. 살아 있으면 살아 있는 것이고 죽어 있으면 죽은 것이지. 두 가지 상황이 함께 존재한다는 게 가능한 일인가?"

"그래서 어떤 과학자들은 이렇게 설명하기도 해요. 고라니가 살아 있는 세계와 죽어 있는 세계로 우리가 사는 우주가 계속 나뉜다는 거예요. 그래서요, 이건 어디까지나 가정에 불과한데요. 만약 고라니가 살아 있는 우주와 죽어 있는 우주로 나누어진다면요, 내일 아침 살아 있는 고라니가 어떤 경로인지 알 수 없지만 긴 터널 같은 것을 건너 죽어 있는 고라니의 세계로 간다면 같은 세계에 살아 있는 고라니와 죽어 있는 고라니가 동시에 존재할 수 있겠죠. 그리고 만약 그 터널이 털이 모두 얼어버릴 만큼 추운 곳이라면 터널을 통과한 살아 있던 고라니도 털이 모두 없어져 곧 얼어죽을 거예요. 그럼 죽어 있는 고라니의 세계에 사는 우리는 두 마리의 같은 죽은 고라니를 보게 될 거예요. 두 마리의 고라니 DNA는 물론 똑같겠죠? 털 없는 고양이를 찾으러 산에 갔을 때 그곳만 특이하게 차가웠던 거 기억나시죠? 그곳이 다른 차원의 우주로 가는 터널일 수도 있어요."

"음. 글쎄, 말이 되긴 할 것 같은데. 그런데 정말 그런 게 있을까? 난 믿을 수가 없네. 하긴 지금 우리가 겪고 있는 일이 모두 믿을 수 없는 것들뿐이니 그런 게 실제로 존재한다고 해도 이상할 건 없겠지."

"쥐약을 먹고 죽은 고양이와 독초를 먹고 죽은 아빠, 그리고 털 없이 죽은 고양이와 대머리 아빠. 뭔가 서로 관계가 있는 것 같지 않아요? 고양이의 털은 그 터널을 빠져나오느라 모두 없어졌고 그래서 죽었지만, 사람의 경우에는 털이 없어졌다고 해서 죽지는 않잖아요?"

그녀가 얘기한 터널이란 건 무엇일까? 산으로 가로막혀 있는 두 곳을 연결해주는 인공 구조물. 그것이 터널이다. 그 두 곳이 우리가 사는 세상의 두 곳이 아니라 우리 세상의 어느 한 곳과 다른 세상의 어느 한 곳이라면.

그동안 꾸었던 이상한 꿈들이 생각났다. 분명 헤타민을 맞지 않은 날에는 그런 꿈을 꾸지 않았다. 헤타민이란 약물은 꿈이 아닌

꿈으로 들어가는 티켓 같은 것인가. 털 없는 고양이의 주변에서 발견된 헤타민. 그렇다면 그 고양이와 나는 같은 꿈을 꾸었던 것일까? 그 꿈이 그녀가 말한 터널일까?

터널을 통해 다른 세상으로 넘어가지 않고 그곳에만 머무르다가 다시 우리 세상으로 넘어온 거라면. 나는 헤타민을 맞은 날 밤에는 죽은 고라니와 산 고라니를 연결하고 있는 터널을 드나든 것이다.

그러면 내가 터널에서 만났던 그분은 신이 아니라 또 다른 '나'일 수도 있다. 그럼 그녀가 일하던 카페에 왔던 또 다른 '나'는?

한 줄기 바람 같은 것이 머리를 스치고 지나갔다.

또 다른 '나'가 터널을 지나 내가 사는 세상으로 넘어온 것이라면. 그리고 다시 터널을 통해 그가 사는 곳으로 넘어간 것이라면?

그럼 모든 것이 설명된다. 그녀의 진짜 아빠는 터널을 통해 다른 세상에서 우리가 사는 곳으로 넘어와 그녀 엄마와 사랑을 나눈 것이다.

그렇다면 도사는 어떻게 헤타민을 사용하지 않고 터널에 들어갈 수 있었을까? 제자가 말한 내용이 떠올랐다.

'육신만 남은 채 혼백은 선계로 올라간다.'

그는 약물이 아니라 수련을 통해 그곳을 드나들었다. 그들이 말하는 선계란 결국 터널 속의 세계를 말하는 것이었다.

"진짜 아빠는 살아 있을 것 같아. 다시 네 앞에 나타날 수도 있을 거야."

"예? 정말요?"

그녀가 나를 물끄러미 쳐다보았다.

"사실은 내가 통증을 견디기 위해 헤타민을 자주 사용하거든."

"헤타민이요?"

그녀의 눈동자가 커졌다. 나는 그녀에게 터널에 관한 내 생각을 얘기해주었다. 그녀는 몇 번이나 고개를 끄덕였다.

"그럴 수도 있겠네요. 아, 터널이란 곳이 어딘지 알 것 같아요. 엄마의 다이어리에 쓰여 있던 회색 박스. 그게 터널로 들어가는 문일지도 모르겠어요. 하지만 제가 그곳에 갔을 때 분명 박스는 없었어요."

"내일 아침에 다시 그곳으로 가보자. 뭔가 다른 걸 발견할 수도 있을 것 같아."

우리는 다시 괴산으로 향했다. 머리가 맑아져 한층 운전하기가 수월했다.

다차원 우주에 관한 얘기는 다큐멘터리에서 본 적이 있다. 현재는 이론에 불과하지만, 미래에는 실제로 존재한다고 입증될 수도 있는 과학의 영역이다. 그런데 만약 다차원 우주가 실제로 존재하고 그곳에 사는 사람들이 우리 우주로 온 거라면, 무슨 이유가 있지 않을까?

그리고 '나'는 그녀에게 사고가 날 것을 어떻게 알았을까? 혹시 그들은 그녀를 죽이려고 하는 건가? '나'가 그것을 막기 위해 나에게 미리 알려준 것일까? 그것이 혹 은혜의 진짜 아빠와 관련이 있지는 않을까?

'나'를 신으로 착각한 것은 나였다. 그도 자기가 신이라고 얘기하지 않았다. 죽음을 앞둔 내가 그렇게 믿고 싶었던 것뿐이다. 결국 얻은 것은 아무것도 없다. 죽은 뒤 천국은 고사하고 지옥에 가지 않으리라는 보장 또한 없어져버렸다. 허탈했다.

10장
천국의 정체

나는 괴산에 도착하여 그녀를 집에 데려다주고 읍내에 있는 모텔로 들어갔다. 머릿속을 누군가 마구 휘저어놓은 것처럼 복잡한데다 갑자기 심한 피로감이 몰려와 그대로 누워 푹 잠을 자고 싶었다. 통증은 별로 없었다. 하지만 나는 평소보다 조금 더 많은 양의 헤타민을 주사했다. 깊이 자고 싶은 욕구도 있었지만, 터널에서 '나'를 다시 만날 수 있지 않을까 하는 기대감이 더 컸기 때문이다. 그에게 물어보고 싶은 것이 많았다.

나를 보고 있다. 살 거죽이 뼈에 붙어 있을 뿐 얼굴은 해골과 다름없다. 눈꺼풀 아래에서 눈동자가 열심히 움직이고 있는지 눈두덩이 흔들리고 있다. 불을 켜지 않은 컴컴한 방인데도 방 안의 물건들이 선명하게 보인다.

싸구려로 보이는 낡은 회색 이불이 얌전하게 내 몸을 덮고 있다. 이불이 구겨져 '태'라는 글자와 'ㅇ' 자만 보인다. 태영모텔이란 곳으로 벌써 두 번째 밤을 이 방에서 지내고 있다. 특실이라고 해서 하루에 오만 원이나 되는 돈을 주고 구한 방인데 서울 구석진 여인

숙보다도 허름하다.

오늘 밤의 꿈은 시작부터 조금 특별했다. 평소보다 더 많은 양의 헤타민을 쓴 탓인지 주사약이 팔을 거쳐 머리로 들어온다고 느끼는 순간 난 특별한 경험을 했다. 온몸의 기운이 머리로 쏠리더니 어느 구멍을 통해 순식간에 나는 몸 밖으로 빠져나갔다.

생각해보니 그 구멍은 코였던 것 같다. 손으로 코를 만져봐도 아무런 느낌은 없지만, 왠지 코가 있어야 할 부분이 따끔거리는 것 같다.

몸이 새털처럼 가벼웠다. 몸에서 빠져나온 나는 천장에 매달려 있는 형광등 주위를 빙빙 돌았다. 창문을 넘어 하늘로 훨훨 날아갈 수 있을 것 같았다. 날갯짓하듯 허공에 대고 손을 흔들어댔다. 하지만 흔들 손은 없었다. 그동안 달고 다녔던 팔다리가 얼마나 거추장스러운 존재였는지를 새삼 느낄 수 있었다.

몸에서 빠져나간 것이 나의 전부라는 생각이 들었다. 누워 있는 내 몸뚱이는 단물이 다 빨려 배배 꼬인 채 휴지통에 버려진 쭈쭈바의 비닐 껍질 같다.

정말로 죽음 이후의 세계란 것이 존재한다면 죽은 뒤 이런 경험을 하게 되는 것은 아닐까 하는 생각이 들었다. 이 주사를 맞을 때처럼 나의 영혼은 그 터널이라는 곳으로 가는 것은 아닐까?

고개를 돌려보니 옆에 작은 파리 한 마리가 앉아 있다. 손을 뻗으면 닿을 수 있는 거리였다. 파리는 슬금슬금 천장을 걷고 있었다. '톡톡톡' 파리가 발로 천장을 두드리는 소리가 귀에 명확하게 들렸다. 그러고 보니 귀가 몸에 달려 있을 때보다 더 소리가 잘 들리는 것 같다. 파리가 걷고 있는 것을 계속 지켜보았다.

그런데 어느 순간부터 파리와의 거리가 점점 좁아졌다. 파리가 내 쪽으로 걸어오는 줄 알았다. 그런데 그것이 아니었다. 파리가 나를 끌어당기고 있었다. 파리에게로 가까이 가자 검고 반질반질한 눈이 마치 깊은 호수처럼 보였다. 나는 그곳에 풍덩 빠져버렸다.

순간 앞이 캄캄해지며 어둠밖에 보이지 않았다. 어둠 이상의 어둠이었다. 얼마나 지났을까. 둥둥 뜬 채로 멈추어 있다. 분명 허공이다. 하지만 발을 디디니 땅이었다. 그리고 움직이니 그곳은 길이 되었다. 길의 흔적은 보이지 않았지만 가는 방향이 일정한 것으로 보아 그것은 길이 분명했다.

주위는 아직도 어둠이었다. 태초에 빛이 생겨나기 전에는 이러했을 것이다. 무서웠다. 속으로 백까지 세면서 시간을 가늠해보려고 했지만 열을 넘길 수가 없었다. 아홉을 세고 나면 열을 세지 못하고 다시 하나를 세고 있었다.

계속 걸었다. 걷는 것 외에는 딱히 할 것도 없고 볼 것도 없었다. 죽은 후에도 이렇게 계속 걸어야 하는 걸까. 나는 지금 어디를 향해 가고 있는 걸까.

그때 어느 곳엔가 도착했다는 느낌이 들었다. 암흑 속에서도 그곳이 집이고 내가 집에 있는 문을 열고 들어가고 있다는 느낌이 들었다.

안에 들어서니 하얀 방이었다. 어둠에서 빠져나와 하얀 색을 바로 마주하니 눈이 부셨다. 눈을 몇 번 껌벅거리자 그제야 방 안에 무엇이 있는지 보였다. 방은 예전에 살았던 40평대 아파트 거실만큼 넓었다.

방안에는 커다란 테이블과 의자 두 개가 놓여 있었다. 모두 하얀색이었다. 의자에 앉았다. 맛있는 스테이크 한 접시와 붉은 포도주 한 잔이 테이블 위에 있었으면 하는 생각이 들었다. 그저 '그런 것이 어울리겠네'라는 생각에서 떠올린 것일 뿐 무언가를 먹고 싶은 생각이 들지는 않았다. 천국에 가도 먹고 싶은 생각이 들지 않으면, 그래서 먹지 않는다면 그곳이 과연 천국일까 하는 생각이 잠깐 들었다.

천국은 과연 어떤 곳일까. 그러고 보니 최근 며칠간 하나님에 관한 생각을 한번도 하지 않았다. 식사하기 전에도 자기 전에도 나는 하나님께 기도를 올렸었다. 그런데 정작 진정으로 하나님이 필요한 지금 나는 하나님을 찾고 있지 않다. 그저 앞으로 나에게 무슨 일이 벌어질 것인가에 대해서만 생각하고 있었다. 허울뿐인 신앙심이 부끄러웠다.

그때 무슨 소리가 들렸다. 소리가 나는 곳은 내가 들어왔던 문의 반대편이었다. 다른 문이 더 있는 모양이었다. 분명 문을 여는 소리였다. 두근거리는 가슴을 진정시키며 소리나는 쪽을 쳐다보았다. 누구일까?

그는 머리부터 발끝까지 방안과 어울리게 흰 옷을 입고 있었다. 흰 양복에 흰 넥타이 그리고 흰 중절모까지. 그가 내 쪽으로 걸어왔다. 나는 그가 누구인지 한눈에 알아볼 수 있었다. 그는 '나'였다. 은혜의 카페에, 내 꿈속에 나타났던, 신으로 믿고 있었던 바로 '나'였다.

그가 반가웠다. 그는 내가 원하던 때에 다시 나타나주었다. 그의 얼굴은 나와는 달리 말끔했다. 피부도 옷처럼 희었다. 모자 밑으로 검은 머리카락이 보였다. 대머리가 아니었다. 그가 앉자마자 지금은 왜 대머리가 아닌지 물어보고 싶었다.

하지만 그 질문은 지금 중요한 것이 아니었다. 이곳이 다른 세상으로 가는 통로인지, 죽으면 이곳으로 오게 되는지, 당신은 왜 우리가 사는 세상으로 건너오는지 물었다. 많은 내용을 물어보았지만, 소리가 되어 입 밖으로 튀어나오지는 않았다. 질문은 했지만 내 귀는 아무런 소리도 듣지 못했다.

그가 빙그레 웃었다. 마치 내 질문을 모두 알아들었다는 표정이었다. 그가 자리에서 일어나 내 쪽으로 걸어왔다. 그리고 손을 내밀었다. 나는 그가 내미는 손을 잡고 자리에서 일어났다.

나는 그의 손을 잡고 그가 이끄는 대로 걸었다. 우리는 꽉 막혀 있는 벽을 향해 걸었다. 이대로 가다가는 벽에 부딪힐 거라는 생각이 들었다. 앞서가는 그가 먼저 벽을 통과했다. 그의 손을 잡은 나도 얼떨결에 벽을 뚫고 나갔다.

이곳은 또 어떤 곳일까. 눈이 부셨다. 200가지 물감을 팔레트에 짜서 아무렇게나 뒤섞어 커다란 도화지에 그려내듯 다양한 색이 빛을 발하며 주위를 둘러싸고 있었다. 어느 곳이 하늘인지 땅인지 분간할 수 없어 나는 고개를 들어 하늘로 생각되는 곳을 바라보았다. 그랬더니 그곳이 하늘이 되었다.

내가 정신없이 하늘을 쳐다보고 있자 그가 손가락으로 어느 한 곳을 가리켰다. 그곳에 무지개가 있었다. 어렸을 적, 비가 온 다음이면 다리 위에 떠오르곤 했던 무지개를 나는 무척 좋아했었다.

그런데 저 무지개는 뭔가 달랐다. 반원을 그리며 일곱 개의 색이 순서대로 보이는 그런 무지개가 아니었다. 둥그런 타원형 안에 일곱 개의 빛이 원을 그리며 층을 이루고 있었다.

잠시 뒤 그것이 조금씩 변하기 시작했다. 보름달처럼 동그래지더니 일곱 개의 색이 섞이며 크기가 작아져 하나의 점으로 변했다. 그리고 그것은 곧 빛이 되었다. 주위를 환히 비칠 정도의 강렬한 빛이 그곳으로부터 뿜어져나왔다.

그가 내 손을 잡아끌었다. 빛을 향해서 가는 듯이 보였다. 몇 걸음 가지도 않았는데 별처럼 작았던 빛이 금세 머리통만큼 커졌다. 그때 주위에서 어떤 소리가 들렸다. 나팔 소리였다. 수십 개의 나팔에서 울리는 음악은 장엄하고 묵직했다. 천국을 향하는 것 같았다. 마음이 날아갈 듯 가벼웠다.

그가 내 손을 계속 잡아끌었다. 하지만 손이 있어야 할 자리에서 느껴지는 감촉이 조금 전과는 달랐다. 그의 얼굴을 쳐다보았다. 그의 얼굴은 '나'가 아니었다. 꿈에서 빛을 따라간다며 어딘가로 사라졌던 그 노인이었다. 그는 마치 나를 안다는 듯 고개를 끄덕였다.

수정같이 맑은 빛을 내는 성이 보였다. 성곽은 수십 층 아파트만큼이나 높았고 문이 열두 개나 있었다. 문을 지키는 사람도 있었다. 문지기는 노인을 잘 아는지 노인을 보자 묻지도 않고 문을 열어주었다. 나를 힐끔 쳐다보았지만 막지는 않았다. 나는 노인의 겨드랑이에서 깃털을 보았다. 그는 나를 성안으로 인도해주고 밖으로 나가버렸다. 나는 성에 홀로 남았다.

성에 들어서자 수심이 깊은 듯 푸른 강이 나타났다. 강에는 잉어가 한가로이 헤엄치고 있었다. 강을 가로지르는 다리 주변에는 붉은 열매가 가득한 나무들이 줄지어 있었다. 천천히 다리를 건넜다.

나무는 달콤하고 기분 좋은 향을 뿜어냈다. 힘껏 그것을 들이마셨다. 새로운 에너지가 샘솟는 듯했다. 이런 향을 매일 맡고 산다면 깊이 뿌리박고 있던 사탄의 기운이 모두 없어질 것 같다는 생각이 들었다. 거대한 문을 가진 집 앞에 도착했다. 이곳은 정말 천국인가? 노인은 과연 천사가 된 것인가? 그럼 저 안에 하나님이 계시는 건가?

안으로 들어가기 전 고개를 숙이고 감사의 기도를 올렸다. 이곳에 들어가면 다시는 나오지 못할 거라는 생각이 들었다. 얼마 버티지 못할 육신으로 다시 돌아가고 싶은 마음은 없었다. 이대로 문만 열고 집안으로 발을 들여놓기만 하면 나는 하나님의 곁에서 영원한 안식과 평화를 누릴 수 있을 것 같았다.

문을 살짝 밀어보았다. 문은 아무런 소리도 내지 않고 활짝 열렸다. 한 발 한 발 안으로 걸어들어갔다. 차마 고개를 들 수가 없었다. 위를 쳐다볼 자신이 없었다.

고개를 숙인 채 눈을 떴다. 길에는 보석이 박혀 있었다. 어떤 것은 노란 빛이었고 어떤 것은 녹색 빛이었다. 고개를 조금 들어 주위를 보았다. 짐승들이 보였다. 그런데 자세히 보니 얼굴만 짐승의 모습을 한 사람이었다. 한 마리의 얼굴은 사자 같았고 또 한 마리의 얼굴은 송아지 같았고 또 한 마리의 얼굴은 독수리 같았다. 그리고 또 한 마리는 얼굴도 사람의 모습이었다.

네 마리의 짐승들 뒤로 수정 같은 유리가 곱게 깔린 바다가 흘렀다. 파도가 치고 물결이 일고 있는 바다였지만 표면은 유리로 되어 있어 건널 수 있을 것 같았다.

그때 요란한 천둥소리가 들렸다. 그 소리가 너무 크고 무서워서 난 잠시 걸음을 멈췄다. 그런데 자세히 들어보니 천둥소리가 아니었다. 누군가 나를 부르는 소리였다. 귀에 익은 목소리였다. '아들,

이리로 오렴.' 분명 엄마 목소리였다. 엄마는 기분 좋을 때 이름 대신 아들이라고 나를 불렀었다.

뒤를 돌아보았다. 문은 아직 열려 있었다. 나는 밖으로 튀어나갔다. 이곳에 오는 길을 알았으니 엄마를 만나고 난 뒤 다시 오면 될 것으로 생각했다. 그런데 강이 없어졌다. 나무도 없어졌다. 성은 모두 없어지고 허허벌판에 나는 혼자 서 있다.

흙먼지 이는 땅에 나는 두 발을 딛고 서 있다. 맨발에서 느껴지는 흙의 감촉을 느끼며 아래를 보았다. 발이 다시 생겼다. 쳐다보니 손도 다시 생겼다. 얼굴을 만져보니 눈과 코와 귀도 다시 생겼다.

어찌된 일일까. 조금 전까지 있던 곳은 분명 천국이었다. 뒤를 돌아보았다. 빛은 여전히 그곳에 있었다. 내가 뒤로 돌아 다시 저곳으로 간다면 성이 다시 생기고 나는 그곳의 문을 열고 들어갈 수 있을 것이다.

그때 눈앞에 새로운 장면들이 펼쳐졌다. 아이가 태어나는 장면부터 학교에 들어가 공부하고 성인이 되는 순간이 순식간에 눈앞을 스치며 지나갔다. 32배속으로 영화를 보는 것만큼 빠르게 지나갔지만 모든 장면이 선명하게 머릿속에서 떠올랐다. 그것은 지금껏 내가 살아왔던 나의 삶에 대한 기억이었다.

미숙아로 태어난 나를 안고 우는 엄마. 엉덩이의 반달점을 메스로 도려내려고 하는 엄마. 초등학교 입학식 때 참석한 엄마와 친아버지.

초등학교 3학년 때 나를 처음 보았을 때 반갑게 대해주던 지금의 아버지. 중학교 1학년 때 일등 성적표를 보고 즐거워하던 아버지 얼굴. 아버지와 함께 야구를 하던 순간. 그리고 내가 대학에 갔을 때 기뻐했던 아버지 표정. 그동안 아버지에 대한 나쁜 기억만을 떠올리며 살아왔다는 생각이 들었다. 아버지는 나를 싫어했던 것이 아니었다. 내가 친아버지가 아니라는 이유로 아버지를 싫어했던 것이었다.

그때 멀리서 누군가가 달려왔다. 엄마였다. 나도 함께 엄마를 향해 달렸다. 엄마는 검정 블라우스에 하얀 바지를 입고 있었다. 엄마가 즐겨 입던 옷이었다. 엄마 얼굴은 그대로였다. 주름진 얼굴도 다정하게 웃는 모습도 내 기억 속의 엄마 모습과 다르지 않았다. 엄마는 나를 꼭 안아주었다. 초등학생으로 돌아간 것 같았다. 엄마의 품이 너무 따뜻했다.

엄마는 내 손을 잡고 일어서더니 걸었다. 나도 엄마가 이끄는 대로 길을 걸었다. 뒤를 돌아보았다. 빛이 멀어지고는 있었지만 아직은 선명했다. 엄마의 손을 뿌리치면 그곳으로 다시 갈 수 있을 것 같았다. 하지만 엄마의 손이 너무 따뜻해서 놓기 싫었다.

엄마를 올려다보았다. 엄마가 유리컵에 무언가를 따라 내게 건넸다. 유리컵에 담긴 액체에서 달콤한 냄새가 났다. 익숙한 냄새. 그건 내가 제일 좋아하던 로열 살루트 21년산이었다. 카드 패를 쪼일 때면 항상 한 모금씩 홀짝거리며 마셨던 술이었다. 술을 준 엄마를 다시 쳐다보았다.

엄마가 아니었다. 내 돈을 항상 따가지고 갔던 동료였다. 그가 카드 네 장을 건넸다. 나는 아무 생각 없이 그것을 받았다. 오랜만에 카드를 만지자 손끝에 짜릿한 느낌이 들었다. 카드를 뒤집어 앞면을 보았다. 넉 장은 각각 다른 무늬의 에이스 카드였다. 에이스 포카드.

목구멍으로 넘어가는 양주 향기가 달콤했다. 순간 내가 또 어리석은 일을 저지르고 있다는 죄책감이 들었다. 아직도 돌아갈 기회는 있다.

나는 그의 손을 뿌리치고 반대 방향으로 뛰었다. 빛이 보이지 않았다. 멈춰 서서 주위를 살폈다. 아무것도 없었다. 나는 아무도 잡아주지 않은 내 손을 휘저으며 계속 걸었다. 하늘은 점차 빛을 잃어가며 뿌옇게 변하기 시작했다.

그때 앞에서 길을 걷고 있는 두 사람의 모습이 눈에 들어왔다. 다정스러워 보이는 남녀였다. 분명한 목적지가 있었는지 그들의 발걸음은 빨랐다. 쫓아가기 위해 발걸음을 재촉했지만, 그들을 쫓아갈 수가 없었다.

그런데 남자 얼굴이 눈에 익었다. 어디서 봤을까. 점점 그들과의 거리는 멀어졌다. 나는 그가 누구인가 곰곰이 생각해보았다. 바로 그 사람이었다. 경찰서의 사진 속에서 봤던 사람. 바로 은혜의 아빠였다. 그럼 그 옆에 같이 걷던 여자는 은혜의 엄마가 분명

했다.

나는 그들을 불렀다. 은혜가 애타게 찾고 있다는 사실을 얘기해 주어야 한다. 하지만 아무런 소리도 목에서 나오지 않았다.

요란한 소리에 눈을 떴다. 주차되어 있던 차의 경보음이 시끄럽게 울리고 있었다. 어젯밤에 내가 갔던 곳은 분명 천국이다. 요한이 심판의 날에 보았던 예루살렘 성전의 모습이 분명했다. 어제 그곳에서 눈을 들어 위를 쳐다보았다면 24명의 장로가 흰 옷을 입고 머리에 금 면류관을 쓰고 앉아 있는 모습을 보았을 것이며 하나님의 일곱 영을 상징하는 일곱 등불을 보았을 것이며 무지개를 두른 보좌에 앉아계신 그분을 보았을 것이다.

나는 자리에서 일어나 무릎을 꿇고 앉아 하나님께 기도를 올렸다. 성령이 충만했다. 천국은 터널 안에 있었다.

하지만 한편으로 의심의 유혹이 다시금 스멀스멀 기어올라왔다. 천국의 모습은 목사님으로부터 그리고 인터넷을 통하여 내가 알고 있는 모습이다. 그렇다면 그것은 실제 천국의 모습이 아니라 내 머릿속에 저장되어 있던 또 다른 기억일 수도 있다.

엄마 모습과 돌아가신 친아버지 모습 그리고 지금 아버지까지. 새로운 것은 없었다. 로열 살루트의 향기나 손에 잡았던 카드에서 느끼는 촉감도 그러했다. 모두 저장되어 있던 것이다. 그렇다면 사실은 내가 실제의 천국을 경험한 건 아닐지도 모른다는 생각이 들었다.

하지만 그 어떤 것도 분명한 것은 없다. 그런데 만약 그곳이 진짜 천국이었다고 해도 죽었을 때 내가 그곳으로 들어갈 수 있을까. 온갖 달콤한 유혹을 뿌리치고 하나님의 나라에서 머물 용기와 굳은 신념이 있을까. 나는 하나님께 도와달라고 다시 기도를 드렸다. 사탄이 나를 지배하지 않도록 도와달라고 청했다.

터널 속의 '나'는 분명 나를 빛이 있는 곳으로 안내했다. 왜 그랬을까? 처음 보았던 '나'는 나에게 명령을 내렸다. 하지만 이번에는 나를 이끌었다.

'나'의 미소가 떠올랐다. 그는 내가 생각하고 있는 것들을 이미 모두 알고 있는 눈치였다. 그렇다면 그는 나에게 진짜 천국을 보여준 것인가? 지옥에 대한 공포를 느끼고 있었던 나에게 선물 같은 것이라도 안겨준 것일까?

그가 내린 명령이 떠올랐다. 그가 왜 그런 명령을 내렸는지는 알 수 없다. 어쨌든 나는 그의 명령을 충실히 이행했다. 만약 그가 나의 모든 것을 알고 있는 다른 세계의 존재라면 무언가 나에게 보답하고 싶었을 것이다. 맞다. 그가 나에게 준 선물은 바로 천국으로 가는 길을 알려주는 것이었다. 그는 천국에 사는 신이 아니라 천국으로 가는 길의 안내자였다.

11장
다시 시작되는 고통

나는 서둘러 일어나 옷을 입고 짐을 챙겨 모텔 밖으로 나왔다. 이제 서울로 돌아가야 한다. 남은 헤타민 주사를 화장실 변기에 모두 버렸다. 더는 주사약으로 통증을 다스리지 않기로 했다. 움직일 수 있다면 참고 견디며 교회로 가서 기도할 것이고 몸이 더 안 좋아져 걸을 수도 없다면 병실에 누워 기도할 것이다.

차에 시동을 걸었다. 엔진 소리가 두근거리는 내 심장 소리처럼 들렸다. 잔뜩 찌푸린 하늘 탓인지 이른 아침이라 도로가 한산해서 그런지 괴산은 음산한 기운을 품고 있었다. 하지만 내 앞에 펼쳐진 세상은 그 어느 때보다도 찬란했다. 하늘을 보았다. 멀리 짙은 구름 사이로 파란 하늘이 손바닥만큼 고개를 내밀고 있었다. 하나님은 저기에 계신 것이 아니었다. 아무도 모르는 비밀을 혼자 간직하고 있다는 사실에 가슴이 벅찼다.

죽음의 순간이 기다려진다. 육신의 고통을 모두 끝내고 모든 걸 훨훨 벗어던질 자유의 시간을 기대해본다. 온 세상이 기쁨으로 충만해 있다. 나는 신호에 걸려 정차해 있는 옆 차량 운전자를 향해 가볍게 미소지었다. 갑작스러운 낯선 이의 웃음이 당황스러웠는지 잠깐 머뭇거리던 그도 나를 향해 웃어주었다. 축복받은 날이다.

그녀의 집으로 향했다. 그녀는 이미 집 밖에 나와 있었다. 나를 기다렸던 것 같았다.

"혹시 엄마 사진 가지고 있어?"

그녀가 핸드폰에 있는 엄마 사진을 보여주었다. 터널에서 보았던 그녀가 맞다.

"어제 엄마를 봤어. 터널에서. 아빠와 함께 어딘가를 향해 부지런히 걸어가고 있던데. 아마 이곳으로 함께 오는 중인 것 같아."

그녀와 함께 천천히 산에 올랐다. 산으로 오르는 길을 따라 이름 모를 풀들이 줄지어 피어 있었다. 흐드러지게 핀 잡초의 보라색 이파리가 앙증맞아 보였다. 간간이 불어오는 바람에 꽃잎이 흔들렸다. 그러자 꽃잎에 앉아 놀고 있던 꿀벌 몇 마리가 다시 하늘로 날아올랐다.

고개를 들어 하늘을 보았다. 하지만 벌들은 보이지 않았다. 문을 열고 막 들어간 증기탕처럼 축축한 습기가 코를 찔렀다. 희뿌옇게 낀 안개가 산 이곳저곳을 파먹고 있어 바로 앞에 있는 나무도 잘 보이지 않았다.

아침 아홉 시였다. 이른 아침이 아닌데도 걷히지 않은 안개 때문인지 가슴이 서늘했다. 그때 부엉이가 울었다. 정자 앞에 막 도착했을 때였다. 소리가 너무 컸던 탓인지 회화나무 가지들이 놀란 듯 흔들렸다.

'부 어엉' '부 어엉' 부엉이는 그렇게 다섯 번을 울었다. 그리고 잠깐 멈추었다가 다시 다섯 번을 울었다.

"아침 시간에 웬 부엉이 소리일까요?"

"그러게 지금 부엉이가 자고 있을 시간 아닌가?"

"생각해보니 아빠가 사라진 날 밤에도 이런 부엉이 소리를 들었던 기억이 나요."

회화나무 뒤편으로 들어가려는 순간 은혜가 무서운지 걸음을 멈췄다.

"그런데 부엉이 소리가 좀 이상하지 않아?"

부엉이 소리를 실제로 들어본 적은 없다. 하지만 티브이에서 들었던 부엉이 소리와는 분명 달랐다. 그리고 소리 간격이 메트로놈의 박자처럼 정확했다.

"그러게요. 자세히 들어보니 조금 달라요. 뭐랄까, 자연의 소리가 아닌 것 같아요,"

은혜가 다시 숲속으로 발을 옮기며 말했다. 밤이슬을 머금고 있었던 풀잎에 종아리가 닿아 축축했다. 부엉이 소리는 멈췄다.

그녀가 내 손을 잡고 앞으로 걸어나갔다.

"조금 더 가면 Y자 모양의 나무가 보일 거예요. 그곳이 회색 상자가 있던 곳이에요."

은혜가 걸음을 멈췄다. 안개가 조금씩 걷히자 야구 방망이만 한 크기의 검은 색 나무가 V자 모양을 하고 서 있었다. 아래 부분은 아직 안개에 가려 정확히 보이지 않았다.

공간은 서서히 모습을 드러내기 시작했다. 그곳은 주위가 높은 나무로 둘러싸여 비밀을 간직한 동화 속 정원처럼 느껴졌다. 태양이 나무의 머리 위로 고개를 내밀자 무대 조명을 받은 것처럼 물기를 머금은 Y자 고목이 빛나기 시작했다. 선선한 바람을 타고 산새들이 지저귀는 소리가 공간을 빠져나가지 못하고 그곳에서 맴돌았다.

두 사람이 서 있었다. 모자를 쓴 키가 큰 사람과 그 사람의 어깨 정도에서 머리가 보이는 작은 사람. 어젯밤에 터널에서 보았던 두 사람이 눈앞에 서 있다. 뒤에서 바람이 불어오자 잔가지들이 나뭇잎을 토해냈다. 나뭇잎들이 허공에서 돌다가 키가 큰 사람의 모자에 앉았다. 캡이 달린 파란 모자였다. 그는 평상복 바지에 면 티셔츠를 입고 있었다. 모자 밑으로 검은 머리카락이 보였다.

옆에 서 있는 여자를 보았다. 분홍 원피스에 노란 재킷을 걸친 여자. 터널에서 보았던 복장 그대로였다. 그녀는 환하게 웃고 있었다.

"엄마?"

그녀가 울먹이는 목소리로 엄마를 부르며 달려갔다.

"은혜니?"

두 사람은 서로 껴안았다. 껴안은 채로 그들은 말했다.

"어디 갔다온 거야? 나한테 말도 안 하고."

"네 아빠가 며칠이면, 충분할 거라고 해서 말 안 했지. 말하면 괜히 걱정할 거 아니야. 엄마를 찾아다닌 거야?"

두 사람은 서로의 얼굴을 쳐다보며 그동안 있었던 일에 관한 얘기를 주고받느라 정신이 없었다. 그녀들의 뒤에 서 있는 키 큰 남자가 나를 쳐다보는 눈길이 느껴졌다. 마치 친한 친구를 대하듯 나를 향해 편안한 미소를 지어보였다.

"그동안 잘 있었니? 우리 딸?"

키 큰 남자가 그녀를 향해 말하며 웃었다. 그녀는 아빠라고 부르지 못하고 머뭇거렸다. 그녀가 키 큰 남자의 얼굴을 빤히 쳐다보았다. 그녀의 머릿속에 얼마나 많은 복잡한 생각들이 수십 년간 쌓인 채 뒤엉켜 있을까? 그것을 모두 풀어내는 데 또 그만큼의 시간이 걸릴지도 모르는 일이다.

그녀의 아빠가 나에게 다가와 악수를 청하였다. 터널에서 본 '나'의 모습이 떠올랐다. 두 사람은 확실히 닮은 구석이 있었다. 그녀가 충분히 착각할 만하다는 생각이 들었다. 그의 손을 잡았다. 몹시 차가웠다. 그의 뒤로 회색 상자의 왼편 문이 열려 있는 것이 보였다.

"감사합니다."

키 큰 남자가 내게 말했다. 무엇이 감사하다는 것일까? 자기의 딸을 구해준 거? 그렇다면 이 사람도 또 다른 '나'를 알고 있다는 뜻일까? 두 사람 사이에 무슨 관계가 있을지도 모른다는 생각이 들었다. 나도 왠지 그가 낯설지 않았다.

세 사람은 부둥켜안았다가 떨어졌다가를 반복하면서 한참의 시간을 보냈다. 나는 약간 뒤로 물러서 있어서, 그들이 무슨 얘기를 하는지 잘 들리지는 않았다. 무척이나 할 말들이 많을 것이다. 저렇게 온 가족이 모일 시간을 갖기까지 너무도 오래 걸렸다. 그리고 기다림 속에서 각자 많은 상처를 입었을 것이다. 이제 저들에게는 각자의 상처를 회복할 시간이 필요하다.

다행이다. 그들에게 시간이 많은 것이.

그런데 나에게는 시간이 없다. 나는 은혜 가족에게 인사도 하지 않고 산에서 내려왔다. 분위기를 깰 수가 없었다. 차에 올랐다. 계획은 성공하지 못했지만, 그것은 이제 아무런 의미가 없다. 아니 시작부터 잘못된 일이었다. 대신 나는 그토록 원하던 천국으로 가는 길을 찾았다.

차에 시동을 걸었다. 그리고 내비게이션에 전에 근무했던 병원 주소를 입력했다. 며칠간의 여행으로 체력이 바닥난 상태였다. 이제 병원 침대에 누워서 편안히 쉬고 싶었다.

차는 괴산을 떠나 서울로 가는 고속도로에 올랐다. 아버지에게 전화를 걸었다. 그저 그래야 할 것 같았다. 꼭 그녀의 아버지를 만났다고 해서 아버지가 있음을 떠올린 것은 아니었다. 나는 아버지가 엄마와 자신을 늘 미워하고 때렸던 순간만을 머릿속에 담아두고 있었다.

나는 아버지가 나와 엄마를 사랑하고 있다는 사실을 상자에 넣어 자물쇠로 굳게 걸어잠근 채 머릿속 깊은 곳에 숨겨두고 살아왔다. 어젯밤 자물쇠를 열고 꺼내어 본 아버지는 기억 속의 아버지와 달랐다.

아버지가 돈을 가진 아들이 아니라 당신이 키운 아들의 전화를 기다리고 있을지도 모른다는 생각이 들었다. 그리고 아버지에게 작별 인사는 하고 세상을 떠나는 것이 그분에 대한 최소한의 예의라는 생각이 들었다.

"아버지, 잘 계셨어요?"

몇 번 신호음이 가더니 툭 소리가 나며 아버지 목소리가 들렸다.

"많이 아프다며? 어디가 어떻게 아픈 건데?"

아버지가 어떻게 내가 아픈 것을 알았을까? 고양이를 맡기고 나오면서 몸 상태가 좋지 않다고 지나가는 말로 얘기했던 것을 사촌 동생이 아버지에게 전화해서 내 상태를 말했던 모양이었다. 아버지 목소리가 가늘게 떨렸다. 저런 아버지의 목소리를 분명 어렸을 때 들었었다. 다리를 다쳐서 며칠 학교에 못 갔을 때도, 친구에게 맞아 코피를 흘렸을 때도 저런 목소리로 걱정해주었던 것이 생각났다.

"괜찮아요, 아버지. 죄송해요."

무엇을 아버지에게 잘못했는가에 대해서 정확히 짚어 말할 것은 별로 생각나지 않았다. 하지만 그냥 그렇게 말해야겠다는 생각이 들었다. 걱정어린 아버지의 말에 대한 반사적인 대답일 수도 있었다. 하지만 말을 하고 보니 마음이 편했다.

병원에 도착했다. 병원 직원들과 원장님께 내 병에 관해 설명하고 죽을 때까지 이곳에 있고 싶다고 얘기했다. 무척이나 놀라워하는 눈치였지만 아무것도 물어보지 않고 원장님은 입원 서류에 서명해주셨다. 내가 지나갈 때마다 뒤에서 직원들이 수군거리는 소리가 들렸다. 진심으로 걱정해주는 소리처럼 들렸다.

입원한 후 통증을 줄이기 위해 사용하는 약물 중 헤타민 주사는 사용하지 말아줄 것을 주치의에게 부탁했다. 주치의는 이미 내가 병원을 나갈 때 헤타민 주사를 대량으로 가져간 것을 알고 있었다. 그래서 그는 특별히 선배 의사를 위해 고용량의 헤타민 주사를 쓰려했다고 말했다. 하지만 나의 청이 하도 간곡해 그는 헤타민 주사를 주지 않았다.

입원하고 나서 며칠 뒤 아버지가 병원으로 찾아왔다. 아버지도 많이 늙었다. 그래도 옷과 머리는 단정했으며 술 냄새는 나지 않았다.

"아버지가 여러 가지로 너한테 미안하다. 죽은 네 엄마한테도 미안하고."

고개를 숙이고 얘기하는 아버지의 눈에 눈물이 맺혀 있는 것을 보았다. 아버지가 통장 하나를 내밀었다.

"이거 보험회사에서 나온 엄마 사망 보상금이다. 네가 개업할 때 주려고 모아둔 건데. 일이 그만 이렇게 되어버렸으니. 네가 혹시 어디 줄 데가 있거나 하면 써. 이걸 내가 어떻게 쓰겠니."

통장에는 3억 원이 들어 있었다. 아버지는 엄마 보험금에 한 푼도 손을 대지 않았다. 생활은 어떻게 하셨을까. 그동안 나에게 돈을 보내달라고 했던 것은 최소한의 생활비를 요구했던 것이었다. 나는 미안한 마음에 아버지에게 아무런 말도 할 수가 없었다.

나는 아버지를 위해서 아무것도 남기지 않으려 했다. 살아남아 있을 가족보다 죽은 뒤 천국으로 가고 싶은 자신만을 위해 교회에 모든 것을 주었다. 죽음을 앞에 놓고서도 이기적이었다. 아버지의 손을 꼭 잡았다. 아버지 손이 떨렸다. 병이 있어 떠는 것인지 나의 손길이 그리워서 그랬는지는 알 수 없었다. 통장을 다시 아버지에게 드렸다.

"아버지, 죄송하고, 그리고 고마웠어요."

목이 메어 더는 말을 할 수가 없었다. 아버지도 닭똥 같은 눈물을 뚝뚝 흘릴 뿐 아무 말도 하지 않았다.

오후에는 한 목사님이 병원을 찾아오셨다. 장로님들 몇 분도 함께 오셨다. 나는 그분들과 함께 기도했다. 한 목사님은 새 교회를 짓는 중이며 1년 뒤면 새로운 교회로 이사갈 수 있을 거라고 했다. 그리고 주일 예배마다 교인들이 모두 나를 위해 감사기도를 올리고 있다고 했다.

"목사님 굳이 그러실 필요 없어요. 하나님도 지겨우시겠어요. 늘 똑같은 얘기만 들으시면."

목사님이 웃었다. 형식적으로 올리는 기도는 소용이 없다는 것을 깨달았으며 나는 천국에 가게 될 거라고 자신 있게 얘기했다.

"모든 것은 주님의 뜻에 달려 있습니다."

"목사님께 자세히 설명하기는 어렵지만 전 천국에 가는 방법을 찾았습니다."

"그래요? 만약 그런 방법이 정말로 있다면 저도 좀 알고 싶네요. 하지만 그렇게 된다면 아무도 교회에 오지 않겠죠? 후후."

목사님이 쓴웃음을 지었다.

다음날 은혜가 면회를 왔다. 괴산에서 헤어지고 난 뒤 한 달 만이었다.

"좀 어떠세요? 아저씨?"

활짝 웃고 있는 그녀의 얼굴이 좋아보였다.

"무섭지 않으세요? 죽는다는 거."

"이곳에서의 삶이 끝나는 건 무섭지만 죽음 후의 세상을 알게 돼서 두렵지는 않아. 이게 다 네 덕분이야."

"죽음 후의 세상이요? 그런 것도 있어요?"

그러고 보니 그녀에게 내가 경험했던 천국에 관한 얘기는 하지 않았다.

“내가 꿈에서 너의 엄마와 아빠를 봤다고 했지? 그곳은 꿈이 아니라 터널이었어. 그리고 그곳에서 천국을 봤어. 들어가도 봤고.”

“그런데 그곳이 천국이라고 어떻게 확신할 수 있어요?”

“혹 엄마는 무엇을 봤다고 얘기 안 했어?”

“엄마는 아빠와 함께 꽃길을 걸어서 이곳으로 넘어왔대요. 사람마다 보이는 게 모두 다른가봐요. 그 터널이라는 곳에서는.”

“터널을 넘어서 간 곳은 어떤 곳이지?”

“사는 사람들은 우리와 똑같은데 우리가 사는 이 세상보다 과학이 훨씬 더 발전한 곳이래요. 엄마는 뇌종양으로 인한 간질을 앓고 있었거든요. 그런데 아빠가 그걸 알았던 모양이에요. 지금 이곳에서는 치료가 어려우니 자신이 사는 세상으로 가자고 아빠가 얘기했대요. 엄마는 믿기지도 않고 무서워서 가지 않으려고 했는데 또 발작이 일어나서 할 수 없이 따라갔대요. 엄마는 참 대단한 여자예요. 저 같으면 무서워서 못 따라갔을 건데. 아무튼, 그곳에서 수술도 하지 않고 간단히 종양을 제거했대요. 그리고 우주여행을 했다나봐요. 아빠가 예전에 약속했었다고. 이 얘기를 다른 데 가서 할 수도 없고. 다 저를 미친 사람 취급할 거예요. 이 얘기를 믿을 사람은 아저씨밖에 없어요.”

도무지 믿기 어려운 얘기지만 사실일 것이다. 그리고 내가 믿고 있는 천국도 사실일 것이다.

"전 사실 천국 같은 거 잘 믿지 않아요. 기독교인도 아니고. 전 사람이 죽고 나면 다시 환생한다고 생각해요. 우리 세계에서 환생하든 아니면 다른 세계에서 환생하든. 하지만 아무려면 어떻겠어요. 어차피 전생을 기억 못할 건데."

다시 환생하는 일 따위는 절대로 없을 것이다. 사람으로 일생을 살면서 너무도 힘들고 피곤했다.

"참 그리고 아저씨. 아빠가 왜 이번에는 대머리가 아닌지 물어봤어요. 그랬더니 대답이 뭐였는지 아세요? 시스템을 고쳤대요. 답이 너무 간단하죠? 지금에서야 고친 이유가 엄마를 대머리로 만들고 싶지 않아서였대요. 전 얼마나 웃었는지 몰라요. 대머리가 된 엄마. 호호호."

덕분에 나도 웃었다.

"그리고 저 다음 달에 결혼해요. 좋은 사람을 만났어요. 아저씨가 결혼식에 오실 수 있으면 좋을 텐데."

"그거 잘됐네. 꼭 갈 수 있었으면 좋겠다."

"또 올게요. 몸조리 잘하고 계세요."

그로부터 또 한 달가량이 흘렀다. 커튼이 쳐져 있었는데도 해가 병실 안으로 한가득 들어찼다. 얼굴을 계속 비추고 있는 따가운 햇빛 탓에 입술이 더욱 말랐다. 혀는 갈라지고 움직일 수가 없어 간호사에게 물을 달라고 말할 수도 없었다. 손을 들어 호출 벨을 누르고 싶었지만, 손가락 하나 까딱할 기력도 없었다.

고요한 정적 속에 심장 박동에 맞추어 출렁이는 심전도가 내는 요란한 기계음만이 병실 안을 가득 메우고 있었다. 숨을 들이마시고 내쉬는 것이 자연스럽지 못해졌다. 호흡 횟수가 점점 느려짐을 느낀다. 공포가 밀려왔다. 늘 천국에 가는 것만을 생각했다. 이제 그 시간이 가까이 왔음을 알리기 위해 내 몸의 이곳저곳에서 신호를 보내기 시작했다.

잘 될 거야. 다시 하나님께 기도드렸다.

"하나님 아버지, 곧 당신 곁으로 가겠습니다. 이 어린 양을 잘 살펴주시옵소서. 저의 새로운 시작을 주님과 함께하고 싶습니다. 아멘."

산소가 줄고 이산화탄소가 쌓이자 뇌는 점차 마비 상태로 들어섰다. 그러자 엔도르핀이 분출되기 시작하면서 오히려 기분은 좋아졌다. 눈은 서서히 감기고 입은 조금씩 벌어졌다. 심전도 모니터가 토해내는 소리 간격이 점점 벌어지면서 소리가 약해져갔다. 누군가 뛰어들어와서 몸을 흔들었다. 그리고 뺨을 때리면서 이름을 불렀다. 이제 새로운 곳으로 가야 할 시간이 다가왔다.

그리고 어느 순간.

'나'는 나로부터 빠져나왔다.

출산율이 점차 감소하면서 신생아실에도 빈 침대가 많았다. 밤 근무를 마친 송 간호사는 다음 순번인 임 간호사에게 밤 사이 벌어진 일들에 관해 인계하고 있었다. 임 간호사는 신생아실에서만 수십 년 이상 일한 베테랑급 간호사였다. 은퇴한 상태였는데 최근에 그만두는 간호사가 많아 인력이 부족하다는 병원 측의 연락을 받고 어쩔 수 없이 나와서 임시로 일할 수밖에 없었다. 밤 사이 새로 입원한 신생아는 한 명밖에 없었다. 남자아이였다.

"예쁘게 생긴 아기가 새로 왔네."

회진을 도는 임 간호사가 사랑스러운 눈빛으로 아기를 쳐다보았다.

"그런데 이것 좀 보세요."

송 간호사가 아기 엉덩이를 살짝 들어 임 간호사에게 보여주었다. 왼쪽 엉덩이 바깥쪽으로 반달 모양의 검은 점이 앙증맞게 박혀 있었다.

"이런 곳에 이상한 점이 있어요. 전 이런 점은 처음 봤어요."

임 간호사가 아기의 점을 빤히 쳐다보았다.

"오래 전 얘기네. 내가 처음 신생아실 근무하던 때니까. 그때 이런 점을 가진 아기가 있었어. 그 애도 남자였는데. 근데 아기 엄마가 어디서 무슨 얘기를 들었는지 메스를 훔쳐서 그걸로 점을 조금씩 파내고 있는 거야. 내가 얼마나 놀랐던지. 피는 줄줄 흐르고 아기는 죽을 것처럼 울어대고. 내가 막지 않았으면 기어이 다 파낼

기세더라고. 나중에 왜 그랬냐고 물어보니까 이런 점을 가진 사람은 오래 못 산다고 했다나봐. 그래서 자기가 파내려고 했던 거라고. 참 대단한 여자였는데."

"그런 일도 있었군요. 아기 엄마한테 얘기해줘야겠어요. 차라리 병원에 있을 때 레이저로 없애자고."

"그러던가."

송 간호사가 아기의 발목에 적힌 아기 엄마의 이름을 쳐다보았다.

엄마의 이름은 김은혜였다.

12장
인간의 욕심, 그리고 파멸

보름달이 떴다. 나는 저녁으로 돼지고기와 닭고기를 갈아서 만들었다는 알갱이 세 개와 토이지 커피 한 잔을 마시고 산에 올랐다. 매서운 바람이 몰아쳤다. 발 아래로 높게 파도치는 한강이 보였다. 분명 얼마 전보다 파도가 더욱 거세졌다.

십 년 전 한강이 바다처럼 변하기 시작하면서 예전 호화로웠던 한강 주변의 빌딩들은 모두 물에 잠겨버렸다. 하지만 구름 위로 치솟은 거대하고 흉측한 저 탑만은 아직도 건재하다.

이 모든 게 다 저것 때문이야. 혼잣말로 중얼거렸다. 옆에 서 있어야 할 친구 상훈 대신에 샤니가 뭐라고 한마디 거든다. 스스로에게 말을 자기에게 한 말로 착각한 모양이다. 돈을 조금 더 주더라도 최신 모델로 샀어야 했는데 후회할 때가 한두 번이 아니다.

하긴 저 탑 때문만이라고 할 수도 없다. 인간의 욕심은 저것이 아니더라도 새로운 피조물을 만들어 결국에는 이 세상을 파괴했을 것이다. 달은 지난 달보다 눈에 띄게 더 커졌다. 주먹만 하다고 생각했던 것이 작년이었다. 그런데 이제는 축구공만큼 커졌다. 어떨 때는 달빛이 너무 밝아서 낮이 아닌가 하고 착각하기도 한다.

한 과학자의 몽상이 인간의 호기심을 자극했다. 처음 이 계획을 구상했던 건 미국 과학자 테이먼이었다. 우주여행을 한번 하기 위해서는 막대한 비용과 노력이 들어가니 대기권을 뚫고 올라가는 고속 엘리베이터를 만들어 누구나 쉽게 우주여행을 할 수 있으면 좋겠다고 했다. 20년 전이었다. 나는 어릴적 그 뉴스를 접하고 우주에서 보는 지구 모습을 상상하며 즐거워했었다.

이 계획이 성공할 수 있었던 건, 달에서 채취한 광물 때문이었다. 세라미늄은 1,900도에 달하는 대기권 고온을 버텨냈다. 그때부터 달에 대한 파괴가 시작되었다. 핵을 사용하면서 새로운 분화구들이 생겨났다.

상훈은 망원경으로 변해가는 달을 보면서 치를 떨었다. 그리고 그는 완성된 탑에서 푸른 지구를 내려다보며 나에게 말했다. '신은 우리를 용서하지 않을 거야.' 그의 예언은 얼마 안 가 사실이 되었다. 이런 정도의 단순한 계산도 하지 못했던 건 탑이 벌어들일 막대한 돈 때문이었다.

에어로베이터가 완공된 지 10년 뒤 달의 자전 속도가 조금씩 줄어들고 있다고 NASA는 발표했다. 이유는 정확히 알 수 없었지만 잦은 핵폭탄 사용으로 달의 맨틀이 손상된 탓이라고 했다. 결국, 달은 자전을 멈추고 그로 인해 지구에 막대한 피해가 발생할 수 있다는 것이었다.

하지만 더욱 큰 문제는 따로 있었다. 달은 지구를 향하여 조금씩 다가오고 있었다. 달에 관한 탐사가 중단되었고 인간은 이를 막아보기 위해 다양한 방법을 취해보았다. 하지만 이미 지구를 향해 달려오기 시작한 달을 막을 수는 없었다.

"저 달을 파괴해버리면 되지 않을까?"

술에 취해 어리석은 질문을 상훈에게 했다. 파괴된 달의 파편은 우리에게로 날아와 지구를 단숨에 조각낼 것이다.

"이제 도망칠 곳을 찾을 수밖에."

하지만 수십억이나 되는 인구가 옆 동네로 이사가듯 안전하게 도망칠 곳은 없었다.

"죽는다는 건 어떤 기분일까?"

"죽을 때 기분 따위가 필요할까? 그냥 사라질 건데."

"그럼, 사람들은 왜 죽는 걸 두려워하지? 사라지면 그만인데."

"그러게, 생각해보면 그렇긴 하네."

"혹 죽어도 사라지지 않는 무언가가 있었다고 생각하기 때문에 더 두려워하는 것이 아닐까?"

죽어도 사라지지 않는 것. 그런 것이 과연 존재할까?

"만약 알려진 대로 다른 차원의 지구가 우리 곁에 존재한다면 그곳으로 이주할 방법은 없을까요?"

최 교수님의 발상은 탑을 만들었던 테이먼의 발상과 비슷할 정도로 엉뚱했다. 하지만 그분의 제안에 정부는 동의했고 막대한 자금으로 연구소가 설립되었다. 나는 양자역학을 통해 의식의 존재를 규명하는 연구의 책임자로 선임되었고 친구 상훈 역시 나와 함께 일하게 되었다.

우리는 오랜 시간 무수히 많은 실험을 했다. 그래서 결국 의식을 육체에서 분리해낼 수 있었고 그 의식은 중간세계를 거쳐 다른 차원의 우주로 이동할 수 있다는 것을 발견해냈다.

상훈은 연구를 함께하면서도 늘 못마땅하게 생각했다. 의식이 육체와 분리된 독립적인 존재라는 사실이 밝혀지던 날, 그는 독한 위스키를 벌컥벌컥 들이켜며 나에게 울분을 토하며 말했다.

"우리는 또다시 우주의 섭리를 어기려 하고 있어. 육체가 사라진 뒤에도 의식이 그대로 존재한다면 왜 죽음을 두려워하고 피하려고 하는 거지?"

그의 말이 옳다. 달과 부딪혀 불에 타죽더라도 죽는 것은 몸뚱이뿐이라면 왜 우리는 다른 차원의 세계로 옮겨가면서까지 의식을 유지하려고 하는 것일까?

"망각에 대한 두려움 탓 아닐까? 의식이 소실되지 않는 존재라면 헤아릴 수 없는 세월 동안 허공을 떠돌거나 아니면 어떤 몸뚱이에 빌붙어 살아 있겠지. 우리의 의식이 과거를 기억하지 못하듯 죽은 뒤 우리가 지금의 삶을 기억해내지 못하는 것. 그것이 무서운 것일 거야."

"이런 버러지 같은 삶이 뭐 기억해낼 만한 가치가 있다는 건지…."

상훈이 몹시 흥분했다. 버러지 같은 삶. 하긴 우리가 인간답게 살고 있다고 우리는 아무도 생각하고 있지 않다. 모든 일은 기계가 다 알아서 해주는 세상. 우리는 그저 먹고 마시고 섹스하는 일 이외에는 아무것도 할 게 없다. 과거처럼 가족도 없고 일도 없다. 정부에서 제공하는 몇 개의 알갱이를 질겅질겅 씹으며 가상세계에 빠져 허우적거리고 있다. 인구의 10%는 사는 게 재미가 없어서 스스로 목숨을 끊는다.

"나는 다른 차원으로 이주하는 실험에 자원했네. 이곳에서는 더 살고 싶지 않아."

얼마 전 그의 아이를 배고 있던 아내가 비행 택시 추락으로 사망했다. 그는 그 일로 충격을 크게 받은 모양이었다. 그 충격 때문인지 상훈은 큰 사고를 쳤다.

우리는 다른 차원의 지구를 발견했다. 그것은 바로 우리 옆에 있었다. 우리와 같은 모습의 사람들이 사는 곳. 우리는 그곳을 E2라고 불렀다. 정부 지시대로 우리는 E2를 조사하는 일을 시작했다. 상훈은 그곳으로 건너가 마이크로로봇을 하늘로 쏘아올려 인공위성 역할을 하게 했다. 그리고 그것을 통해 인공 비를 내려 E2에 사는 사람들의 생체 정보와 주변 환경 등을 조사했다.

처음 실험이 성공하던 날 잔뜩 고무된 얼굴을 하고 상훈이 나타났다.

"자네, 머리카락이 다 없어졌네."

생뚱맞은 그의 모습은 너무 우스웠다. 고양이 실험을 통해 이미 예상했던 것이었다. 중간세계를 거쳐 E2로 가면서 모낭세포가 소실됐고 이상하게도 그것만 다시 재생되지 않았다.

상훈이 사고를 친 건 처음 그가 그곳을 다녀온 지 몇 달이 지나서였다. 그가 죽은 아내와 똑같이 생긴 E2의 여자를 만났고 그녀를 임신시켰다.

"아이가 갖고 싶었어. 그리고 그곳에서 그녀와 가족이란 걸 꾸리고 싶었고."

그가 이해됐다. 우리는 마음대로 결혼을 할 수도 아기를 가질 수도 없는 계획사회였다. 하지만 정부는 그것을 이해하지 못했다. 상훈은 사법기관에 소환되었고 인공지능 법관에 의해 9년형을 선고받았다. '우주질서교란죄'가 그에게 내려진 죄목이었다.

"도대체 누가 우주 질서를 어지럽힌다는 건지 모르겠군."

몰래 가지고 들어간 위스키를 들이켜며 상훈은 투덜거렸다.

"그녀와 아이를 좀 지켜봐주지 않겠나?"

나는 그의 부탁을 받고 고개를 끄덕였다.

9년형을 받고 출소하자마자 상훈은 그녀와 딸을 보러 E2로 갔다. 그는 정부의 감시 신호를 감지한 탓에 오래 그곳에 머무르지 못한 것이 아쉽다고 했다.

나는 그동안 중요한 사실 한 가지를 발견했다. E2에 우리와 같은 사람이 살고 있다면 우리는 중간세계에서 E2로 넘어갈 수 없었다. 그러나 만약 E2 사람의 의식이 약물이나 수련 등 기타 방법으로 인해 중간세계로 들어와 있다면 그 시간만큼은 우리도 E2에 존재할 수 있었다. 나는 질량보존의 법칙을 지키고 싶은 신의 의도에 감탄하지 않을 수 없었다. 상훈과 같은 E2의 사람은 수련을 통해 주기적으로 중간세계로 진입을 했다.

그런데 그것은 우리의 E2 이주계획에 커다란 걸림돌이었다. E2의 사람이 죽어야 우리가 그곳으로 이주할 수 있는 것이다.

상훈에게 그 사실을 얘기하자 그의 얼굴이 하얗게 질렸다. 우리가 살기 위해 E2에 사는 사람들을 모두 죽여야 한다면 그것은 올바른 방법이 아니라고 말했다. 그는 부인과 딸을 죽게 만들 수는 없다고 했다. 그리고 자신이 방법을 찾아보겠다고 했다. 하지만 다른 차원의 우주를 찾는다고 해도 그곳에 사는 또 다른 우리를 모두 죽여야 한다는 사실에는 변화가 없을 것이다.

자신의 딸을 구해달라고 했다. 정부가 자신의 딸을 죽이려고 한다는 것이다. 딸이 있는 지역에 인공강우를 통해 마이크로로봇을 침투시키고 적당한 장소에서 폭파하는 방법을 사용할 거라고 그는 말했다. 그는 자기 딸이 왜 E2 사람들을 죽이는 프로젝트의 시범 사례로 정해졌는지 당황스럽다고 했다.

하지만 나는 그 이유를 대충 짐작할 수 있었다. 정부는 상훈이 공공연히 자신들의 계획을 반대하는 세력들을 규합하면서 다른 방안을 모색 중인 것을 알고 있었다. 그리고 부적절하게 태어난 상훈의 딸로 인하여 다른 잡음이 생길지도 모른다는 우려를 지금까지도 하고 있었다.

나는 우선 또 다른 내가 E2에 존재하고 있는지 살펴보았다. 나와 같은 인간은 그 세계에 존재하고 있었다. 그 남자는 의사였다. 그는 안타깝게도 말기 암을 앓고 있어 곧 죽을 운명이었다. 그가 암의 통증을 이겨내기 위해 헤타민을 자주 사용한다는 것도 알아냈다. 헤타민은 우리가 의식을 육체로부터 분리하기 위해 고양이 실험 때부터 사용했던 약물이다.

나는 결국 그곳으로 갔다. 커피를 파는 카페란 곳으로 가서 그 아이를 만났다. 그 아이가 상훈이 알려준 택시를 타지 못하게만 하면 되는 간단한 일이었다. 말은 하지 않기로 했다. 상훈처럼 훈련이 되어 있지 않아 E2의 사람들이 이상하게 생각할 것이 분명했다.

커피를 사려고 했지만 살 수가 없었다. 다른 사람들을 보니 그들은 커피를 주문하고 나서 네모난 플라스틱 카드 같은 것을 주었다. 커피를 사고 나서 내야 하는 물건인 듯싶었다. 나는 우리 세계에서 하던 데로 마이크로칩이 심어져 있는 손목을 그곳에 갖다댔다. 당연히 계산되지 않았다. 계산대에 서 있던 남자가 나를 이상한 눈으로 쳐다보았다. 그래서 나는 아무것도 사지 못하고 카페 안에서 서성거릴 수밖에 없었다.

마이크로로봇이 이미 탑재된 그 택시는 밖에서 그 아이를 기다리는 중이었다. 그때 그 아이가 택시를 타러 나가려 했다. 나는 하는 수 없이 주변 테이블 위에 놓여 있던 검은 액체를 부딪치는 척 하며 그 아이에게 쏟았다. 힐끔 보니 택시는 출발해버렸다.

일단 계획은 성공이었다. 검은 액체로 뒤범벅이 되며 넘어진 그 아이를 보니 미안했다. 그래서 그 아이에게 주려고 미리 준비해온 다이아몬드가 달린 손수건을 주고 카페를 빠져나왔다. 달에서 캐온 덕분에 우리에게는 흔한 물건인 다이아몬드가 그곳에서는 굉장히 비싼 물건인 것을 나는 이미 알고 있었다.

내가 그 아이를 처음 본 순간 그 아이는 나를 상훈으로 착각하고 있는 것 같았다. 충분히 그럴 만했다. 정부에서 정해주는 식단과 운동 프로그램 등을 그대로 따라하며 실내 생활을 주로 한 탓에 우리는 골격과 피부색 등이 대개 비슷했다. 더군다나 나 역시 대머리가 되어 있었다.

아이에 대한 마이크로로봇의 공격은 그걸로 끝이 아니었다. 상훈의 두 번째 메시지가 도착했다. 하지만 이번에는 나도 E2로 직접 갈 수가 없었다. 첫 번째 계획이 실패로 끝나자 정부는 나도 감시하기 시작했다. 그래서 나는 고민 끝에 또 다른 나를 중간세계에서 만나 그에게 도움을 청해보기로 했다.

거울을 통해 만난 그는 너무도 안쓰러운 얼굴을 하고 있었다. 죽음을 드리운 얼굴을 하고 나를 신으로 여기는 그를 보고 나는 마음이 아팠다. 그는 성실히 나의 부탁을 들어주었다.

나는 그가 삶의 끝자락에서 얼마나 두려움에 떨고 있을지 짐작할 수 있었다. 그가 기독교인이라는 사실은 다행이었다. 나는 기독교인들이 가고 싶어하는 빛의 세계에 대해 알고 있었다.

처음 E2로 가던 날 나는 중간세계에서 빛을 보았다. 그리고 그곳이 기독교인이 얘기하는 천국이란 곳이라는 걸 알 수 있었다. 나는 그를 만났을 때 그에게 빛을 보여주었다. 빛의 장소가 정말 천국인지 나도 확신할 수 없지만, 그것으로 인해 그가 죽음에 대한 공포를 조금이라도 덜 수 있다면 그것이 내가 그를 위해 해줄 수 있는 최선이라는 생각이 들었다.

며칠 뒤 상훈이 나를 직접 찾아왔다. 십칠 년 만에 보는 얼굴이었다. 초췌했다. 그가 그동안 얼마나 고생했는지 충분히 느낄 수 있었다. 상훈은 적당한 지구를 찾았다고 했다.

E56이었다. 그곳은 인간이 살고 있지 않은 지구라고 했다. 영장류 단계에서 인류로 진화하지 않고 다른 영장류로 진화한 지구. 과연 그곳이라면 아무런 희생 없이 우리가 이주할 수 있을 것이다.

하지만 황량한 화성의 땅처럼 그곳에도 기반시설은 아무것도 없었다. 우리가 그곳으로 간다면 모든 것을 처음부터 다시 시작해야 했다.

과연 정부가 그런 곳을 선택하려고 할까? 나는 의문이 들었다. 상훈도 그런 의문이 든 건 마찬가지였을 것이다. 상훈은 이곳으로 오기 전 정부에 E56의 게이트 코드 번호를 주고 상황을 설명해주었는데 정부 반응이 시큰둥했다고 했다. 예상했던 것이었다.

그리고 상훈은 그녀를 이곳으로 잠시 데리고 왔다고 말했다. 나는 상훈의 거침없는 행동이 이제는 두려웠다. 그가 앞으로 무슨 일을 벌일지 예측하기가 어려웠고 그것이 우리에게 커다란 화를 미칠 수도 있다는 생각이 들었다. 상훈은 그녀가 E2에서는 고칠 수 없는 질병이 있어서 치료해주기 위해 어쩔 수 없이 잠시 데려온 거라고 했다.

그는 나에게 미안하다고 했다. 하지만 그것은 단지 미안한 정도에서 그치는 것이 아니라 우리가 모두 위험해질 수도 있는 일이었다. 나는 그를 따라온 그녀도 이해할 수 없었다. 그녀의 병을 치료하고 나서 상훈은 그녀를 에어로베이터로 데리고 갔다. 우주여행을 하는 것이 그녀의 소원이라 들어주고 싶다고 상훈은 말했다.

어처구니가 없었다. 자기 딸이 위험에 처했다고 해서 나에게 그녀를 구해달라고 부탁하더니 이제는 다른 차원의 여자를 이곳으로 데리고 왔고 그것도 모자라 우주여행까지 시켜준 것이다.

나는 어쩔 수 없이 정부의 눈에 띄지 않도록 두 남녀를 보호해주었다. 이것이 마지막으로 내가 해줄 수 있는 것이라고 나는 그에게 분명히 말했다. 상훈은 며칠 뒤 그녀를 데리고 E2로 돌아갔다. 자신은 이곳으로 다시는 돌아오지 않겠다고 말했다.

2023년 1월 25일 정부는 특별 담화를 발표했다. 바로 어제였다. 우리나라에 사는 모든 사람에게 정부가 발표한 내용이 텔레파시를 통해 각자의 뇌로 전달되었다. 십 년 뒤부터 E2로 이주를 시작한다는 것이었다. 준비 기간이 십 년이 걸리므로 내일까지 이곳에 남아 죽음을 맞이할 것인지 아니면 그곳으로 갈 것인지를 결정하라고 했다. 상훈이 그토록 노력해서 찾았던 E56은 그들의 계획에서 완벽히 배제된 것 같았다.

사람들은 그것이 무엇을 의미하는지를 분명히 알고 있었다. 소나 돼지를 도살하는 것과는 다른 것이었다. 나는 나와 같은 그를 보고 그에게서 깊은 동질감을 느꼈다. 아무리 나와 의식이 다른 사람이라고 하더라도 그가 완벽한 타인으로 느껴지지 않았다. 그들을 죽인다는 것은 나를 비추고 있는 거울을 깨뜨리는 단순한 일이 아니었다.

정부는 90세 이상이 될 노인들부터 이주를 시작한다고 했다. E2에서는 90세 이상 노인은 대부분 죽어 있는 상태라 희생을 치르지 않고도 이주할 수 있다고 했다. 또한, 정부는 노인들에게 달콤한 제안을 했다. 의식을 사이보그에 이식하고 난 뒤 이주를 한다는 것이었다. E2로 건너간 그들은 늙지 않는 몸을 가진 영원불멸의 존재가 되는 것이다.

우리의 지구가 파괴되기 전까지 순차적으로 E2의 사람들을 희생시키지 않고 우리 세계에 사는 모든 사람의 이주가 성공할 수는 없다. 결국, 우리의 지구가 멸망하는 순간에는 E2의 모든 사람을 죽이고 다 함께 이주해야 할 것이다. E2의 사람들은 하늘에서 내려오는 검은 비를 맞고 모두 죽을 것이다. 그들은 이유도 모른 채 끔찍한 최후를 맞이할 것이며 우리는 그곳에서 새롭게 시작할 것이다.

무자비한 살상을 하면서 목숨을 구하느니 차라리 이곳에서의 죽음을 택하자고 말하는 종교인들의 주장이 나는 옳다고 생각한다. 그리고 종교인이 아닌 많은 사람도 그들의 주장에 동조하고 있다. 하지만 설사 이주하지 않기로 한다고 할지라도 둥그런 식탁만큼 큰 달이 머리 위에 떠오르며 죽음이 서서히 목을 조여오는 순간에도 우리가 덤덤하게 죽음과 맞설 수 있을지는 잘 모르겠다. 그제야 E2로 가기 위한 마지막 표를 구하러 다니지 않을 거라는 확신이 내게는 없다.

E2로 간 상훈의 얼굴이 떠올랐다. 그는 자기 부인과 딸을 지키기 위해서, 이제는 자기 세계가 된 E2를 지키기 위해서 무언가를 하려고 할 것이다. 이미 많은 것을 준비해두었는지도 모르겠다.

아직 시간은 조금 남아 있다. 하지만 시간이 흘러도 그때가 되면 이곳이든 저곳이든 어느 한 곳에 사는 사람들은 모두 죽을 것이라는 사실은 변하지 않을 것이다.

교교한 달빛이 넘실대는 한강을 비추고 있다.

작가의 말

종교와 과학, 죽음의 접점 찾아보고 싶어

사실 부끄럽다. 내가 감히 소설책을 내고 작가라는 이름으로 글을 쓰고 있다는 사실이. 자판을 두들기기 시작했던 건 무지해서 용감한 일종의 치기어린 호기심에서였다. 그저 그것뿐이었다. 나는 소설이란 걸 쓰기 시작하면서 내가 허허벌판 황무지를 삽 하나만 들고 그럴듯한 농지로 바꿔보고자 하는 초보 농사꾼과 다르지 않다는 것을 수 일 만에 깨달았다.

하지만 쓰면서 행복했다. 해외로 가는 비행기를 탄 순간 모든 근심이 사라지듯 이야기를 만드는 동안에는 모든 걱정거리가 눈 녹듯이 사라졌다. 설사 이 책이 책꽂이 구석에서 먼지를 뽀얗게 뒤집어쓴 채 손길이 닿기만을 기다리고 있거나 아니면 고작 뜨거운 라면 냄비로부터 식탁을 지켜줄 받침대로 전락하고 말지라도 글을 쓰는 동안 내가 느꼈던 행복감 하나면 충분하다.

나는 한동안 불교 경전과 양자역학에 관한 책을 즐겨 보았다. 얼핏 보면 동떨어진 분야처럼 보이지만 그것으로부터 나는 종교와 과학이 다르지 않음을 느꼈다. 그것은 결국 죽음과 닿아 있었다.

내과의사로서 나는 지금까지 수많은 죽음과 함께했다. 죽음을 맞이한 환자의 옆에서 생명의 불꽃이 꺼졌음을 그래서 다시는 타오를 수 없음을 선언하듯 말해왔다. 하지만 한 편의 영화에서 죽음을 맞이한 배우가 다른 작품에 다시 출연하는 것처럼 어쩌면 우리는 죽음의 끝에서 새롭게 다시 무엇이 되어 시작하게 될지도 모른다.

티베트에서 전해지는『죽음의 서』란 책을 보고 죽음 이후의 세상과 그것이 맞닿아 있을지 모르는 종교와 과학의 세계와의 접점을 찾아보고 싶었다. 문학성은 충분치 않다. SF소설로서의 한계도 있는 것은 나의 부족한 역량 탓으로 돌린다. 다만 보는 이들이 재미있게 끝까지 읽어주기만을 바랄 뿐이다.

쓸 내용을 처음 구상할 때 도와주고 격려해주었던 희상이, 시인이자 문학가이며 내 글이 바다 위를 표류할 때마다 기꺼이 노를 저어준 친구 선중이에게 다시 한번 고맙다는 인사를 전한다.

2023년 5월 진료실에서

김창년

김창년 장편소설
천국행 티켓

지은이_ 김창년
펴낸이_ 조현석
펴낸곳_ 북인
디자인_ 푸른영토

1판 1쇄_ 2023년 08월 11일
1판 2쇄_ 2023년 08월 18일
출판등록번호_ 313 - 2004 - 000111
주소_ 121 - 842 서울 마포구 서교동 460 - 34, 501호
전화_ 02 - 323 - 7767
팩스_ 02 - 323 - 7845

ISBN 979 - 11 - 6512 - 076 - 4 03810